Esistenze a ritroso

guido.vigorita@libero.it

Non posso non lasciar traccia di ciò che è stato, ora che so.
Devo farlo perché ho capito che nulla è più presente del passato, quando il passato è il buio che ti avvolge l'anima.
E allora eccomi qui, in compagnia dei miei fantasmi notturni, a dare inizio alla fatica cui ho deciso di sottopormi: scrivere questa storia, questa tormentata storia di sangue e di amore, di solitudine e di amicizia. Di destini segnati dalla passione o dal caso, o forse da entrambi, come sempre, nella storia del mondo. Sarà in terza persona, per provare a non sputarci l'anima. Se sarà necessario, riempirò i suoi vuoti così, come verrà, semplicemente seguendo il blu della biro e il vento dell'anima.
Non chiedo di essere compatito, compreso o perdonato. Voglio solo che il frutto conosca la sua radice.

1963-1975

CAPITOLO 1

Antonio fu il primo a vederlo entrare in quel luogo da cui lui voleva fuggire. E gli piacque subito, forse per la matassa di ricci neri o per il suo incedere, che a lui, nascosto dietro la balaustra delle scale che portavano al piano superiore, sembrò temerario. Sconcertato, lo vide lasciare la mano del suo accompagnatore per andare verso la direttrice dell'istituto, sorridente e per nulla intimidito da quel volto severo che nemmeno i capelli, di un bianco candido, riuscivano ad addolcire. Gli parve smarrito solo quando la direttrice, che loro chiamavano Signorina Nonsipuò, poggiando la mano sulla matassa di ricci neri, disse:
"Mi sa che questi capelli hanno bisogno di un bel taglio!"
Ma fu solo un attimo; poi, forse convinto di aver capito male, sollevò il viso tondo verso la Signorina e le sorrise, presentandosi con voce stentorea:
"Bongiorno, io sono Francecco. Io mi chiamo Francecco Licco e ho sei anni" aprendo a maggior chiarezza il palmo della mano destra affiancato dal pollice della sinistra.
Era intervenuto, a quel punto, l'uomo che lo aveva accompagnato, un signore piccolino con due baffetti sottili e un vestito grigio, liso dalle troppe stagioni attraversate, e più largo almeno di una taglia:
"Sì, Francesco, la signorina lo sa già il tuo nome" gli aveva detto con tenerezza. Poi, rivolgendosi alla direttrice, aveva precisato:
"Francesco ha qualche piccolo problema di dizione."

"Bene, mi segua, abbiamo un po' di carte da firmare" aveva risposto lei, incurante della precisazione, avviandosi verso il suo ufficio al piano terra.
Antonio, sempre nascosto dietro la balaustra, incrociò per un attimo lo sguardo del nuovo arrivato: uno sguardo strano, che gli parve al tempo stesso vispo e assente; con un rapido cenno della mano, gli intimò il silenzio e allora Checco, come lo avrebbe chiamato in seguito, si limitò a ballonzolare il capo in avanti, facendo un largo sorriso: gli ricordò Trottalemme, il cavallo di Cocco Bill e gli fu subito simpatico.
Appena chiusero la porta dell'ufficio dietro di loro, Antonio salì veloce le scale per rientrare in classe.
"Antonio, tutto questo tempo per una pipì?" lo redarguì la maestra Gina appena mise il piede in aula.
"Maestra Gina, era lunga, lunga… che ce pozzo fa??" rispose, ammiccando con fare furbesco verso i compagni, seduti dietro i banchetti di un verde ormai slavato dal tempo e dai tanti gomiti che si erano succeduti.
"Bene, visto che sei così spiritoso, siediti e scrivi."
Lui andò a sedersi in ultima fila, unico a non avere un compagno di banco. Aprì il quaderno e iniziò a scrivere quello che la maestra gli dettò sillabando:
"La pi-pì de-ve es-se-re ra-pi-da." Poi, con sguardo severo, continuò:
"Ne scrivi una paginetta intera. Per domani."
Antonio sapeva che ogni rimostranza sarebbe stata vana: la maestra Gina era la persona più dolce che lui avesse conosciuto nei suoi pochi anni di vita ma era irremovibile se si trattava di compiti.
Quando la porta dell'aula si aprì senza alcun preavviso, nessuno fu stupito di veder apparire la Signorina Direttrice: era infatti l'unica persona a entrare nelle aule senza esser

preceduta né da nocche sulla porta né da un qualunque saluto. Del resto, lei lì era la Legge, l'unica indiscussa autorità, primo e secondo grado di giudizio, colei che ti tirava le orecchie o ti assestava dei sonori scapaccioni o decideva di farti saltare la cena.
Lui non aveva mai sentito chiamarla con il suo nome: per le suore, o comunque per qualunque adulto entrasse nell'istituto, era la Signorina Direttrice; per i ragazzini, quando ne parlavano tra di loro, era la Signorina Nonsipuò, soprannome attribuitole da chissà chi, e chissà quando, ma di certo meritato sul campo per la sua tendenza a vietare qualunque cosa si discostasse, anche minimamente, dalle severe regole che vigevano nella struttura.
La maestra Gina scattò in piedi, seguita a ruota da tutta la classe.
"Buongiorno Signorina Direttrice, mi dica."
E lei, tirando davanti a sé, per il braccio, il bambino paffutello che era un passo dietro, disse:
"Lui si chiama Francesco Lisco e da oggi è qui con noi. Mi hanno detto che già riesce a leggere, scrivere e far di conto. Mi sembra strano, comunque veda un po' lei. Poi mi faccia sapere." Senza salutare, si girò e andò via, seguita dalle parole della maestra:
"Sì, stia tranquilla, Signorina Direttrice."
Era così che voleva la si chiamasse: Signorina Direttrice. Nessuno sapeva se sospettasse qualcosa, invece, di quello che era il suo soprannome. Appena uscì dall'aula, la maestra Gina mise la mano nel cespuglio di folti ricci neri, che pareva fatto apposta per attrarre carezze, e si rivolse con dolcezza al nuovo arrivato:
"Bene, Francesco, benvenuto tra noi. Allora, io mi chiamo maestra Gina. Ti vuoi presentare tu ai tuoi nuovi compagni?"

Francesco sembrò non aver capito bene cosa dovesse fare e puntò i suoi occhioni interrogativi in quelli della maestra, che sorridendo precisò:
"Su, Francesco, dì ai tuoi nuovi amici qualcosa di te, quanti anni hai, come ti chiami, a cosa ti piace giocare, cose così insomma."
E allora lui, un po' titubante, cominciò:
"Tì, ecco, …io sono Francecco Licco…ho nonno vecchio e lui non mi può tenere più, pecchè ha preso una malattia…ma quando lui ecce dall'ospedale io vado da lui" affermò convinto.
"Bene, e quanti anni hai, Francesco?"
"Quasi tette."
"Quando sei nato, lo sai?"
"Tì. Il 25 del mese di luglio dell'anno 1957" rispose compito e preciso, come il nonno gli aveva insegnato.
La maestra Gina sorrise, prima di commentare:
"Beh, ma siamo ancora a ottobre, Francesco, ci vuole quasi un anno per i tuoi sette anni. Va bene, comunque ora vai a sederti lì, in ultima fila, in quel banco libero."
E mentre si dirigeva verso il posto indicato fu contento di riconoscere nel suo compagno di banco il ragazzino che aveva spiato il suo arrivo da dietro la balaustra. Si era appena seduto di fianco ad Antonio quando Peppino Nasti, seduto al banchetto davanti, dopo aver dato di gomito al suo compagno, si voltò verso di lui e lo canzonò per come aveva storpiato il suo cognome:
"Uè, lecco lecco, sei al gusto di fragola o di limone?" ammiccando divertito verso Antonio, convinto di trovare una sua sponda.
Ma quella volta Antonio non partecipò alla presa in giro e anzi, lasciando di stucco Peppino, rispose indispettito:

"Peppi', non fare il fesso. Lascialo stare!" A chi gliel'avesse chiesto, non avrebbe saputo spiegare la ragione di una reazione così inconsueta da parte sua che, invece, era solito essere in prima fila quando si trattava di lazzi e sfottò. Ma, del resto, nessuno glielo chiese.
Francesco gli rivolse un sorriso timido, più con lo sguardo che con le labbra, prima di dirgli, a voce bassa per non farsi sentire dalla maestra:
"Io ti ho vitto prima, eri tu naccotto sulle ccale! Come ti chiami?"
"Antonio."
Francesco lo fissò con i suoi occhi neri un po' a palla, come a valutare se quel nome calzasse su di lui; poi aggiunse:
"E di cognome?"
Nessuno gli aveva mai chiesto il cognome e, chissà perché, ad Antonio fece piacere.
"Esposito. Esposito Antonio."
Sì, gli piaceva, suonava bene, pensò Francesco: i loro sguardi si incrociarono di nuovo e, com'era successo poco prima, si piacquero. Fu allora che nacque la loro amicizia.

CAPITOLO 2

Erano molto diversi Francesco e Antonio.
Antonio era catalogabile, senza tema di smentite, alla voce "scugnizzo": sveglio, guascone e poco propenso allo studio, riusciva a farsi rispettare da tutti nell'orfanotrofio, anche da quelli più grandi: la sua frangetta nera era sempre in prima fila quando c'era da prendere qualche decisione. Nell'orfanotrofio credeva di esserci da sempre, anche se non sapeva come e perché ci fosse arrivato.
Francesco, invece, era un concentrato di questioni irrisolte: facilmente eccitabile, e quasi esuberante in alcuni frangenti, si chiudeva però a riccio quando veniva preso in giro; a scuola primeggiava ma lo faceva senza mai farsene vanto, anzi sembrava quasi provarne imbarazzo. A differenza di Antonio, sapeva, o almeno così credeva, come e perché era arrivato lì.
Erano molto diversi anche nelle sembianze. Antonio era magro, con due occhi grigio verdi dal taglio allungato, capelli lisci e corti a frangetta e naso un po' arrotondato sulla punta: a Francesco ricordava Nello, il fruttivendolo vicino al nonno, che gli regalava una sorba, dolce e colorata, ogni volta che passavano davanti a lui.
Francesco pareva indossare un casco nero, tanto erano fitti e ricci i capelli che facevano da cornice al viso tondo e paffuto, in cui parevano perdersi gli occhi scuri e tondi.
Chissà se fu anche questa diversità il segreto della loro amicizia, fatto sta che Antonio, più grande di lui di sette mesi, lo prese sotto la sua ala protettrice: intuì subito che, se

non lo avesse fatto, uno come lui sarebbe stato bersaglio degli sfottò e degli scherzi crudeli di Peppino e degli altri.
Ne ebbe la conferma pochi giorni dopo il suo arrivo. Era la quarta notte che Francesco trascorreva in camerata. Ormai assuefatto all'odore rancido di piedi sudati e varechina a buon mercato, dormiva un sonno pesante quando uno dei ragazzini si alzò dal suo letto e andò nel bagno. Riempì d'acqua un bicchiere e, avvicinatosi in punta di piedi, ne versò il contenuto sul pantalone del pigiama di Francesco e sul materasso. Francesco si mosse nel sonno, per un attimo sembrò che stesse per svegliarsi, ma non accadde. Quando al mattino suor Adalgisa diede la sveglia, tutti a fatica cominciarono ad alzarsi. Tutti, tranne Francesco che, con gli occhi velati dall'umido di lacrime che non uscivano, rimase sotto le coperte, immobile. Poi successe tutto in un attimo: Enzo, l'autore della bravata notturna, si avvicinò al letto di Francesco, sollevò d'improvviso la coperta in modo che la chiazza apparisse in tutta la sua vergogna, e gridò:
"Uè, ragazzi, guardate, guardate, Francesco si è fatto addosso. Si è fatto addosso. Pisciasotto, pisciasotto, pisciasotto ..." cantilenava saltellando.
Francesco rivolse verso Enzo uno sguardo smarrito poi, all'improvviso, cominciò a piangere con singhiozzi silenziosi, cupi e regolari. Fu a quel punto che Antonio piombò su Enzo, lo scaraventò a terra e cominciò a dargliele di santa ragione, mentre gli altri ragazzini in semicerchio parteggiavano per l'uno o per l'altro. Solo l'arrivo di suor Adalgisa mise fine alla gazzarra; dopo averli separati, li guardò minacciosa, prima di dire:
"Chi ha iniziato?"

Antonio non parlò, sostenendo fiero il suo sguardo. Enzo invece, sorreggendo platealmente il braccio destro con la mano sinistra, disse:
"È stato lui, mi è saltato addosso, io non ho fatto niente. Mi ha fatto male." Suor Adalgisa, per nulla convinta, si rivolse verso Pippo, uno tra i più tranquilli della camerata.
"Pippo, dimmi tu."
E così Pippo, le mani che si torcevano nervose e gli occhi che fissavano il pavimento consunto, disse com'erano andate le cose.
"Sei proprio un mascalzone, Antonio!" E poi, rivolta anche a Enzo:
"Vieni anche tu, andiamo dalla Signorina Direttrice." Non erano ancora usciti dalla camerata che Antonio, guardando in cagnesco Enzo, lo accusò:
"Si stat tu, è vero? Checco non si piscia addosso."
Enzo ebbe un attimo di esitazione prima di negare con enfasi eccessiva. E suor Adalgisa capì subito che mentiva.
"Stai fermo qui, tu" disse allora ad Antonio. E tirando per il braccio Enzo, si avvicinò al letto di Francesco. Gli si rivolse con dolcezza, accompagnando le parole con una carezza sul viso rosso e ancora umido delle lacrime versate:
"Francesco, hai bagnato tu il letto stanotte? Può succedere una volta ogni tanto, stai tranquillo."
"Non so, ma io non faccio mai piccio sotto."
"Voi, bambini, giratevi tutti" disse allora suor Adalgisa con tono autoritario. Poi, quando anche l'ultimo bambino si fu voltato, gli si rivolse di nuovo con fare dolce:
"Francesco, posso vedere?"
Al timido e spaurito cenno di assenso, sollevò la coperta e avvicinò il naso alla larga chiazza sul pantalone del pigiama. Poi si sollevò e si avvicinò a Enzo: la mano partì rapida e

decisa e, prima che se ne potesse rendere conto, Enzo sentì l'energico scappellotto sulla nuca. Solo dopo arrivarono le parole:
"Sei un mascalzone! L'hai bagnato tu! Bambini, avete capito, Francesco non ha fatto la pipì addosso; è stato questo mascalzone che lo ha bagnato; e ora viene con me dalla Signorina Direttrice" concluse con tono sadico mentre con la mano destra lo afferrava per il lobo dell'orecchio.
"Devo venire anch'io?" chiese Antonio, col tono fiero di chi aveva sventato un'ingiustizia.
"No, tu resta qua e dai una mano a Francesco" concluse, mentre usciva dalla camerata con l'orecchio di Enzo bene in vista, stretto tra le sue grosse dita.
Antonio si avvicinò a Francesco, mentre gli altri ragazzini tornavano ai loro letti per prepararsi.
"Dai, Checco, prenditi 'na mutanda e o' pantalone e vatti a cagnare, io tolgo 'e lenzole, così il materazzo si asciutta."
Aveva uno strano modo di esprimersi, Antonio, quando era tra i suoi coetanei: una sorta di napoletano italianizzato, che lui utilizzava quando voleva ammantarsi di un'aria di superiorità. Quasi mai lo adoperava per rapportarsi con il mondo adulto; non era per rispetto o per timore, quanto piuttosto per ripicca verso un mondo che non lo aveva voluto, e con il quale non aveva nessuna voglia di entrare in confidenza.

CAPITOLO 3

Erano passate un paio di settimane dall'arrivo di Francesco quando Antonio andò nella camera di suor Gina, l'unica persona adulta che lui sembrava riconoscere, nonostante lei lo rimproverasse più delle altre suore. Lo faceva però in un modo diverso, e a lui i suoi rimproveri non facevano male, anzi gli lasciavano una piacevole sensazione. Suor Gina lo aveva sempre aiutato quando aveva avuto bisogno. E lui credeva di esserne innamorato: chi l'ha detto che a quasi sette anni non ci si possa innamorare? Ecco perché, deciso, era andato da lei.
"Ah, sei tu. È successo qualcosa? Vieni, entra" lo accolse, sorpresa dalla visita inattesa.
Appena entrò lo accolse un buon odore: dolce e, in qualche modo, avvolgente, non acido e respingente come quello della sua camerata. La stanza era piccola ma molto ordinata, con tanti libri sui cinque scaffali posizionati di fronte al letto. Nell'angolo a destra della libreria, c'erano un tavolino e tre sedie.
"Maestra, vi devo chiedere un piacere" esordì appena entrato.
"Ah, deve essere una cosa seria per averti portato qui" commentò suor Gina.
"Sì."
"Beh, e allora sediamoci e dimmi di cosa si tratta."
Vista così da vicino, suor Gina era ancora più bella di quanto gli apparisse ogni giorno dall'ultimo banco in cui sedeva. E poi ora, per la prima volta, stava vedendo il colore dei suoi

capelli, sempre nascosto dal velo indisponente che li imprigionava. Doveva averlo indossato velocemente prima di aprire la porta, senza rendersi conto di aver lasciato fuori una ciocca di capelli. Il biondo intenso del ciuffo, finalmente libero dal velo, faceva risaltare ancor di più i suoi occhi turchini. Suor Gina era l'unica cosa bella che c'era lì dentro, pensò Antonio. No, ora c'era anche Checco, corresse i suoi pensieri.
"Allora, Antonio, dimmi, che piacere dovrei farti? Mica mi vuoi chiedere di nuovo di fare aggiustare il biliardino? Lo sai che la Signorina Direttrice ha detto che non si può, perché fate troppo chiasso quando ci giocate." Ad Antonio venne da sorridere pensando che il soprannome che qualcuno aveva dato alla direttrice era quantomai appropriato. Stava per dire qualcosa sul biliardino e sulla direttrice ma si trattenne: aveva un argomento più importante di cui parlare e non doveva distrarsi.
"No, no. Ecco, maestra... vi devo parlare di Checco" le disse dopo un respiro profondo che tradiva un'evidente preoccupazione.
"Sì, dimmi, Antonio."
"Checco è... non so come devo dire. Ecco, è strano; sì, è strano. E poi mi ha detto una cosa; mi ha detto che suo nonno è morto e voi non glielo volete dire. E mi ha detto che quando si fa un po' più grande, lui va in tutti i posti dove ci sono i morti fino a quando non lo trova."
"E che vorrebbe fare quando lo trova?"
"Non lo so, questo non me lo ha detto. Lui mi stava spiegando come si fanno le sottrazioni; è bravissimo, maestra, è vero?"
"Sì, è molto bravo."

"È stato il nonno, lo sapete? Mi ha detto che tutti i giorni gli faceva imparare la grammatica e la matematica e gli parlava della guerra. Il nonno l'aveva fatta davvero!"
"Ma perché mi hai detto che è strano?" gli chiese suor Gina che non aveva dimenticato le prime parole di Antonio.
"Non so, fa delle cose strane… a volte la notte parla. E poi… e poi quando siamo con gli altri, delle volte gioca e pazzea e si vede che ci piace di stare con noi. E delle volte invece non parla mai, guarda a terra e si allontana. E poi vuole sempre a me. Perché?"
"Beh, perché ti vuole più bene di quanto voglia agli altri. O forse perché si accorge che tu gli vuoi più bene di quanto gli vogliano gli altri" gli disse suor Gina guardandolo con tenerezza, per poi concludere:
"Tu stagli vicino. Qui lui si sente ancora solo, ha dovuto lasciare il nonno da un momento all'altro."
"Sì, maestra, ci penso io a lui, ve lo prometto!" affermò con una certa solennità, per poi domandare, preoccupato "Ma il nonno è proprio morto?"
Stava per dirgli la verità, suor Gina; poi si trattenne, pensando che, nonostante lì dentro crescessero molto in fretta, anzi troppo in fretta, si trattava pur sempre di un bambino di appena sei anni. E allora gli mentì:
"Non lo so, Antonio, non lo so."
"Mmh, comunque ci penso io a lui. Guai a chi lo prende in giro!"
"Lo prendono in giro? E perché?"
"Maestra, perché lui parla un poco strano e poi secondo me agli altri non ci fa piacere che lui è bravo a scuola."
"E a te fa piacere invece?"
"Sì, maestra, a me mi fa piacere assai!" affermò convinto, senza riuscire a nascondere un sorriso furbo.

"Mica ti farai fare i compiti da lui?" disse suor Gina con tono di rimprovero, inarcando le sottili bionde sopracciglia.
"No, no, maestra, lui però mi dice la matematica e me la guarda come la faccio. E se la faccio male me la corregge."
A lui parve di veder comparire un velo di tristezza negli occhi della maestra, prima che gli dicesse:
"Mi raccomando, Antonio, non farti fare i compiti da Francesco; lo sai che io me ne accorgerei. E comunque stagli sempre vicino: ha bisogno di un amico come te" concluse, fissandolo in quegli occhi grigio verdi che brillarono di orgoglio.
"Sì, maestra, ve l'ho detto, ci penso io a lui". Poi, assumendo l'aria grave di chi giunge al dunque, avanzò la richiesta per cui era lì:
"Voi però dovete farlo passare nel letto vicino a me, così ci posso pensare meglio a lui. Lo sapete, vero, della cosa della pipì sotto?"
E al lieve cenno di assenso di suor Gina, aggiunse:
"E per questo io vi sono venuto a chiedere di farlo passare al letto vicino a me. Così voglio vedere proprio se gli fanno qualcosa!" concluse con il tono deciso e battagliero di chi è pronto a mille duelli per la difesa del suo amico.
Quella stessa sera suor Adalgisa, dopo aver controllato che tutti fossero nel letto, diede l'annuncio:
"Ho deciso che da domani alcuni di voi si scambieranno di posto. Allora..." e mentre sessantaquattro occhi la guardavano attenti continuò "si scambiano di posto Enzo con Saverio, poi Michele con Luca e infine Francesco con Giuseppe."
Il brusio che si levò fu subito fermato da suor Adalgisa:
"Shh, fate silenzio, diciamo la preghiera. Tutti con le mani giunte." E dopo aver verificato che tutti erano pronti, iniziò:

Caro Angioletto
quando ho sonno e sto per dormire
scendi quaggiù e vienimi a coprire.
Col tuo profumo di fiori di cielo circonda i bambini del mondo intero.
Con quel sorriso negli occhi turchini
Porta la gioia di tutti i bambini.
Dolce tesoro di angelo mio,
amore prezioso mandato da Dio,
io chiudo gli occhi e tu fammi sognare
che insieme a te imparo a volare.
Amen

Poi si incamminò verso la porta, lenta, appesantita dall'età e dai suoi novantacinque chili. Quando spense la luce, Antonio sorrise pensando che la mattina successiva Checco si sarebbe trasferito di fianco a lui. E vide la maestra Gina come il suo "caro Angioletto": non a caso, pensò, anche lei aveva gli occhi turchini.

CAPITOLO 4

Antonio non aveva mai conosciuto i suoi genitori e non era mai riuscito a sapere niente su di loro; aveva chiesto alla maestra Gina ma l'unica risposta che era riuscito a ottenere era stata:
"Sono in paradiso e da lì, vicino al Signore, ti guardano e ti proteggono".
Francesco invece aveva saputo qualcosa di più dal nonno, con il quale aveva vissuto per quasi quattro anni. Del papà non gli aveva raccontato mai nulla, ma della mamma sì: gli aveva detto che lo riempiva di baci e che lo chiamava "il mio ometto", e che aveva lunghi capelli neri che le arrivavano fin sulle spalle e occhi neri. Lui, quando cercava di ricordarla, vedeva una bella e giovane signora con capelli lunghi e belle labbra rossa, ma non sapeva se fosse un vero ricordo o semplice immaginazione creata dai racconti del nonno.
"Nonno, io voglio tapere di papà; pecchè non ci tà? È attieme a mamma?"
"No" gli aveva risposto mentre gli carezzava la testa "mamma è in paradiso insieme a tanti angioletti. Papà invece è …lontano, lontano."
"E pecchè è andato lontano lontano?"
"Per lavoro" gli rispondeva secco il nonno.
"Ma tonna??"
"No, non torna. È troppo lontano, non può tornare."
Lui però non gli credeva, sapeva che un giorno il papà sarebbe tornato. Non avrebbe mai potuto immaginare, allora,

che il padre non sarebbe tornato da alcun luogo ma che lui comunque lo avrebbe conosciuto.
Era nell'orfanotrofio da tre mesi ormai e pensava spesso al nonno, soprattutto di sera. Il nonno non gli faceva recitare la preghiera dell'angioletto ma gli raccontava delle bellissime storie di spadaccini coraggiosi e maghi volanti. E lui, dopo la preghiera di suor Adalgisa, quando si sdraiava nel letto e chiudeva gli occhi per addormentarsi, cercava di ricordarle o di immaginarne di simili. Di giorno invece pensava al nonno solo se qualcosa glielo ricordava, come stava accadendo in quel momento.
"Checco, ma tu l'hai mai visto il mare?" gli stava chiedendo Antonio.
"Scì, ci sono andato col nonno."
"E ti è piaciuto?"
"Scì, è bellissimo! Nonno mi ha pure fatto fare il bagno dentro il mare e mi teneva tretto tretto con le mani e mi faceva girare e il mare faceva tanti chizzi...sschizzi" concluse sforzandosi di pronunciare bene la parola, come stava insegnandogli la maestra Gina.
Stavano giocando a biglie con delle molliche di pane indurito, lui, Antonio e Michele; avevano fatto una piccola buca nel terreno che, a schicchere, dovevano centrare. Erano carponi, presi dal loro gioco, nello spoglio giardino sul retro della struttura, quando videro arrivare suor Adalgisa che affannava con un passo che non le era abituale.
"Ue', voi tre... e pure voi due" disse rivolgendosi anche a Peppino ed Enzo che erano poco più in là "subito dentro, che ci sono delle persone che vi devono vedere. Avanti, su, subito, che stanno già dentro a vedere gli altri. Volete che prendono a loro e non a voi? Muovetevi, correte dentro" gli disse, andandogli dietro con un po' d'affanno. Dei cinque,

Francesco era l'unico cui risultavano oscure le parole di suor Adalgisa. Fu per questo che, saliti i tre scalini di accesso alla struttura, prese per il braccio Antonio:
"Ma chi è che ci vuole prendere?" gli domandò preoccupato.
"Tranquillo, è una cosa buona se ti prendono, vai a vivere in una bella casa. Vieni, entriamo" gli disse mentre, come faceva sempre in quelle occasioni, si lisciava i capelli con la mano inumidita dalla saliva.
Dentro la sala i bambini erano già disposti lungo tre lati; dal quarto lato, quello corto, la Signorina Direttrice, impettita, li fissava senza dir nulla. A decretare però il composto silenzio di tutti i bambini era soprattutto la presenza di un uomo e una donna che mai avevano visto: lui, grandi baffi brizzolati ed elegante vestito grigio scuro, giocherellava con un bastone col manico in madreperla; lei, lungo vestito blu scuro e cappello nero con veletta a coprirle la parte superiore del viso, sembrava vagare con lo sguardo in cerca di un punto su cui poterlo poggiare.
Appena Antonio e gli altri entrarono nella sala, la Signorina Direttrice gli si rivolse secca:
"Avanti, avanti, mettetevi lì" indicando loro il lato opposto a quello dove era lei. Gli altri bambini fecero spazio affinché si mettessero dietro, non erano certo disponibili a cedere i posti che li rendevano più visibili alla coppia di signori che era venuta lì per adottare uno di loro. Ogni volta era così: c'era la gara ad accaparrarsi i posti migliori, quelli che consentivano di farsi notare di più in quella triste esposizione di speranze e mercanzia. Francesco finì dietro e da lì la sua attenzione fu catturata dal raggio di luce che entrava dalla finestra alle sue spalle e finiva diritto diritto sul costato del Gesù Cristo inchiodato sul grosso crocefisso appeso alla parete.

Illuminata da quel raggio, la macchia di sangue sul costato gli parve più grande e più viva.
"Ora ci sono tutti, tranne due che sono ammalati e stanno a letto. Possiamo iniziare" disse la Signorina Direttrice rivolta all'uomo che, seguito passo passo dalla donna, cominciò il suo lentissimo giro della sala, rivolgendo qualche domanda solo ad alcuni ragazzini, individuati in base a chissà quale misterioso criterio. Non si curò né di Antonio né di Francesco; si rivolse invece a Michele dicendogli:
"Vieni qui, passa avanti tu." E appena Michele superò la fila e gli fu di fronte, gli chiese:
"Come ti chiami?"
"Michele."
"Come vai a scuola?"
"Bene." Prima che potesse aggiungere altro, la Signorina Direttrice confermò: "Sì, Michele è uno di quelli bravi."
"E quali materie ti piacciono?"
"L'aritmetica e le scienze naturali" rispose convinto Michele.
L'uomo sembrò compiaciuto della risposta e per la prima volta si rivolse alla donna che era con lui, rimasta fino ad allora del tutto silente:
"Gli vuoi chiedere, anche tu, qualcosa?"
Lei, quasi a voler leggere nei suoi occhi, gli sollevò un po' il viso con una mano sotto il mento mentre gli chiedeva:
"Quanti anni tieni Micheluzzo?"
"Otto" rispose, un po' infastidito per la storpiatura del suo nome.
E la donna, senza più curarsi di Michele, si rivolse al marito e, dopo aver fatto un lieve cenno di compiacimento col capo, commentò:
"A me mi pareva più grosso ma è meglio così." In effetti Michele sembrava più grande di quanto fosse, così serio e

compito e con la scriminatura a dividere i capelli radi e sottili. Finito il giro tra i ragazzini, si avviarono verso l'uscita: lui, con andatura decisa nonostante il bastone, lei un passo dietro, con la veletta a coprirle il viso. Appena furono fuori, la Signorina Direttrice si rivolse ai ragazzini:
"Tornate a fare quello che stavate facendo. Alle dodici e trenta precise vi voglio tutti seduti in refettorio, mi raccomando!" Era domenica, l'unico giorno in cui pranzavano tutti insieme, suore e ragazzini, e la Signorina Nonsipuò ci teneva che tutti alle dodici e trenta in punto fossero già seduti al proprio posto, non disdegnando di dispensare punizioni di vario tipo ai ritardatari, categoria che si era quindi ormai estinta.
Appena uscirono dalla sala, Antonio si avviò deciso verso la scala che portava alla camerata:
"Ehi, Antonio, dobbiamo finire di giocare con le palline" gli urlò dietro Checco.
"No, non me ne importa proprio niente delle palline. Vacci con isso a giocare, che è bello e caro!" rispose, indicando Michele e accelerando il passo verso le scale.
Francesco non sapeva cosa fare; era la prima volta che Antonio gli rispondeva così e lui non capiva il perché. Forse, pensò, era arrabbiato perché stava perdendo nel gioco delle palline, lui che vinceva sempre. Michele però aveva capito tutto.
"È arrabbiato perché ha capito che non lo prendono a lui, neppure questa volta" gli spiegò.
"Ma perché se ne vuole andare? Se ecce lui di qua, devo uccire pure io. I signori che prendono a lui devono prendere pure a me!"
Due ore dopo era seduto nel refettorio, con lo sguardo preoccupato rivolto alla porta d'ingresso dove sperava di

vedere apparire Antonio: lui era andato a cercarlo in camerata ma Antonio non era lì e così, per la prima volta, era stato senza di lui per oltre due ore. Il refettorio era un grosso stanzone rettangolare, con le pareti affrescate di azzurro vivo, sui cui lati lunghi erano disposte due tavole da venti posti ciascuna; sul lato corto, alla destra della porta d'ingresso era invece sistemata una tavola da dieci posti, sovrastata da un grosso crocifisso in legno, unico oggetto di arredo. A Francesco piaceva il refettorio, con le grandi tavolate, il colore vivo delle pareti, e poi gli odori diversi, ma al tempo stesso sempre uguali. In quel momento però, seduto all'angolo del tavolo, di fronte alla porta d'ingresso e di fianco a Michele, non faceva caso a nulla di tutto ciò, concentrato come era su di un unico pensiero.
"Michele, pecchè Antonio non viene a mangiare?"
"Perché è dispiaciuto che non è stato voluto lui. Pure l'altra volta ha fatto così."
"Ma l'attra votta poi è venuto?"
"No, non venne."
"Io lo vado a cercare."
"Ma dove vai, Francè. Non fare fesserie che la Signorina Nonsipuò poi ti mette in punizione."
"Non me ne impotta niente, io vado."
Si alzò, accostò la sedia al tavolo come gli avevano detto che andava sempre fatto quando ci si alzava e fece due o tre passi in direzione della porta. Suor Gina, che stava parlando con la suora seduta di fianco a lei, lo vide e lo chiamò. Francesco le rivolse il suo sguardo preoccupato, socchiudendo un po' gli occhi e stringendo le sue labbra sottili, prima di aprirle per rispondere, secco:
"Non potto. Debbo andare a trovare Antonio." E riprese a camminare verso la porta d'ingresso.

"Perché devi andare a trovare Antonio? È successo qualcosa?" gli chiese suor Gina che subito si era alzata e lo aveva raggiunto, mettendoglisi davanti.
"È cappato via perché quei signori non lo hanno voluto. E io voglio stare con lui. E lui non c'è e allora vado trovarlo."
Suor Gina diede un'occhiata all'orologio: le 12.22, ossia otto minuti prima dell'arrivo della Signorina Direttrice, sempre puntualissima, e dell'inizio del pranzo; chi tardava, per quel giorno non mangiava, a meno di addurre una valida giustificazione.
"Vatti a sedere, Francesco, e fai il bravo. Vado io a prendere Antonio." Vedendolo titubante, gli prese la mano e lo accompagnò al suo posto.
"Aspetta qui, vado io."
Dalla sua finestra aveva visto più volte Antonio seduto sulla sporgenza di un piccolo muretto dietro una grossa magnolia nell'angolo del giardino. Ci andò, convinta che lo avrebbe trovato lì.
E così fu. Gli si avvicinò mentre Antonio, che l'aveva vista arrivare, continuava a tenere lo sguardo fisso sul terreno.
"Antonio, vieni, entriamo, che è ora di pranzo e sai che non si può tardare."
"No, a me non me ne importa niente di mangiare."
"Che è successo, Antonio?"
Antonio non rispose, continuando a tenere lo sguardo basso, rivolto verso i pochi ciuffi d'erba che avevano vinto le loro battaglie contro la gramigna. Suor Gina allora si abbassò e gli alzò dolcemente il viso fino a costringerlo a guardarla negli occhi.
"Allora?"
Vedendola in viso, così da vicino, lui non poteva non capitolare:

"A me nessuno mi vuole, perché non sono bravo a scuola."
"E chi te l'ha detto?"
"Nessuno, però i signori che vengono qui chiedono sempre sei bravo a scuola? Come vai a scuola? E io lo so che lo domandano pure alla Signorina Nons...Direttrice prima di vedere a noi."
Lei gli sorrise.
"Ma tu ora con l'aiuto di Francesco stai migliorando. Vedrai che tra un po' sarai tra quelli bravi. E comunque io sono più contenta se resti qui. Come faccio se te ne vai? Chi bada a me quando mi faccio anziana?" gli disse scompigliandogli i capelli con una carezza allegra, per poi continuare:
"Dai, su, andiamo, che la Signorina Nonsip... – strizzandogli l'occhio - Direttrice altrimenti non ci fa mangiare."

CAPITOLO 5

Nel 1969 conobbero il mondo esterno.
Ogni mattina Francesco, Antonio, Peppino e Michele, cartella in spalla, percorrevano a piedi il chilometro che separava l'orfanotrofio dalla scuola media, un palazzone di due piani alla periferia della cittadina. Procedevano a coppie, di solito Peppino e Michele avanti e Antonio e Francesco indietro; anche a scuola erano in due classi differenti: Peppino e Michele in seconda e Antonio e Francesco in prima. Michele non era poi stato adottato dalla signora con la veletta e non se ne era dispiaciuto più di tanto: una mamma che lo avrebbe chiamato Micheluzzo e un padre burbero non erano i genitori che avrebbe desiderato. È vero che avrebbe vissuto di certo in una bella casa e per di più, da quanto aveva detto il signore burbero, in un enorme terreno con alberi da frutto di ogni tipo, ma lui aveva sempre pensato che fossero più importanti i genitori, che la casa o le comodità. E poi, dopotutto, in istituto lui non si trovava affatto male, con i suoi amici e suor Adalgisa, che aveva eletto a sua mamma onoraria, forse per assonanza caratteriale e di stazza.
La strada che facevano per arrivare a scuola era poco frequentata: una parte era sterrata, con arbusti e rovi da un lato e pochi alberi, d'alto fusto, dall'altro; una parte invece era asfaltata e lì era più facile incrociare qualche auto o, più spesso, un trattore o un carretto, con il loro carico di masserizie o mattoni per le case in costruzione. La mattina, a causa del sonno e della scarsa voglia di scuola, si scambiavano poche parole, solo se necessarie, o dettate da

qualcosa che interveniva a modificare la tranquilla monotonia del loro cammino: un'auto diversa dalle solite o uno scoiattolo che si arrampicava su di un albero. Era ormai entrato a far parte della normalità anche Annuccio, il cane dal pelo nero e crespo che molto spesso li affiancava nel loro rassegnato arrancare mattutino: lo avevano chiamato così perché, con un occhio più scuro dell'altro, gli ricordava la bidella Anna.

La scuola aveva lunghi e spaziosi corridoi, e un odore che a Francesco ricordava il refettorio. Al primo e al secondo piano c'erano solo classi maschili; al pianterreno invece c'erano tre classi femminili: e fu così che Antonio e Francesco scoprirono la bellezza e i colori dell'altra metà dell'universo. Mai avrebbe potuto immaginare, Francesco, che l'immagine di una ragazza avrebbe potuto essere così potente, da penetrarti e stamparsi dentro di te. E invece fu proprio ciò che accadde quando conobbe Barbara: bastò un suo sguardo, per obnubilargli la mente e dargli la netta percezione che ormai gli era entrata dentro e nulla sarebbe più stato come prima. Accadde quando la professoressa gli chiese di scendere giù, dal bidello al pianterreno, per farsi dare la copia della chiave dell'armadietto di classe. Finita l'ultima rampa di scale, lui svoltò l'angolo e vide, davanti alla cattedra dietro la quale era il bidello, una ragazzina dai capelli rossi, lunghi e ondulati, che si adagiavano sul grembiule bianco. Quando si avvicinò alla cattedra, sentì che stava dicendo al bidello:

"... e poi la professoressa ha detto che mi devi dare anche il gesso per la lavagna, che è finito."

"Sì, aspetta qui che lo prendo." E poi vedendo Francesco: "E tu invece che vuoi?"

"La professoressa Romano ha bisogno della chiave dell'armadietto di classe della I B."

"E aspetta pure tu qua, allora." E si alzò per andare nella vicina stanza della segreteria.
La ragazzina si voltò verso di lui, senza alcuna timidezza:
"Ciao, come ti chiami?"
"Francesco. E tu?"
"Barbara. Sto in prima A." E poi, guardandolo con aria allegra, aggiunse:
"Sei forte con tutti questi ricci. Mi sembrano come una pianta che teniamo a casa." E si mise a sorridere. Poi, notando l'improvviso rossore sulle guance di Francesco, si affrettò ad aggiungere:
"Ma non lo dicevo per prenderti in giro. È proprio che me l'hai ricordata. E poi a me piace quella pianta."
Francesco avvertì la vampata di calore in faccia farsi ancora più intensa; per fortuna però, prima che potesse provare ad articolare una qualunque risposta, tornò il bidello con la chiave e il gesso.
"Eccoli qua, su, prendeteli e tornate in classe."
Barbara prese il gesso e lo salutò, poggiandogli, quasi senza farci caso, una mano sul braccio. Francesco le restituì un saluto imbarazzato, rivolgendole un timido sguardo, prima di avviarsi, confuso, sulla rampa delle scale.
Quando rientrò in classe, andò subito a sedersi al suo banco in terza fila, vicino ad Antonio.
"Lisco, ma la chiave dell'armadietto l'hai presa o sei andato fuori a prendere una boccata d'aria?" La voce della professoressa lo riportò in maniera brutale in classe, lui che era ancora giù, al pianterreno, a perdersi negli occhi blu e nel sorriso di Barbara.
"Ah, sì, professoressa, eccole."
Tornò a sedersi al suo posto e Antonio, a bassa voce per non farsi sentire dalla professoressa, gli chiese:

"Checco, tutto ok? È successo qualcosa? Qualcuno ti ha sfottuto?"
"No, Anto', chi mi doveva sfottere!"
"È stato il bidello? Ti ha detto qualcosa?"
"No, Antò, che mi doveva dire?? Non è successo niente. È solo che tengo un poco di male di pancia."
Non udì nulla di ciò che la professoressa spiegò e a stento si rese conto dell'avvicendamento con il professore di matematica nell'ultima ora.
All'uscita da scuola, la solita confusione: mamme che chiamavano a gran voce i figli, ragazzi che si spingevano, urlavano e ridevano, un paio di auto che calamitavano l'attenzione dei ragazzini. Erano i primi giorni di marzo e, nonostante le nuvole avessero deciso di nascondere il sole, si respirava aria di primavera. Francesco e Antonio aspettarono che uscissero Peppino e Michele e poi, tutti insieme, si incamminarono verso l'istituto. Dopo poco furono affiancati dal furgoncino di Dario, il tuttofare dell'istituto, che si fermò e li fece salire a bordo. Durante i pochi minuti del viaggio, mentre il vecchio pulmino arrancava emettendo rumori di ogni tipo, Francesco non proferì parola; con la faccia al finestrino sembrava osservare i primi mandorli in fiore o le nuvole che piano piano si sfrangiavano, mentre in realtà continuava a vedere delle ciocche rosse su due occhi blu. Incrociò ad un certo punto lo sguardo di Antonio e provò, senza riuscire a spiegarsene la ragione, una sensazione d'imbarazzo, come se fosse stato colto in fallo, o come se fosse stato nudo.
Non ce la fece a non confidarsi con lui. E così, tornati in camerata, gli si avvicinò e, senza farsi sentire dagli altri, gli disse che doveva parlargli. Andarono in giardino, sotto la

magnolia, e lì Francesco gli raccontò di Barbara, dei suoi capelli rossi e della sua bellezza:
"Antonio, è bellissima. Io però ci ho fatto una brutta figura perché...perché secondo me mi sono fatto rosso rosso e..."
"E vabbuò, rosso tu e rossa lei, dovevate essere bellissimi!" scherzò Antonio. Poi, notando l'espressione delusa di Checco, cambiò atteggiamento:
"Scusa, era 'na battuta. Dai, continua, dimmi di lei."
"Ma io non so che devo dire. A me mi piace assai, da quando l'ho vista mi sento strano, mi viene da pensare sempre a lei."
"E ti sei innamorato, allora!" commentò Antonio, con l'aria dell'uomo di mondo. Poi, guardandolo, concluse deciso:
"Mo' dobbiamo fare un piano che tu la vedi di nuovo e ti fidanzi."
"Eh??!"
Il piano escogitato da Antonio richiedeva, innanzitutto, di capire dove abitava e se qualcuno la riaccompagnava a casa.
"Noi domani la seguiamo all'uscita da scuola senza farcene accorgere. Se lei abita vicino a scuola e nessuno l'accompagna, la mattina dopo arriviamo più presto, ci nascondiamo sotto casa sua e, appena esce, tu fai finta di trovarti a passare di lì e così ve ne venite insieme a scuola. E poi, dopo un po', ti fidanzi."
Quando Antonio glielo aveva detto, con il tono convinto e il sorriso delle cose semplici, gli era parsa una cosa che dopotutto poteva fare anche lui; ora però, sotto la palazzina dove abitava Barbara, nell'attesa di vederla uscire in strada, si sentiva bloccato, con la bocca asciutta e la lingua che gli si attaccava al palato. Sarebbe scappato via se dietro di lui non ci fosse stato Antonio a ripetergli in continuazione di stare tranquillo, che tutto sarebbe andato bene. Appena la vide uscire, si voltò come per andare nella direzione opposta ma

Antonio, dopo avergli rivolto uno sguardo carico di fiducia, gli diede una spinta e, oplà, fu così che si ritrovò a pochi metri da Barbara, allo scoperto. Facendosi coraggio, allungò leggermente il passo in modo da raggiungerla:
"Ciao."
"Ah, ciao, tu sei quello delle chiavi...e dei capelli come la pianta di casa mia" aggiunse sorridendo, con lo sguardo verso il fitto casco di ricci neri, affrettandosi ad aggiungere:
"Te l'ho già detto, a me piace la mia pianta. E pure i tuoi capelli. Sono buffi. Sei l'unico che conosco che li ha così." Poi, mentre sistemava meglio la cartella verde sulle spalle, continuò:
"Ma tu abiti qui vicino?"
"Mmh, no, solo che... sono andato a chiamare un amico che però non ha risposto" disse veloce, guardando a terra davanti a sé, ripetendo quanto aveva convenuto con Antonio, per poi cambiare subito argomento:
"Stai andando pure tu a scuola, vero?"
"E dove vuoi che vado a quest'ora, col grembiule??" rispose Barbara, ridendo.
E Francesco, sentendo il rossore che cominciava ad affiorargli sulle gote, non seppe dire altro che la verità:
"Sì, hai ragione, ma io pure l'altra volta...se parlo con te, non riesco a pensare bene a quello che dico, è che...non lo so, con gli altri non mi succede."
Lei lo guardò per qualche istante senza dire nulla. Lui ebbe come l'impressione che il mondo si fermasse, poi lei gli sorrise:
"Dai, andiamo a scuola."
Mentre camminavano, vide Antonio, dall'altro lato della strada, che li superava senza farsi vedere. Lo ritrovò fuori la classe, ad aspettarlo.

"A Chè, è andata alla grande! Hai visto che bella idea che ho avuto? Vieni, andiamo in bagno, raccontami tutto."

CAPITOLO 6

Fidanzarsi con Barbara fu molto più difficile di quanto fosse apparso dalle parole di Antonio. E se non fosse stato per un colpo di fortuna, probabilmente non ci sarebbe riuscito. Antonio riuscì a fare in modo che anche loro venissero invitati alla festa di compleanno di una compagna di classe di Barbara. Lui non voleva andare, aveva sentito che alle feste di compleanno si ballava e lui non sapeva farlo. Fu Antonio, come sempre, a convincerlo:
"A Chè, ma che te frega, se non vuoi ballare, non balli. E comunque sì proprio scem si nun balli! Lì ci sta Barbara. Guarda come si fa" e mettendo le braccia a cerchio davanti a sé, cominciò a muoversi lentamente con moto ondulatorio:
"Ecco. Tu ti muovi così, tenendole le mani leggere dietro la schiena. E lei te le mette invece intorno al collo. Basta, solo questo devi fare."
"Ma tu sei scemo. No, no, io non ballo."
"Vabbuò, fai come vuoi. Tu comunque, quando stiamo lì, guarda a me e poi decidi."
Non ce l'aveva fatta a ballare. Aveva visto Barbara ballare per due volte, con due compagni diversi, e lui era rimasto seduto a cercare di guardare da un'altra parte. Antonio aveva invano cercato di convincerlo, tornando da lui alla fine di ogni ballo che faceva. Niente, si sentiva bloccato, non ce la faceva.
Ma la dea bendata, forse intenerita dalla sua timidezza, e comunque con una bella spinta di Antonio, era intervenuta a sbloccare la situazione.

"Giochiamo al gioco della bottiglia?" aveva proposto Antonio.
"Sì – aveva detto la festeggiata – però facciamo che il bacio si può dare anche sulla bocca: chi deve riceverlo decide se sulla guancia o sulla bocca."
All'audace proposta di baci sulla bocca seguirono risolini, furbetti ammiccamenti e imbarazzati rossori.
Francesco si irrigidì, avrebbe voluto non giocare, ma tutti si sedettero in cerchio e fu quindi costretto a fare altrettanto. Quando toccò a Barbara, il collo della bottiglia si fermò preciso verso di lui.
"Un bacio sulla guancia" disse Barbara.
"E già, sempre e solo baci sulla guancia voi femmine. Nessuna di voi femmine ha il coraggio di dare un bacio in bocca" sfidò Antonio, sperando che abboccasse.
"Ah, no? E invece io ce l'ho. Bacio sulla bocca!" si corresse allora Barbara. Gli si avvicinò, inclinò un po' il viso e gli diede un timido bacio sulla bocca, mentre i suoi lunghi capelli rossi gli cadevano sul viso. Francesco non sentì i risolini delle amiche di Barbara, né vide gli sguardi eccitati dei ragazzi, o quello compiaciuto di Antonio. Lui seppe solo che a quel bacio non avrebbero non potuto seguirne altri. Non osava però nemmeno sperare che potesse accadere quella stessa sera; e invece fu proprio ciò che successe: appena vide Barbara uscire fuori al terrazzino, Antonio gli diede una gomitata e gli si rivolse imperioso:
"Vai, muoviti!"
Il ricordo del bacio gli fece trovare il coraggio.
"Anche tu hai caldo?" gli disse Barbara appena lo vide apparire.
"E sì, un po'" mentì.
"Senti, posso chiederti una cosa?"

"Certo."
È stato il primo bacio sulla bocca?"
Stava per mentire. Sapeva che Antonio gli avrebbe consigliato di rispondere di no, che non era il primo, che già ne aveva dati. Ma lui non era Antonio.
"Sì, è stato il primo bacio."
"E… e ti è piaciuto?"
Le parole gli uscirono dalla bocca senza che se ne rendesse conto, in modo naturale, come se lì non ci fosse Barbara.
"È stata la cosa più bella che mi è capitata finora."
Lei gli si avvicinò e gli diede un altro bacio, questa volta più lungo. Più vero. Lui tenne le labbra ben strette temendo che se le avesse aperte tutto sarebbe potuto finire troppo presto. Dopo un tempo, che a lui parve non esserci, Barbara si ritrasse e di nuovo gli chiese:
"E questo? Ti è piaciuto?"
"Sì, ancora di più."
"Beh, mi sa che ci siamo fidanzati allora. Vieni, entriamo." E lo prese per mano prima che lui le potesse chiedere un altro bacio. Quando Antonio li vide entrare mano nella mano si sentì orgoglioso e felice, come quando tuo figlio corona un sogno grazie ai tuoi insegnamenti.
Il fidanzamento durò quasi un anno. E fu, per Francesco, un anno bellissimo. Erano in terza media quando Barbara, prima che entrassero a scuola, gli disse che all'uscita gli avrebbe dovuto parlare. Erano già dieci giorni che non si vedevano, se non di sfuggita a scuola. Lui più volte in quei giorni le aveva chiesto di stare un po' insieme dopo scuola ma lei aveva sempre detto che non poteva.
"E' successo qualcosa?" le chiese mentre salivano i gradini per entrare a scuola.

"No, niente, ma ti devo parlare. È una cosa che ti devo dire quando siamo soli." Glielo aveva detto in modo strano, non con i suoi occhi, non con la sua bocca. Non sembrava nemmeno Barbara, pareva un'estranea che gli aveva portato un'imbasciata. Francesco passò quattro ore a fare tutte le congetture possibili, per evitare di pensare all'unica che davvero temeva. E invece fu proprio quella che gli piovve addosso.
"Francesco, non voglio più essere fidanzata. Non voglio più io ... e non vuole nemmeno mia mamma."
La sera, immobile nel letto, ripensava alle parole che Barbara gli aveva rivolto, in modo secco, impietoso, senza nemmeno guardarlo, mentre camminavano nella direzione di casa sua. Lui era rimasto stordito, non ricordava se fosse riuscito a dire qualcosa, forse ci aveva provato, ma lei aveva accelerato il passo, per raggiungere la mamma che la stava aspettando.
"Mi dispiace, ma devo fare presto, mamma mi sta aspettando" erano state le ultime parole che aveva sentito; era rimasto fermo, immobile, poi si era girato e, attraverso strade che non aveva mai visto, era tornato in istituto.
Antonio capì subito, appena lo vide. E così si fece raccontare tutto e poi, incrociando il suo sguardo da cane bastonato:
"E vabbuò, Checco, mica te la volevi sposare?! E poi, se ti ha lasciato così, allora non ti meritava. E se è stata la mamma a convincerla, allora peggio ancora, significa che è una sciacquetta!"
Sciacquetta o no, lui non riusciva però a sopportare l'idea della sua assenza, di un tempo senza di lei.
Nei mesi successivi Francesco si mise a studiare più del solito: c'era l'esame di terza media da dover affrontare e lui aveva promesso a suor Gina che avrebbe preso il massimo dei voti. E poi c'era da aiutare Antonio, meno bravo di lui a

scuola. E da dimenticare, una volta per tutte, Barbara. E così passava quasi ogni pomeriggio a studiare, e ad aiutare Antonio, che aveva una paura terribile dell'esame. A scuola i loro ruoli erano invertiti, e a lui faceva piacere prendersi cura di Antonio. Per aiutarlo studiò anche Applicazioni tecniche, che era la materia facoltativa scelta da Antonio; lui invece aveva optato per il latino.
"Ma che te ne devi fare di questo latino?" gli aveva chiesto, scettico, Antonio quando a inizio anno avevano fatto la scelta sulle materie opzionali, dopo i primi rudimenti di latino appresi in seconda media.
"Non lo so, ma mi piace quando passo la frase dal latino all'italiano senza errori."
Gli esami andarono bene: Antonio ebbe tutti sei, un paio di sette e un unico nove in Applicazioni Tecniche a impreziosire la pagella; Francesco prese tutti dieci, tranne in Educazione Fisica. Quando i professori gli fecero i complimenti, consigliandogli di proseguire gli studi al liceo, lui, come prima cosa, pensò che andare al liceo avrebbe significato dividersi da Antonio. Ne parlarono quell'estate.
"Prima o poi doveva succedere..." gli disse Francesco
"E già. La colpa è tua, ca' sì troppo bravo! E comunque, Ché, tu mi devi continuare ad aiutare."
"Antò, parecchie materie che farai tu, non le farò io. E viceversa."
"E che me ne frega a me. Tu con la capa che hai le materie mie le leggi e le capisci subito. E così me le spieghi. E se no, che cosa ce l'hai a fare il capoccione che ti ritrovi??"
"Bah, speriamo innanzitutto che sto capoccione, come lo chiami tu, funzioni pure al liceo."
"È sicuro che funzionerà, garantisco io!"

"Speriamo. Non riesco a immaginare però di avere dopo otto anni un compagno di banco diverso da te."
"Bello e intelligente come me di certo non lo trovi!" scherzò Antonio, cercando così di scacciare l'irreale prospettiva.

CAPITOLO 7

Francesco era lì da dieci anni quando successe.
Un colpo terribile, giunto inatteso in una giornata divenuta improvvisamente diversa da tutte le altre. Finito il pranzo, Suor Adalgisa gli si avvicinò e gli chiese di accompagnarla a vedere se Argo aveva mangiato tutto. Argo era un maremmano abruzzese rimasto senza padrone quando era morto il fratello di Suor Adalgisa; lei era riuscita a convincere la Signorina Direttrice a tenerlo nella struttura, assicurandole che non sarebbe mai entrato all'interno e che avrebbe provveduto lei, a spese sue, al cibo e a quant'altro fosse stato necessario. E così era stato: Argo, ormai lì da due anni, era diventato l'altro confidente di Francesco. Tutti i ragazzini della struttura, con il passare del tempo, si erano sempre più allontanati da Argo finendo per considerarlo, al pari degli alberi, una scontata presenza all'interno del piccolo giardino. Francesco aveva fatto invece il percorso inverso: gli si era tenuto a distanza all'inizio, intimorito dalla sua grossa stazza; poi, pian piano, aveva cominciato ad avvicinarglisi quando gli altri gli si erano allontanati, aveva capito che le sue esuberanze, le sue linguate o il suo spingere la testa contro il ventre non erano altro che modi per manifestare il suo affetto.
"E quello mica tiene le mani o la voce! Come deve fare per farti capire che ci piaci? Ma li hai visti gli occhi?" gli aveva detto Antonio mentre Argo, steso per terra, puntava su di loro lo sguardo più dolce che Francesco avesse mai visto.

E così tutti i giorni Francesco andava vicino alla cuccia di Argo e restava lì, a parlare con lui, che sembrava ascoltarlo con attenzione. Suor Adalgisa, dopo un po', gli aveva dato anche il permesso di portarlo al guinzaglio all'interno del giardino, e il rapporto tra lui e Argo era diventato sempre più forte: quando lo vedeva arrivare, Argo balzava in piedi e saltava felice, tendendo al massimo la corda cui era legato. Suor Adalgisa sapeva bene tutto ciò ed era per questa ragione che aveva deciso di dargli la notizia alla presenza di Argo. Appena li vide arrivare, Argo cominciò ad abbaiare e saltare, contento; Francesco allora corse da lui e vide la scodella rossa ben pulita.
"Suor Adalgisa, ha mangiato tutto! Bravo, bravo Argo!"
Ormai quasi sedicenne, era riuscito a superare i problemi di dizione che aveva avuto fino a qualche anno prima; ora gli succedeva molto di rado, e solo in situazioni di forte stress.
Suor Adalgisa gli si avvicinò mentre lui affondava le mani nel bianco sporco del pelo.
"Sì, è stato bravo, ha mangiato proprio tutto." E poi, dopo un attimo di silenzio, a voler trovare la forza per dargli la notizia, continuò: "Francesco, ricordi i due signori che sono venuti un po' di tempo fa qui, a vedervi?"
Lui capì subito che suor Adalgisa stava per dirgli qualcosa di brutto. Anche Argo dovette percepire qualcosa, forse perché la presa di Francesco attorno al suo muso perse di allegria. Prima che suor Adalgisa potesse aggiungere altro, Francesco si alzò, puntò lo sguardo nei suoi occhi sporgenti e disse deciso:
"Io non ci vado con quelli. E non vado con nessuno. Io resto qui, con Antonio e Argo ...e te."
Tanti ragazzini lì sarebbero stati contentissimi di essere adottati: non lui, però. Ci aveva pensato quando quei due li

avevano passati in rassegna, la settimana precedente. A lui, oltretutto, non erano piaciuti: soprattutto l'uomo gli aveva messo un po' paura, con le mani così tozze e grosse e l'enorme naso bitorzoluto. E così, mentre Antonio, Peppino, Enzo e tanti altri avevano cercato in tutti i modi di piacere, lui aveva fatto l'opposto, rivolgendosi scorbutico, e solo con freddi monosillabi.
"Ti piace la campagna?" gli aveva chiesto lui.
"No."
"Però ti piacerebbe se ci andassimo con una bella auto, vero?"
"No."
E quando era stata la moglie a rivolgergliisi, una signora bassina sul cui viso spigoloso campeggiava un grosso neo tondo e peloso, si era mostrato ancora più acido e scostante.
"Lo sai, ragazzo, che io preparo dei buonissimi dolci? A te piacciono?" gli aveva chiesto lei.
E lui, secco:
"Io mi chiamo Francesco, no ragazzo. E comunque i dolci non li mangio" aveva concluso, fissando i suoi occhi in quelli della signora, un po' sovrappeso.
Com'era possibile che quei due avessero scelto proprio lui?
"No, suor Adalgisa, io non ci vado, non me ne vado da qui" affermò deciso.
"...no, Francesco, non sei tu che verrai adottato da quei signori."
E allora lui capì e il suo urlo fu quello di un lupo braccato.
"Nooo! Noooo!"
Suor Adalgisa lo abbracciò, stringendo al petto la sua chioma ricciuta. Lui si liberò dall'abbraccio e scappò via. Fino a sera non rivolse la parola ad Antonio; quando erano in camerata però, e tutti gli altri già dormivano, non riuscì più a

mantenere il suo rabbioso silenzio e, a bassa voce per non disturbare il sonno degli altri, gli si rivolse:
"Antò, dormi?"
"No, sto sveglio."
"Ma tu davvero te ne vuoi andare?"
"Checco, che importa se voglio o no. Mi hanno adottato e basta."
"E io??"
"Non lo so, Checco. Comunque, mica vado dall'altra parte del mondo! Dai, dormiamo ora" concluse con un senso di colpa dilaniante, e senza il coraggio di dirgli che sarebbe andato a vivere a Roma.
Nei due giorni successivi cercò di evitarlo: si sentiva come il più infame dei traditori, ma la prospettiva di una casa, con due genitori e una stanza tutta per lui, lo elettrizzava, acuendo così il suo senso di colpa.
Suor Gina provò a riavvicinarli, prima della partenza di Antonio: non voleva che un rapporto di amicizia così forte, senza dubbio il più forte che avesse mai visto nascere tra quelle mura, potesse in qualche modo spezzarsi. Li chiamò entrambi nella sua stanza, l'uno all'insaputa dell'altro. Quando Antonio bussò alla porta, Francesco era già lì, seduto al tavolino.
"Ragazzi, vi devo chiedere una cosa" cominciò suor Gina, notando lo sguardo carico, intenso e sfuggevole, che si erano scambiati. Poi continuò, facendo finta di non sapere nulla del loro mutato rapporto:
"Voi siete amici per la pelle. E io so che di certo continuerete a esserlo, scrivendovi o anche telefonandovi quando sarà possibile. E allora vorrei che mi aiutaste a realizzare un progetto al quale sto pensando per i bambini della mia classe. Vorrei che loro potessero immaginare il mondo di fuori, la

sua varietà, ma non solo attraverso la lettura dei libri ma soprattutto attraverso la corrispondenza di persone che ... come dire... sono sul campo. Ho già interessato un mio nipote che vive a Firenze. Vorrei che lui da Firenze, tu da Roma, e poi magari pian piano altri, ci scriviate delle lettere raccontandoci la città, qualunque cosa, dalla squadra di calcio al monumento più bello, in modo da incuriosire i bambini. Poi, sia tu sia mio nipote le invierete a Francesco, e lui le metterà insieme nel migliore dei modi. E così tu potrai scrivergli anche le cose vostre nella lettera, tanto lui poi non le metterà in quello che io leggerò in classe. Va bene? Che dite, è una bella idea, vero?"
Francesco era lì, immobile, che si torceva le mani; suor Gina aveva notato il suo smarrimento impaurito, quando lei aveva accennato a Roma. Non sapeva se già ne fosse al corrente, di certo non era riuscito ad accettarlo.
"Ma voi lo sapete, suor Gina, io non sono molto capace a scrivere; e poi come faccio a scrivere queste lettere? Chi me li dà i soldi che ci vogliono?" aveva domandato Antonio che, dopo il primo impatto, aveva evitato di incrociare lo sguardo di Checco.
"Per i soldi non ti devi preoccupare, te li darò io e tu dovrai utilizzarli solo per questo."
Francesco fissava il tavolino senza proferire parola.
"Francesco, va bene anche per te, vero?"
"Sì...posso andare ora?"
"Sì, certo."
Lo sguardo ferito che gli rivolse Checco mentre usciva dalla camera, Antonio lo avrebbe portato con sé a Roma. E sarebbe rimasto con lui, tra le mura della bella casa in via Merulana per parecchio tempo, avrebbe sfrecciato con l'automobilina della policar, si sarebbe ricaricato con il fucile ad aria

compressa, lo avrebbe fissato dal volto di Sandro Mazzola nella foto di fronte al letto, lo avrebbe accompagnato nelle sue passeggiate a Piazza Navona.
La mattina dopo, il letto di Antonio era già vuoto quando Francesco si svegliò: i suoi nuovi genitori, lo seppe solo più tardi, erano venuti a prenderlo di mattina presto per portarlo a Roma.
Francesco trascorse l'intero pomeriggio a parlare con Argo. Non gli raccontò nulla del passato, cercò di guardare solo nel futuro, per continuare a credere. E così gli disse che da grande avrebbe fatto il commissario di polizia, o il giudice, e che avrebbe avuto una bella casa e una cuccia enorme, tutta per lui. Argo lo fissava in silenzio e drizzava le orecchie, come a volerci accogliere tutto il dolore di parole che fingevano di credere.
La notte fece un sogno strano. Era in un parco enorme dove non c'era nessuno: solo lui e Argo, che correva felice a recuperare il bastone che lui lanciava sempre più lontano. Dopo un lancio più forte degli altri Argo non tornò; vide invece arrivare un uomo piccolo, dagli occhi color carbone, che trascinava con la mano Antonio. Giunto vicino a lui, lo fissò con occhi rossi, che sembravano di fuoco, e disse:
"Sei tu mio figlio, non è lui. Lui lo restituisco e prendo te."
Lasciò Antonio e stava per afferrarlo quando Argo con un solo balzo, abbaiando e ringhiando, gli saltò addosso prima che potesse riuscirci. Fu allora che si svegliò. Non si riaddormentò più, e forse fu anche per questo, oltre che per l'incredibile nitidezza delle immagini, che il sogno gli rimase dentro e gli tornò alla memoria oltre quarant'anni dopo, quando il passato, inatteso e improvviso, fece irruzione nella sua vita.

CAPITOLO 8

Gli anni del liceo volarono via veloci. Antonio gli scrisse due sole volte, parlandogli del Colosseo, della fontana di Trevi, del mercato di Porta Portese e del derby tra Roma e Lazio, cui aveva assistito insieme al padre, romanista sfegatato. Non gli raccontò quasi nulla di sé però, salvo che a scuola se la stava cavando abbastanza bene. Dopo le due lettere, arrivò anche una telefonata. Fu suor Gina che andò a chiamarlo mentre stava facendo i compiti.
"Vieni, Francesco, c'è Antonio al telefono, corri che è un'interurbana, costa assai. Vai, vai, che ti deve dare una bella notizia."
Lui non corse, era ancora troppo arrabbiato per correre. Andò nell'ufficio della Signorina Direttrice, che gli passò la cornetta con uno sguardo dolce, merce rara nei suoi occhi.
"Ciao, Checco, sono io, Antonio. Senti, Chè, una bellissima notizia: lunedì prossimo mio padre ha un impegno a Napoli e allora mi ha detto che mi accompagna lì, così possiamo stare insieme tutta la giornata" disse Antonio tutto d'un fiato, senza riuscire a contenere l'entusiasmo che gli dava quella prospettiva.
"Ma io vado a scuola."
"Sì, lo so. Ma ho chiesto alla Signorina se per quel giorno puoi non andare. E lei mi ha detto di sì!"
"Non lo so, poi vedo. Se no, ci vediamo quando torno" gli rispose in tono freddo, stridente con quello euforico di Antonio.

Ma la domenica sera, mentre guardava la tv insieme agli altri, distratto in realtà dalla prospettiva dell'indomani con Antonio, suor Gina lo chiamò in disparte per comunicargli che Antonio non sarebbe più venuto, visto che il papà aveva dovuto cambiare i suoi impegni di lavoro.
"Era dispiaciutissimo, Francesco, credimi. Comunque, ha detto che il padre gli ha promesso che verranno quanto prima."
"Sì, va bene" freddo, senza guardarla. "Io vado in camera."
Successe anche un'altra volta. E da allora a nulla valsero i tentativi di suor Gina per far sì che Francesco gli scrivesse o gli telefonasse.
Anche quando si diplomò al liceo classico con sessanta sessantesimi, il massimo dei voti, non volle chiamarlo, nonostante l'invito di suor Gina. Appena rientrato da scuola, dove era andato a vedere i quadri con i voti, fu chiamato nell' ufficio della signorina direttrice.
"Vieni, Francesco, entra, siediti."
Francesco fu sorpreso nel vedere anche suor Gina, seduta poco distante, che gli sorrise appena entrò. Si preoccupò, temendo che fosse il preludio di un commiato.
"Allora, innanzitutto siamo molto contente e fiere dei tuoi risultati negli studi, che con i sessanta sessantesimi hai concluso nel migliore dei modi." Vedendo lo sguardo stupito di Francesco, aggiunse:
"Sì, io lo sapevo già da ieri. Mi ha chiamato il preside della scuola per dirmi che c'è la possibilità di una borsa di studio per sostenere i tuoi studi all'università."
Francesco volse lo sguardo verso suor Gina, ottenendo in cambio solo un sorriso radioso. La Signorina Direttrice continuò:

"Quindi Francesco, se vuoi, potrai andare all'università e restare qui durante i tuoi studi. Potremmo liberare il ripostiglio che sta giù. Lì un lettino e una piccola scrivania c'entrano. Che dici?"

Non rispose subito, era troppo sorpreso. E allora la signorina direttrice aggiunse:

"Se però preferisci trovare un impiego e andar via, il preside mi ha anche detto che il Banco di Napoli ha chiesto l'elenco dei diplomati con il massimo dei voti." E poi, con moto d'orgoglio:

"E ridendo mi ha detto che è un elenco cortissimo: tu e un altro."

A Francesco la prospettiva di fare l'impiegato in banca proprio non allettava; e soprattutto, l'idea di andar via da lì, lo spaventava.

"No, no. Se posso scegliere, preferisco andare all'università."

"Bene, farò sistemare il ripostiglio allora."

"Lo sai già in quale facoltà?" intervenne suor Gina, rimasta silente fino a quel momento.

"No. Ci devo pensare. Ma credo o Medicina o Giurisprudenza."

"Bene, due belle scelte." Poi, guardandolo con una strana luce negli occhi, aggiunse:

"Che dici, vogliamo fare una telefonata ad Antonio, per dargli la bella notizia? Sarà di certo molto contento. E così vediamo se anche lui si è diplomato."

"No, grazie. Ormai sono passati più di due anni..."

"Sì, ma per oltre dieci siete stati inseparabili, però" chiosò suor Gina, rivolgendogli il suo sguardo dolce.

"Magari un'altra volta, ora mi devo vedere con gli amici di classe per festeggiare e sono già in ritardo. Posso andare?" si affrettò a chiedere mentre già faceva il gesto di alzarsi.

Suor Gina non ebbe alcun dubbio che stesse mentendo. Si ripromise di parlargli alla prima occasione utile.

Dei successivi trentadue anni la mia penna ha poco da raccontare; le vite di Francesco e Antonio sono scorse più o meno come tante altre. Ciascuno ha di certo pensato all'altro, più volte, ogni volta che un qualunque banale gesto della quotidianità lo abbia riportato ai dieci anni passati in totale simbiosi, mattina, pomeriggio e notte. Non si sono mai cercati, però; e non più per risentimento, o senso di colpa, come nei primi anni, ma per qualcosa di diverso, di più profondo: per paura, credo; paura di non riconoscersi più, di vedere nell'altro un lui diverso, e perdere così anche l'unico passato di cui erano in grado di disporre. Non sapevano, non potevano sapere, che il passato, l'altro, quello oscuro, li avrebbe rincorsi e costretti a superarla quella paura. Del resto, seppellire il passato, che lo si voglia o meno, è un'illusione: è lì, dentro di te, nelle tue malinconie o nelle tue risate; è lì, fuori di te, nei tanti, troppi, che ne hanno fatto parte, senza che tu lo sapessi. E, prima o poi, come un beffardo pupazzo a molle, salta fuori dalla scatola dove è stato rinchiuso. Ed è proprio quello che successe nell'anno 2007, quando l'ormai commissario di pubblica sicurezza Francesco Lisco aveva compiuto i suoi cinquant'anni.

2007-2009

CAPITOLO 9

Si era alzato presto come quasi tutte le mattine e, quando gli arrivò la telefonata, stava sorseggiando il caffè sul terrazzino, con gli occhi rivolti alle nuvole che si addensavano sul Vesuvio e sul Monte Somma, bianche e soffici, e che lui, amante dei dolci e privo invece di ogni vena poetica, stava immaginando come panna su due profiteroles.
Era il suo vice, l'ispettore Armando Gargiulo:
"Buongiorno, commissario, mica vi ho svegliato?"
"No, Armà, dimmi."
"Ecco, commissà, hanno chiamato da un ospizio che sta a Caivano."
Lui si irrigidì ma nessuno poté accorgersene, né vedere la smorfia del suo viso che, del resto, solo Elena avrebbe forse potuto interpretare, ma ormai Elena non c'era più.
"... e quindi vi passerei a prendere così vi accompagno" stava continuando il suo vice.
"Quella non è zona nostra, però. Perché dobbiamo andare?"
"Commissà, la vecchietta che è morta lo ha proprio lasciato scritto che alla sua morte dovevano chiamare a voi."
"A me?? E come si chiama... anzi, si chiamava questa signora?"
"Commissà, mannaggia a marina, e voi mi acchiappate subito a me! Avete ragione, non gliel'ho chiesto. Ci ho pensato subito dopo che avevo chiuso la telefonata; stavo per cercare il numero e richiamare ma poi ho pensato che comunque ci dovevamo andare. Ho fatto male, commissà? Recupero il numero e chiamo?"

"No, Armà, lascia perdere, non fa niente. Passami a prendere e andiamo."
Mise giù e restò seduto ancora per un po', con la testa poggiata alla parete del terrazzino e lo sguardo a fissare l'orizzonte azzurro, mentre la mente andava molto indietro nel tempo, a un bambino con una folta e ricciuta chioma nera, spedito in un orfanotrofio alla morte del nonno. Non aveva foto di quel periodo ma i ricordi erano nitidi, dai contorni ben definiti, forse perché più volte negli anni avevano popolato i suoi sogni. Era stato da poco trasferito a Napoli quando aveva saputo che l'orfanotrofio nel quale aveva trascorso sedici anni della propria vita era stato trasformato in un ospizio. Da quando era andato via, a ventidue anni, vi era tornato poche volte, e solo nei primi tempi. Poi mai più. Forse perché erano andate via sia suor Adalgisa sia suor Gina, o forse perché era così intimamente legato a quel posto da non riuscire ad andarci da semplice ospite. Si alzò per essere pronto all'arrivo del suo vice. Fece una rapida doccia e prese camicia e pantaloni: nell'ultimo mese era arrivato a pesare centododici chili e di capi XXL aveva solo quattro camicie e due pantaloni, così da rendere la scelta quasi obbligata. Mentre si radeva, gli venne da sorridere amaro nel vedere riflesso nello specchio il suo testone ridotto ormai ad una lucente palla da bowling: i suoi folti ricci neri lo avevano già abbandonato quando aveva cominciato a perdere i primi capelli, e così si era convinto a non assistere, impotente, allo stillicidio della loro caduta. Più che la leggera forma di alopecia, era stata Elena, la sua ex, a convincerlo con una lenta e costante opera di persuasione:
"Uno che ha avuto la tua capigliatura non può assistere alla sua lenta agonia" gli aveva cominciato a dire scherzando "bisogna prendere il toro per le corna: via tutto, fatti calvo!"

Aveva continuato per più giorni: "Dai, cambia look. Secondo me il tuo faccione diventa più interessante senza capelli."
Dopo un po' aveva ceduto, e così Carmine, il suo barbiere, era stato costretto, dopo vani tentativi per farlo desistere, a raparlo a zero. Avevano assistito muti alla cascata di capelli sul pavimento, e, mentre li vedeva ammassarsi sull'asciugamano, aveva avuto la sensazione, per la prima volta, di entrare davvero nell'età adulta.
Risciacquò il viso e tornò sul terrazzino ad attendere l'arrivo del suo vice. Chissà cosa avrebbe provato nel rimettere piede lì dentro, pensò. Si mise a calcolare il tempo: erano esattamente ventisette anni, quattro mesi e quattro giorni che non viveva più lì. Era andato via il diciannove giugno del 1979 in una giornata buia e piovosa, evento del tutto eccezionale da quelle parti. Laureatosi in tre anni e una sessione, aveva poco dopo vinto il concorso come commissario di Pubblica Sicurezza ed era partito per la Scuola di Formazione, spaventato all'idea di andare a vivere la propria vita da solo, lui che da quando aveva sei anni si era trovato a dover condividere con gli altri ogni momento della sua giornata. Chissà perché non era mai stato adottato, nonostante andasse molto bene a scuola, cosa che sembrava essenziale per tutti i potenziali genitori; forse, gli venne da pensare, doveva apparire troppo strano un bambino dai capelli così ricci e lo sguardo un po' assente che, a differenza di tutti gli altri, non mostrava entusiasmo alla prospettiva di essere adottato. E del resto, perché avrebbe dovuto? Lui lì stava bene con Antonio, suor Adalgisa, e gli altri.
Il suono del citofono lo distolse dai suoi pensieri.
"Commissà, so arrivato, vi aspetto dall'altro lato della strada."
"Sì, ok, scendo."

Era combattuto: una parte di sé voleva andare per vedere cosa fosse rimasto di quei luoghi che lui portava dentro; un'altra, invece, per gli stessi motivi, era spaventata all'idea di tornare. Prese di scatto il giubbotto di camoscio, che ormai non riusciva più ad abbottonare, e si avviò veloce verso la macchina del suo vice, a evitare ogni possibile ripensamento.
"Commissà, metto la sirena?"
"Armà, sembri un ragazzino, ma che la metti a fare 'sta sirena? Fai così, se pensi che il morto, anzi la morta, da lì se ne possa scappare, allora appiccia 'sta sirena, altrimenti lascia stare."
"No, commissà, è che..."
"Armà, vai senza sirena, va!" gli rispose spazientito e Armando, che lo conosceva da tempo, capì che doveva esserci qualcosa che lo impensieriva. Mise quindi in moto e si incanalò nel traffico mattutino, senza dire nulla. Mentre la loro fiat uno procedeva verso Caivano, il commissario guardava avanti a sé la strada scorrere e i palazzi susseguirsi uno dopo l'altro, monotoni, e rassegnati al loro lento e inesorabile declino.
Era tanto evidente che fosse perso dietro i suoi pensieri che Armando non chiese nulla nemmeno quando notò, all'improvviso, un lieve sorriso affiorare sulle sue labbra. Non poteva immaginare, Armando, che in quel momento il commissario stava pensando ad Antonio. Erano appena passati nella zona dove aveva fumato la prima sigaretta della sua vita. Naturalmente era stato Antonio a procurarsi due sigarette e a chiedergli di accompagnarlo lì, dove all'epoca c'era un piccolo spiazzo coperto da vegetazione incolta, e non l'asfalto e le palazzine che vedeva ora.
"Dai, prova a fare uscire bene il fumo dalla bocca. Così" gli disse Antonio, mostrandogli come si faceva. Ci provò anche

lui, ma il solo risultato fu un attacco di colpi di tosse e un inasprimento del sapore acre del fumo, tra le risate di Antonio. La fumò comunque tutta la sigaretta, per orgoglio.
"Commissà, mi sa che siamo arrivati, dovrebbe essere quella palazzina lì in fondo."
Era tanto immerso nei suoi pensieri da non aver fatto caso alla strada e così, solo allora, si rese conto che tutto era cambiato e l'orfanotrofio, che prima si ergeva solitario ed eroico in mezzo al nulla, ora era invece circondato da palazzine moderne, che sembravano accentuarne la vetustà. Anche il cancello d'ingresso era diverso, di un rosso vivo e non più verde scuro. Quando entrarono con la macchina nel giardino antistante, il suo sguardo corse subito all'angolo dove un tempo c'era la cuccia di Argo. Gli fece piacere vedere che ora c'era un'aiuola con rose e gerbere. Pensò per un attimo che Argo potesse riposare lì sotto, nonostante quello che gli aveva detto suor Adalgisa la terribile mattina in cui lo trovarono morto. La rivide mentre lo staccava da Argo sul cui corpo inerte lui si era buttato piangendo. Non ricordava di aver versato mai tante lacrime, nemmeno quando era andato via Antonio o quando si era rotto il braccio cadendo da un albero. Suor Adalgisa anche in quel caso mostrò la sua bravura nel trattare con i bambini: avrebbe dovuto fare la psicologa infantile, gli venne da pensare. Lo staccò con dolcezza da Argo, lo abbracciò e gli disse che Argo ormai era vecchietto, e soffriva, e quindi aveva preferito andare a trovare il suo padrone lì, gli indicò, in cielo. E comunque, gli disse, Argo sarebbe andato a trovarlo la notte, in sogno, e lui avrebbe potuto continuare a parlargli. Gli fece anche prendere un fiore che, gli promise, avrebbe fatto mettere dagli addetti al canile vicino ad Argo. Gli disse che non era possibile seppellirlo nel giardino

dell'istituto, ma che dopo un po' di tempo sarebbero andati insieme a vedere dove era sepolto. Non ci andarono mai, però.
"Commissà, andiamo?" chiese Armando, riportandolo alla realtà, dopo aver spento il motore.
"Sì, andiamo."
Sceso dalla macchina, avvertì una sensazione di dolce malinconia e d'improvviso gli fece piacere essere lì, mentre ogni metro che lo avvicinava alla porta d'ingresso gli restituiva le immagini di un passato che tornava prorompente e che lui, senza spiegarsi il perché, aveva relegato in un angolo nascosto della sua memoria. Aveva continuato a sentire con periodicità solo suor Adalgisa: era lei a raccontargli della direttrice, di suor Gina e delle altre. Quando morì, lui andò al funerale: non c'erano tante persone e a lui venne da chiedersi quanti dei presenti l'avessero conosciuta da bambini. Dopo la sua morte, non aveva saputo più nulla né della direttrice, né di suor Gina né di tutti gli altri, e si era quindi allontanato in maniera definitiva dalla sua vita passata, nella quale gli pareva ora di ripiombare mentre, con le scarpe che scricchiolavano sulla ghiaia, seguiva Armando che, ignaro di tutto ciò, già saliva i cinque scalini per entrare nell'ospizio.
"...io sono l'ispettore Armando Gargiulo e con me c'è il commissario Francesco Lisco, ci avete chiamato per la signora che è morta" stava dicendo Armando al signore mingherlino che aveva aperto la porta, quando lui gli arrivò vicino.
La sala d'ingresso era rimasta molto ampia, anche se non era più come la ricordava lui: sulla destra, appena entrati, c'era ora una porta a battenti di plastica che, avrebbe scoperto, dava in una sala relax, con una televisione e una piccola

biblioteca; dal lato opposto, non c'era più l'enorme armadio che veniva usato perché tutti loro ci mettessero cappotti e cappelli, ma una piccola consolle e, di fianco, due poltroncine e un tavolino. In fondo, sulla destra, dove prima era la porta a saloon che dava nel refettorio, c'era ora una porta ad apertura automatica. Sul lato corto della sala, vi erano due stanze; una era dove si trovava una volta l'ufficio della direttrice: la rivide, con il suo naso adunco e i capelli bianchi e sempre ben sistemati, e pensò a lei con un moto di sincera gratitudine. Decise che avrebbe trovato il modo di sapere se ancora c'era, nel seminterrato, la piccola stanza nella quale aveva passato i suoi anni universitari.
"Venite, di qui" gli disse il signore mingherlino indicandogli la scala, "le camere sono sopra."
Cominciò a salire i gradini, accarezzando il corrimano in marmo, dietro il quale tanti anni prima, al suo ingresso, aveva visto far capolino il viso di Antonio. Chissà che fine aveva fatto: più volte aveva pensato di cercarlo ma tutte le volte aveva abbandonato l'idea, forse per la paura di ritrovarsi stranieri in una terra sconosciuta, pensò. E di accorgersi di non parlare più la stessa lingua.
"Eccoci, questa è la camera della signora che purtroppo ci ha lasciati, la signorina Amitrano" disse il signore mingherlino mettendo la mano sul pomolo della porta.
Lui si ghiacciò. E capì perché avevano chiamato proprio lui.

CAPITOLO 10

Era tanto cambiata, si era rimpicciolita e addolcita nei tratti, ma lui la riconobbe subito. Era stesa supina sul lato sinistro di un letto matrimoniale, con le braccia lungo il corpo e un lieve sorriso rivolto al soffitto, o chissà a chi. Accanto al letto, un semplice comodino in legno, che raccoglieva in modo disordinato scatole di farmaci, un bicchiere vuoto, qualche caramella e un paio di occhiali.
Appena entrò, gli si avvicinò una signora sulla cinquantina, viso un po' equino ma dai tratti dolci, capelli biondi fin sulle spalle, occhiali rettangolari di un bordeaux molto scuro, tale da far risaltare la chiarezza degli occhi.
"Buongiorno, sono la dottoressa Tripodi, seguo io gli ospiti della struttura. Stanotte ero rimasta qui, cosa che capita di rado. Verso le due sono stata svegliata da un'inserviente che mi ha detto che la signorina aveva un forte dolore in petto. Sono salita, ho capito che era in corso un infarto e ho chiamato subito il 118. Purtroppo, però, quando l'ambulanza è arrivata, dopo circa dieci minuti, era ormai troppo tardi e la signorina già era morta. Era una gran brava persona, la signorina Amitrano."
Rosalia Amitrano.
"Francesco, vai tu al cancello dal postino" gli aveva detto suor Adalgisa una mattina. Lui era andato ed era tornato con tre buste: su tutte c'era scritto "Gent. Sig.na Amitrano Rosalia". "E per chi sono queste lettere?" aveva chiesto a suor Adalgisa mentre gliele porgeva: e fu così che venne a

conoscere, dopo anni di permanenza in orfanotrofio, il nome della Signorina Direttrice.
"Sì, davvero una brava persona. Non dava nessun problema, era molto riservata. Io l'ho chiamata, commissario, perché lei così ci aveva detto di fare appena... ecco, appena fosse successo. E ci aveva raccomandato di avvertirla subito e di consegnarle la lettera che è nel cassetto del comodino e una borsa che è nell'armadio." A intervenire era stato l'ometto che li aveva accompagnati, e che si era mantenuto sull'uscio della porta, quasi temesse che la morte fosse ancora lì, acquattata tra le mura, pronta a ghermire chiunque fosse entrato nella stanza. In una struttura che accompagnava le persone nell'ultimo tratto della propria vita, il timore della morte era presente nei pensieri di tutti gli ospiti, ma allo stesso tempo sempre nascosto, da rimuovere al più presto quando si faceva sostanza.
"Scusi, ma lei chi è?" gli chiese l'ispettore Gargiulo.
"Io sono, diciamo così, l'aiutante del direttore. Mi chiamo Luigi Renna. Il direttore purtroppo è fuori città e rientrerà stasera. Comunque lo abbiamo già avvisato" rispose intimorito, chissà se dalla presenza della morte, o da quella di due rappresentanti delle forze dell'ordine.
Il commissario, dal canto suo, era perso nei suoi pensieri, con uno sguardo malinconico rivolto al viso della direttrice che aveva perso ogni tratto della vecchia severità, con i capelli come sempre ben pettinati: neanche la morte, arrivata a tradimento in piena notte, era riuscita a trovarla in disordine, pensò.
"Lei la conosceva, vero?" gli aveva appena chiesto la dottoressa, notando il suo sguardo.
"Sì, mi era capitato di conoscerla in passato" rispose criptico.
La dottoressa continuò:

"Era ancora molto lucida, una donna forte, decisa. Appariva una persona altera, quasi scostante ma, le assicuro, era molto più sensibile di quanto mostrasse" concluse, rivolgendo verso il corpo esanime uno sguardo tenero.
Le parole della dottoressa lo riportarono indietro di circa trent'anni, a uno scalcagnato pulmino che, sotto la pioggia battente, percorreva con difficoltà le dissestate strade verso il centro della cittadina. Era l'ultimo giorno prima della partenza per la Scuola di Polizia, e la direttrice era passata da lui a dirgli che quel giorno avrebbe accompagnato lei, e non suor Adalgisa, a fare la spesa. Seduta sul pulmino, di fianco a lui che guidava, dopo poco gli aveva detto:
"Allora, da domani ci lasci. Mi sembra ieri che sei entrato qui, con la tua matassa di capelli ricci e lo sguardo birichino."
Poi, guardando la grandine che picchiava forte, aveva aggiunto:
"Sai, sono proprio contenta. E non solo per te ma anche per me. Ricordi quella coppia venuta sette o otto anni fa, che ha poi preso in adozione Remigio? Loro all'inizio non volevano Remigio, ma te. Io però... come dire... ho preferito dirottarli su Remigio: lui soffriva molto l'assenza di una famiglia, tu invece fin dal primo momento hai vissuto l'orfanotrofio in modo... non so come dire... naturale, ecco. E così, decantai le virtù di Remigio, e un po' meno le tue" gli confidò con un sorriso a fior di labbra, prima di concludere: "Ho sempre sperato di aver fatto la scelta giusta."
"Sì, Signorina Direttrice, ha fatto la cosa giusta" aveva confermato, confuso però da una confidenza inattesa, che lo aveva colto di sorpresa.
"Signorina Direttrice?" e poi, dopo un lieve riso "guarda che so bene che non mi chiamavi così da ragazzino. Ma ora che sarai anche tu a capo di persone, ti renderai conto che per far

funzionare le cose occorre essere fermi e decisi, autoritari, e saper dire no, non si può. Anche se qualcuno dovesse decidere di soprannominarti Commissario Nonsipuò, giusto?" aveva concluso divertita.
"Commissario, tutto a posto?"
"Sì, sì, scusi, stavo pensando a una cosa. Posso aprire il cassettino... per la lettera, intendo" le disse, abbandonando quei ricordi che lo avevano portato a un'altra vita.
"Sì, certo."
Aprì il cassettino: dentro c'erano due libri, un'edizione del Vangelo e una busta gialla di vecchio tipo. La prese e vide che era incollata, con la firma "Rosalia Amitrano" sul lembo, a evitare che qualcuno potesse aprirla. L'avrebbe letta a casa sua, per evitare che qualcuno potesse scrutare le sue emozioni mentre lo faceva. La ripose in tasca e si rivolse alla dottoressa:
"Bene, io ora avrei bisogno di un caffè. Dottoressa, le va di accompagnarmi?"
"Sì, certo, un caffè lo prenderei volentieri" gli rispose, dirigendosi verso la porta che il commissario aveva già aperto; fuori c'erano due signore sull'ottantina e un uomo che ne dimostrava almeno novanta che parlottavano tra di loro. Appena la dottoressa uscì, una delle due signore le si avvicinò.
"Dottoressa, ma è vero che Lia è morta?"
"Sì, purtroppo è vero."
La vecchietta si voltò verso gli altri due che capirono subito: l'uomo cominciò a piangere, in silenzio, allontanandosi da solo verso il lato opposto.
"Sa, la signorina Lia era voluta bene da tutti" commentò la dottoressa, mentre con lo sguardo seguiva il vecchietto che si allontanava. "Tutti sapevano che lei qui ci aveva passato una

vita" e poi, con l'aria di chi rivela qualcosa di sorprendente, aggiunse "Pensi che questa struttura molto tempo fa era un orfanotrofio e la signorina Lia ne era stata la direttrice per quasi trent'anni."
"Davvero?" commentò fingendosi sorpreso, mentre scendevano la scala che infinite volte aveva fatto in su e in giù: era rimasta la stessa, con l'unica variante di un montascale su cui campeggiava una poltroncina grigia. Dal lato opposto al refettorio, dove una volta era una piccola stanza adibita a deposito, ora c'era invece una bella e più ampia sala ristoro con macchinette erogatrici di bevande e tre tavolini; alle pareti erano appese delle stampe in bianco e nero di Napoli e un paio di foto storiche della struttura, che dovevano essere state scattate qualche anno prima del suo arrivo. In una c'erano solo una decina di bambini e suor Adalgisa che, un po' più grassa di come la ricordava lui, sembrava sorridergli mentre con la mano destra pareva voler tenere a bada il ciuffo ribelle di un bimbetto che lui non riconobbe; di fianco al bimbetto col ciuffo, c'era Michele, col suo viso paffuto e squadrato. E poi Peppino, con la sua perenne espressione di scugnizzo dispettoso. Ed ecco Antonio, frangetta scura e disordinata e sguardo fisso sul fotografo: gli sembrò un bambino con pensieri da adulto, senza colori, come quella foto in bianco e nero dalla quale staccò lo sguardo, riuscendo a fatica a nascondere la commozione. L'altra foto ritraeva solo adulti: suor Adalgisa, con gli occhi sempre sorridenti di chi ha trovato il segreto della serenità, era accanto a una donna con un grosso fazzoletto sul capo, la quale dava il braccio a un uomo magro e dalla barba folta; un po' staccata, c'era poi la Signorina Direttrice, impettita a guardare davanti a sé con il suo

inconfondibile naso aquilino a fendere, deciso, l'aria opprimente della foto.
"L'ha riconosciuta la signorina Lia? È quella di destra."
Diede un colpo di tosse, per togliersi il groppo in gola, prima di dire:
"Sì, l'avevo riconosciuta." Poi si girò e andò verso le macchine erogatrici, tirando fuori dalla tasca il portamonete.
"Allora, lei cosa prende, un caffè?"
Si sedettero a un tavolino. Lei accavallò le gambe e si tolse gli occhiali, prima di iniziare a sorseggiare il suo caffè. Il commissario pensò che, nonostante il viso un po' equino, fosse una bella donna.
"Crede che sarà necessaria un'autopsia?"
"Non direi proprio, a meno che lei non abbia notato qualcosa di strano, non so, qualcosa che non la convince."
"No, proprio no. È stato indubitabilmente un infarto."
"E allora, non ci sarà alcuna autopsia. Io peraltro non sono qui come commissario ma come uno che in passato l'aveva conosciuta." Poi, dopo una pausa che lo aveva portato chissà dove, continuò:
"Ma mi racconti cosa sa lei della signorina Amitrano."
"Guardi, per la verità, so davvero poco di lei. Le posso però dire che aveva legato molto con il signor Gianni, un simpatico caciarone con cui ogni tanto andava anche a fare qualche gita."
"Qualche gita? Ma perché gli ospiti escono pure dalla struttura?"
La dottoressa sorrise allegra, prima di rispondere:
"Questa è una struttura alberghiera, mica una patria galera!"
Stavano uscendo dalla sala quando la dottoressa aggiunse:
"Credo che il signor Gianni accuserà il colpo, le era molto affezionato. Se vuole sapere qualcosa in più della signorina

Amitrano, può andare a trovarlo. È di certo in camera sua." E poi, con voce un po' incrinata dall'emozione:
"Stamattina alle sette è venuto nella camera della signorina. Non so chi avesse già potuto dirglielo; è rimasto prima fermo sull'uscio a guardarla da lì, con uno sguardo che... non so... le sembrerà strano ma uno sguardo così l'avevo visto solo negli occhi di mia nonna quando vide la sua casa e l'intero paese ridotti in macerie dal terremoto. Poi è entrato deciso e si è piazzato, rigido, davanti a lei per un paio di minuti; a un certo punto si è abbassato, lentamente, e le ha dato un bacio soffice, delicato, sulla fronte, come se volesse lasciarlo lì per sempre. Poi, senza dire nulla, è andato via."
"Beh, mi farebbe piacere conoscerlo, ma forse ora non è il momento."
"Ma no, guardi, io credo che invece sarà contento di parlare della signorina Lia con qualcuno che l'aveva conosciuta fuori di qui."
"Se lo pensa davvero, allora mi farebbe la cortesia di accompagnarmi?"
Mentre lo accompagnava dal signor Gianni, passarono vicino alla piccola scaletta che portava al seminterrato, nella camera dove aveva vissuto per quattro anni.
"Dove porta quella scaletta?" chiese alla dottoressa.
"Al seminterrato. Ma al momento è solo un grande cantiere di lavoro. Hanno sventrato tutto per farci un piccolo centro medico."
E così, anche della sua camera non c'era più traccia. Un altro pezzo che se n'era andato via.
Il signor Gianni era un arzillo vecchietto il cui naso grosso e bitorzoluto faceva, per contrasto, apparire ancor più piccolo il suo viso tondo. Aveva vissuto buona parte della sua vita in una cittadina vicino New York, dove era emigrato alla fine

della guerra. Rimasto vedovo, e senza figli, aveva deciso di tornare in Italia, nonostante avesse solo dei nipoti ad aspettarlo, e nemmeno tanto. Aveva un marcato accento straniero e parlava un italiano sgrammaticato e infarcito di termini statunitensi e dialettali. Le rughe pesanti tradivano un'età che i capelli ancora scuri e il fisico asciutto parevano invece voler nascondere.
Ora era seduto di fronte a lui su una poltrona in tessuto verde, in una camera così ordinata da sembrare più ampia di quanto in realtà fosse.
Sembrava come attonito, smarrito.
"Ma voi site commissario, aggio capito corretto? E perché un commissario? Non è stata una morte ... come si dice...normale, un problema al cuore?" chiese preoccupato.
Lui gli spiegò che non era lì in veste di commissario ma di persona che in passato aveva conosciuto la signorina Lia.
"Ah, ok. E quando l'avete conosciuta, assaie tiempo fa?"
Pensò che lo sguardo con cui gli si era rivolto e le rughe, divenute ancora più profonde, non meritavano menzogne, non in quel momento perlomeno. E così, si trovò a dire a un estraneo ciò che aveva tenuto spesso nascosto ad amici e colleghi.
"Signor Gianni, io ora vi dico una cosa, però voi mi dovete assicurare che la terrete per voi."
"Be sure, commissario. Come si dice ...ah, sì, ve lo giuro!" rispose, portando in un gesto infantile le dita incrociate davanti alla bocca.
"Voi lo sapete, vero, che la signorina Lia è stata la direttrice dell'orfanotrofio che c'era qui, prima che diventasse un casa di cura?"
"I know, commissà, 'o saccio. Lia mi ha detto questa cosa, anche se non ci piaceva assaie a parlarne" e poi, pensando di

poter essere male interpretato, subito aggiunse: "non ci piaceva a parlarne perché a lei ci mancavano troppo quei tempi. Ci deve aver voluto assaie bene a chelle criature."
"Beh, Gianni, io sono stato una di quelle creature. E, a differenza di tutti gli altri, io ci ho vissuto anche dopo; sono andato via a ventidue anni."
"Oh, my God!" fu l'esterrefatto commento del signor Gianni, che subito aggiunse:
"Allora, voi la conoscevate buono a Lia!"
"Sì, anche se non ci ho parlato mai molto. E, comunque, l'ultima volta che l'ho vista risale a più di venti anni fa." Fece una piccola pausa, prima di riprendere:
"Mi farebbe piacere però sapere qualcosa di lei ora. Non so, cosa faceva, come passava le giornate, se qualcuno veniva a trovarla. Cose così, insomma."
E fu così che il signor Gianni cominciò a raccontare, con l'aria dolce e triste che solo i vecchi sanno avere quando si voltano a guardare il tempo trascorso, quasi a domandarsi chi glielo abbia preso senza che se accorgessero.
"You know, quando l'ho acconosciuta mi stava proprio antipatica. Sembrava che voleva fare quella ...come si dice... con il fieto sotto 'o naso"
"La puzza?"
"Eh sì, quella con la puzza sotto al naso, bravo! Steva sempre int' a cammera sua o a int'a relax room, a parlare con Rosetta o qualche volta con Olga. Poi, un giorno, così, per caso, abbiamo pazziato a carte insieme e così abbiamo accuminciato a parlare. E io riuscivo a farla ridere, a lei ca nun rideva mai. Diceva che era la mia parlata che ci metteva allegria" concluse con la voce un po' incrinata dalla commozione.
"Vi ha mai parlato dell'orfanotrofio?"

"Una sola volta, commissà, un paio di anni fa, credo. Ietti da lei a chiamarla per fare una passiata e lei steva seduta al tavolo e steva scrivendo coccosa. Io ci scherzai *Lia, what are you doing? Scrivi o' book della vita tua? Non ci mettere gli ultimi capitoli, m'arraccomanno, che quelli so i miei!* Mi ricordo che lei mi fece un sorriso, ma era un sorriso, come dire…melancholy…come si dice?"
"Malinconico."
"Sì, right, melanconico. E poi mi disse che in quei fogli c'erano cose che riguardavano quando lei era la boss qui, quando c'erano i guaglioni e che lei li steva mettendo in ordine. Però tanti li aveva strappati e messi in una busta di plastica da buttare. E io allora ci dissi *ma tu stai buttando tutto. It's easy accussì a mettere in ordine!* E lei, commissà, guardandomi …come avete detto che si dice, ah sì, melanconica, triste, mi disse *Gianni, di certe cose è meglio che non resta niente.* Poi mi aveva guardato dentro agli occhi e aveva detto *di altre, non lo so. È proprio quello che stavo decidendo ora.* E poi mi disse *vabbè, ci penserò dopo, ora andiamo a fare la passiata, come dici tu*. Ci piaceva a lei a prendermi in giro, e così uscimmo."
Restarono un po' in silenzio, poi fu sempre il signor Gianni a riprendere:
"Voi ci volevate assai bene, è vero?"
"Non lo so, a esser sincero. Credo di averla conosciuta troppo tardi. So però, per certo, di dovere a lei tutto ciò che sono."
"Troppo tardi? Ma mi avite detto che eravate nu piccirillo di sei anni quando l'avete acconosciuta! Come on, commissà, sei anni non è assaie tardi, o no?"
E così lui gli spiegò cosa intendeva. Gli raccontò della signorina Nonsipuò, di una rigorosa e dura direttrice che non

dava confidenza a nessuno ma era capace di far marciare la struttura in maniera perfetta.
"Da quando sono entrato a quando mi sono laureato ho avuto con lei un rapporto sempre...non so come dire...formale, quasi di estraneità, ecco. Per me c'erano suor Adalgisa o suor Gina, non lei. Poi invece, negli ultimi anni abbiamo cominciato a conoscerci ...ma era troppo tardi, appunto. Però ho capito tante cose, ho capito che era una grande donna, la quale aveva deciso di apparire diversa pur di fare il bene dell'orfanotrofio." Poi, dopo una breve pausa per scegliere bene le parole, o forse per trovare il coraggio di confessare a sé stesso una verità che gli faceva male, continuò:
"E forse era ormai troppo tardi per volerle bene. L'ho ammirata e apprezzata ma non posso dire di averla amata. Ho amato suor Gina e suor Adalgisa, non lei" concluse a bassa voce.

CAPITOLO 11

Aveva chiesto ad Armando di accompagnarlo a casa, senza passare dall'ufficio. Durante il tragitto in auto non aveva fatto altro che pensare al raccoglitore che era nella borsa: cosa aveva potuto scrivergli la direttrice dopo tanti anni? E se aveva buttato quasi tutte le carte del periodo dell'orfanotrofio, come gli aveva detto il signor Gianni, cosa poteva contenere la busta di plastica forata nel piccolo raccoglitore ad anelli? Avrebbe voluto dare subito un'occhiata ma non gli era stato possibile: il contenuto della busta era coperto da fogli A4 bianchi e la parte superiore era completamente spillata. La direttrice aveva voluto esser certa che nessuno potesse sapere, se non lui. Armando provò a chiedere qualcosa, prendendola alla larga per non apparire indiscreto. Il commissario, che era stato sempre molto schietto e diretto con lui, troncò sul nascere ogni possibile confidenza:
"Armà, lascia stare, so cose mie. E non mi va di parlarne. Almeno non per ora."
Appena entrato in casa, andò subito in cucina. Era quello il suo vero studio, anzi di più: era anima e cuore della casa; passava molto più tempo lì che nello studio o nel soggiorno. Prese un coltello, si sedette al piccolo tavolo rettangolare e con cautela aprì la busta. Dentro, un foglio a quadretti piccoli, scritto molto fitto per una facciata e mezza. Cominciò a leggere, con la paura di scoprire cose del suo passato che sarebbe stato meglio non sapere.
Carissimo Francesco,

è da mesi che mi angoscio pensando se sia giusto o meno scriverti questa lettera. E nemmeno tu me lo potrai dire perché se e quando la leggerai, io non ci sarò. Anche ora che ho iniziato a scrivertela, in realtà non so se deciderò poi di fartela avere. È giusto tornare indietro nel tempo con il rischio – anzi, temo, la certezza – di sconvolgere la vita di una persona a te cara? Io credo di no. È per questo che ho distrutto tutti i documenti che recuperavano il passato di tanti di voi, testimonianze urlate della miseria umana o più semplicemente di un destino doloroso. Non penso però di poter fare la stessa cosa con te. Nel tuo caso è forse giusto farlo tornare il passato. Perché il tuo passato è anche presente, caro Francesco, e quindi forse è giusto provare a recuperarlo. Sì, è presente perché, non so come dirtelo, mi pare brutale qualunque forma io possa usare, ecco Francesco, in realtà tuo padre non è morto, è in galera, condannato all'ergastolo. O almeno credo che sia ancora lì perché è ormai da tempo che non ho più sue notizie. È accusato di avere ucciso un uomo molto facoltoso per il quale lavorava. Nei documenti che ti ho lasciato troverai degli articoli di giornali che riportano la notizia. Fu arrestato poco dopo la tua nascita e non volle che ti venisse dato il suo cognome. Ha fatto bene, credo, anche perché non penso che avresti potuto fare il mestiere che fai. Lisco è il cognome di tua madre, morta quando tu avevi due anni. Chissà se la ricordi, forse no, visto che hai sempre parlato solo di tuo nonno. Tuo padre si chiama Gennaro Buonocore. Nei documenti troverai anche una lettera che lui scrisse a tua madre. È l'unica che io ho, non so se ne abbia scritte anche altre; quella che leggerai me la consegnò il cugino di tua madre quando ti accompagnò nell'orfanotrofio, dicendomi che lasciava a me decidere se, in un lontano futuro, farti sapere. Quel futuro lontano è arrivato e con esso una scelta per me assai difficile. Ancora non so se deciderò di lasciarti la documentazione ma voglio essere pronta. Se leggerai questa lettera vorrà dire che avrò deciso di farti sapere, e spero con

tutto il mio cuore che tu abbia la maturità e la lucidità per affrontare al meglio questa cosa. Io penso di sì. Tu ti sei mostrato equilibrato dal primo giorno che ti ho visto, uno dei pochissimi bambini a entrare lì con uno sguardo sereno. E se deciderò di lasciarti tutto, lo farò solo per questo. Se tu fossi stato, che so, Peppino o Enzo (li ricordi, vero?) o tanti altri, di certo non ti avrei lasciato nulla. Troverai anche un anello. È appartenuto alla mamma di Antonio, o almeno lo credo, visto che era intorno a indice e medio di Antonio la mattina in cui lo trovammo imbacuccato fuori l'ingresso. E tra anello e ditini di Antonio c'era anche il pezzetto di carta che troverai vicino all'anello. Non glieli volli dare quando andò via; aveva appena trovato una nuova famiglia ed era giusto che pensasse solo a quello. Ora però penso che sia giusto che il desiderio di quella donna, chiunque fosse e per qualunque ragione abbia dovuto staccarsi dal suo bambino, venga rispettato e allora lo lascio a te, sperando che tu possa provvedervi.
Seguiva la sua firma. E sotto la firma, con una grafia resa più irregolare dalla velocità di scrittura di chi si sta svelando forse per la prima volta, aveva aggiunto, di certo frutto di una decisione improvvisa:
Sappi che ti ho, anzi vi ho, voluto molto più bene di quanto abbia mai saputo mostrarvi. Ti auguro il meglio, Francesco. Lo meriti.
Lasciò la lettera sul tavolo e uscì sul terrazzino della cucina: aveva bisogno d'aria. Il suo pensiero, mentre era in piedi a spaziare con lo sguardo in un orizzonte senza tempo, non andava al padre, che aveva appena scoperto di avere, ma alla direttrice. Ed era una rabbia sorda quella che provava: perché non glielo aveva detto prima? Tornò dentro e con una forbice liberò la busta di plastica da tutte le spillette. Dentro c'erano la lettera del padre e due ritagli di articoli di giornale, una scheda su di lui e, nel mezzo, un anello molto semplice, argentato, con una piccola pietra verde. E poi un piccolo

pezzo di carta ingiallita, ripiegato in due: lo aprì e vi lesse, scritto in stampatello con una grafia puerile: CIAMATELO ANTONIO PER PIACERE.
Frastornato, iniziò la lettura dei ritagli di giornali; non se la sentiva di affrontare subito la lettera del padre.
Il Mattino di Napoli
Ergastolo all'assassino dell'onorevole Morlazzi
È stato ieri condannato all'ergastolo Gennaro Buonocore, agricoltore e allevatore di cavalli, riconosciuto colpevole dell'assassinio del noto costruttore e deputato Remigio Morlazzi. Come si ricorderà l'onorevole Morlazzi era stato ammazzato il 15 novembre del 1957 mentre stava rientrando nella propria abitazione. Due colpi di pistola vigliacchi, sparati alla schiena, avevano messo fine alla vita dell'onorevole. L'arma del delitto non è mai stata rinvenuta ma gli inquirenti non hanno mai nutrito dubbi sulla colpevolezza del Buonocore, dopo aver scoperto che lo stesso aveva avuto una relazione adultera con la moglie dell'onorevole. Il Buonocore non ha mai fornito alcun alibi per la sera del delitto sostenendo di essere andato via da casa dopo un litigio con la moglie e di aver vagato nella zona tra via Toledo e piazza del Plebiscito prima di far rientro a casa dopo circa tre ore. Ora Gennaro Buonocore, già agli arresti cautelari, dovrà passare in carcere il resto della sua vita.
Non trovò alcuna data sul ritaglio di giornale. L'altro articolo, de Il Roma, era invece datato 3 aprile 1958 e aveva un titolo gridato a tutta pagina.
Trovato l'assassino dell'onorevole Morlazzi?
Gli inquirenti sono convinti di aver trovato l'assassino dell'onorevole Morlazzi. Nella giornata di ieri hanno infatti tratto in arresto tale Gennaro Buonocore, lavorante nella tenuta che l'onorevole possiede ai Camaldoli. Il Buonocore in passato aveva curato i tre cavalli dell'onorevole, oltre a coltivare l'orto alle spalle

del maneggio. Da quanto si è al momento potuto ricostruire, il Buonocore era stato però licenziato nel mese di agosto, quando l'onorevole Morlazzi aveva scoperto una relazione adultera tra l'uomo e sua moglie, che non aveva però denunciato per evitare ogni scandalo. Ricordiamo infatti che l'onorevole Morlazzi era un noto costruttore edile, eletto alla Camera dei deputati e membro attivo della segreteria della Democrazia Cristiana. Il Buonocore avrebbe atteso l'onorevole sotto la sua abitazione, in una nuovissima palazzina liberty del Vomero, e, dalla distanza di appena un paio di metri, avrebbe sparato due colpi di rivoltella, colpendolo alla schiena e dandosi immediatamente alla fuga. Ieri, al momento dell'arresto, il Buonocore era in casa, in compagnia della moglie che, alla vista del marito in manette, ha avuto un leggero malore ed è stata accompagnata in ospedale per gli accertamenti del caso. È stata fortunatamente dimessa dopo poche ore e ha potuto far rientro alla sua abitazione in zona Mezzocannone. Da quel che abbiamo potuto apprendere la polizia non ha ancora trovato l'arma del delitto, anche se sembrerebbe che il Buonocore possedesse una pistola di tipo compatibile con quella che ha sparato, della quale però si sarebbero perse le tracce. La irreperibilità dell'arma del delitto non è stata però ritenuta sufficiente a impedire l'arresto del Buonocore, stante la totale assenza di un alibi (il Buonocore ha infatti dichiarato di aver vagato quella sera tra la zona di Via Toledo e piazza del Plebiscito per circa tre ore, dopo essere andato via da casa a seguito di un litigio con la moglie) e l'esistenza di un movente (la moglie dell'onorevole Morlazzi ha infatti riferito di minacce che Buonocore avrebbe rivolto all'indirizzo del marito). Il Buonocore quindi, come confermato anche dalla moglie, è uscito da casa intorno alle 18, subito dopo il loro litigio, e rientrato verso le 21.30; l'omicidio è avvenuto alle 19.30 e tre ore e trenta per andare e tornare da Mezzocannone al Vomero sono più che sufficienti.

Rimase lì, immobile, con gli occhi fissi sul tavolo e la mente che lo riportava al malore della madre al momento dell'arresto. La madre. Quando ci pensava, ricordava lunghi capelli neri e un paio di occhiali ma non era convinto che si trattasse di lei: dopotutto non aveva mai visto una sua foto. Cominciò a sentire un fastidioso ronzio nella testa mentre all'immagine della madre si sovrapponeva quella di un uomo di spalle che sparava dei colpi di pistola nella schiena di un altro. In quel momento avvertiva solo incredulità, non odio: l'odio che avrebbe invece voluto provare verso il padre che aveva appena scoperto di avere. Quasi in trance, prese la lettera del padre e iniziò a leggerla.

Ammore mio

ti voglio dicere due cose una è che io ti amo assai e due e che ho sbagliato e ti chiedo perdono.

Io ti o gia detto che quella non era niente per me. Sì, ci ho fatto lo ammore ma e stata essa che mi a sfottuto una e due e tre volte e alla fine io ci o fatto lo ammore. Era essa che veniva dai cavalli e ogni tanto voleva fare lo ammore con me. Ma io poi ci ho detto basta che non lo volevo fare piu lo ammore con lei, che io lo volevo fare solo con te e essa si e arrabbiata assai. Era mezza pazza secondo me e lultima volta quando mi ha chiamato nel capanno io e io ci ho detto che non volevo fare più lo ammore con lei, lei mi aveva detto che ero un contadino imbecille e che lei era la padrona e poi se ne era andata. Ma poi un altra volta giorni dopo mi ha chiamato di nuovo dentro al capanno e io ci sono dovuto andare perche era la padrona. E lei era tutta nuda e mi ha detto Gennaro allora che dici ci vieni da me. Era assai bella ma io pero sono andato via e non ci sono piu tornato nemmeno per farmi dare i soldi di quel mese. Io o sempre amato solo a te ammore mio. Io a lei non lo mai amata. Sei tu lunico ammore mio e quando quella sera abbiamo fatto lo ammore vicino al lago io ho deciso che solo tu dovevi essere la femmina mia e che non me ne importava niente di quello che succedeva. Io ti scrivessi ancora tante cose ma o solo questo foglio e allora ti voglio solo dire che ti chiedo perdono per tutto il male che ai avuto per colpa mia e che io ti amo assai.

Nessuna data né firma.

Francesco ebbe la sensazione di spiare la vita di qualcuno che nulla aveva a che fare con lui: cosa aveva a che fare lui con un uomo accusato di omicidio? E cosa c'entrava lui con qualcuno che non doveva aver fatto nemmeno la terza elementare? Poi il pensiero tornò alla madre e si sentì pervadere da un sentimento di compassione, dolce e profondo, come non gli era mai capitato pensando a lei. Rilesse prima la lettera e poi gli articoli di giornale e, con la testa che sembrava ovattata, diede un'occhiata alla scheda sul suo ambientamento in orfanotrofio, a un anno esatto dal suo ingresso; mezza paginetta scritta a penna con bella grafia, che si concludeva così: *insomma, molto bravo a scuola ma problematico nelle relazioni con gli altri bambini. Ha però un rapporto molto stretto con il bambino Antonio Esposito.* Lasciò tutto sul tavolo e uscì sul terrazzino. Sprofondò nella poltrona e lasciò che lo sguardo vagasse dove voleva, mentre lui, senza volerlo, si trovò a pensare a quello che avrebbe potuto essere della sua vita e a quello che invece era stato. Non lo aveva mai fatto finora perché mai aveva potuto consentire ai suoi pensieri di partire da un punto fermo. Ora invece poteva, e questo dava all'altra sua vita, quella che avrebbe avuto - per nascita - diritto ad avere, una concretezza che fino ad allora non aveva mai potuto assumere. Si vide bambino che sgambettava per via Mezzocannone e Spaccanapoli, insieme ai genitori; si vide con il padre che gli insegnava a salire su di un cavallo e, all'improvviso, iniziò a piangere: dapprima con singulti sommessi e cadenzati, poi con una sorta di disordinata e irrefrenabile violenza gutturale, come se avesse concentrato in quel momento tutte le lacrime che mai aveva versato. Smise di colpo, così come aveva cominciato, si asciugò il volto con la manica della camicia e si andò a buttare sotto la doccia. E lì, mentre l'acqua bollente gli restituiva la necessaria lucidità, decise di mettersi in ferie per il tempo necessario a scoprire come erano andate le cose cinquant'anni prima.

CAPITOLO 12

Steso sul letto, ancora in accappatoio, digitò il numero sulla tastiera del telefono che era sul comodino e, al secondo squillo, sentì la voce del suo vice:
"Pronto?"
"Ciao Armà, senti un po', oggi che tieni da fare?"
"Commissario, volevo prima mettere un po' a posto il casino che ho sulla scrivania e poi pensavo di passare dal custode della palazzina di Via Chiatamone dove c'è stata l'aggressione a quella donna ieri sera. Voglio vedere cosa riesco a sapere. Perché, vi serve qualcosa?"
"Sì, Armà. Lascia stare le carte, vai a sentire il custode e poi, se non hai altre urgenze, dovresti fare qualcosa per me."
"Certo, commissà, ditemi."
L'ispettore Armando Gargiulo non era dotato di particolare acume ma aveva due doti che per un commissario, e forse più in generale per un uomo, valevano molto di più. Garantiva innanzitutto massima affidabilità e riservatezza: in otto anni non c'era mai stata una sola volta che avesse tradito la sua fiducia. E poi - e non era meno importante per il loro mestiere – poteva contare su una fitta e trasversale rete di conoscenze che gli consentiva di recuperare in poco tempo le più svariate informazioni.
"Prima di dirti, ti devo fare una premessa però. Io da domani sarò in ferie, dopo chiamo il vicequestore e lo informo. Ho una vicenda personale che devo risolvere e credo di aver bisogno di un po' di tempo. E anche del tuo aiuto."

"Commissario, niente di grave? O mi devo preoccupare? State bene, sì?" gli domandò preoccupato.
"Sì, sì, tranquillo, sto benissimo. Tu però mo' mi devi fare una cortesia: io ti assicuro che non ho nessun problema di salute, ma tu non mi devi fare nessuna domanda rispetto alle cose su cui chiederò il tuo aiuto, va bene? Poi, quando verrà il momento sarò io a dirti. Siamo d'accordo?"
"E certo, commissario, l'importante è che non è roba di salute, poi il resto si risolve. State tranquillo, non vi domando nulla e faccio solo quello che mi dite."
"Bene, grazie Armando. Un'altra cosa: tieni comunque conto che è una mia cosa personale su cui l'attività di ufficio non c'entra nulla e che nessuno, dico nessuno, dovrà sapere che tu stai informandoti di certe cose per conto mio, ok?"
"Tranquillo, commissario, lo sapete che di me vi potete fidare."
"Lo so, Armando, per questo mi rivolgerò esclusivamente a te. Allora, segnati questo nome: Gennaro Buonocore. Si tratta di un tizio condannato all'ergastolo per un omicidio che nel 1958 fece molto scalpore. Io non so se sta ancora in carcere ma..."
"... in carcere dopo cinquant'anni?? E sarebbe un caso più unico che raro, commissà!"
"Armando, fammi finire. Non so se stia in carcere o dove diavolo sia. Non ti dico come e perché sono stato interessato su questa vicenda ma ho necessità di scoprire se questo Buonocore ha davvero ucciso. Comunque, per ora il punto non è questo. Per ora mi interessa solo avere quante più informazioni è possibile su questo omicidio e soprattutto sapere dove si trova questo Gennaro Buonocore, sempre che sia ancora vivo" aggiunse con voce diversa, come di chi solo in quel momento stava realizzando che in realtà nulla

garantiva che Gennaro Buonocore, suo padre, fosse ancora in vita.
"Commissà, state tranquillo, appena riesco a sapere qualcosa vi chiamo."
"Armando, mi raccomando, non mi portare gli articoli di giornale, a me interessano…"
"…le carte processuali e quello che si dice in giro" lo interruppe l'ispettore, per poi aggiungere subito "sulle carte del processo state tranquillo, ho un paio di amici nella cancelleria del tribunale; per il resto, sarà più difficile visto che stiamo parlando di cinquant'anni fa."
"Come prima cosa vedi però se Buonocore è ancora in vita e dove si trova. Appena lo sai, chiamami, mi raccomando."
Ancora in accappatoio, tornò a sedersi sulla poltrona del terrazzino. Pensava alla mamma, soprattutto, e per la prima volta capiva perché il nonno, quando per qualche ragione ne accennava, la definiva sempre una "santa donna". Di suo padre invece non gli aveva mai parlato né gli aveva mai mostrato alcuna fotografia; le poche volte che lui lo aveva costretto a parlarne, gli aveva detto che era andato molto lontano e che non sarebbe tornato; a suo modo, pensò, non gli aveva voluto mentire.
Aveva appena preso un tarallo dalla cesta, sempre ben fornita, sulla mensola del terrazzino e aveva iniziato a mangiucchiarlo in modo svogliato, più che altro per accompagnare con qualche movimento i pensieri, che gli sarebbero parsi ancora più tristi nell'immobilità, quando squillò il telefono.
"Sì? ..." rispose con tono seccato, pronto a liberarsi subito del povero cristo costretto a propinargli una qualche vantaggiosa offerta.

"Commissario, a me pare una cosa incredibile ma ho saputo che questo Gennaro Buonocore sta ancora in carcere; bah, io penso che è l'unico che in Italia si è fatto quasi cinquant'anni in galera, roba da non credere. Comunque, è detenuto a Roma, nel carcere di Regina Coeli. È stato trasferito da Poggioreale il cinque giugno 1989 per problemi di sovraffollamento, insieme ad altri trentadue detenuti che sono stati distribuiti in varie carceri d'Italia; lui e un altro sono finiti a Regina Coeli."
Era sempre stato uno che andava subito al punto, l'ispettore Armando Gargiulo, e questa era un'altra qualità che piaceva assai al commissario.
"Bene, Armando, grazie. Più tardi ci sentiamo e ..."
"Un momento commissario, vi volevo pure dire che questo Gennaro Buonocore pare che non tenga proprio a nisciuno. L'amico mio che sta al carcere di Poggioreale mi ha detto che dall'elenco delle visite, che parte però dal 1970, risulta che lo andava a trovare solo un amico, un tale Antonio Fierro. Mi ha fatto la cortesia di chiamare il suo collega di Regina Coeli e ha saputo che pure lì è andato solo questo Antonio Fierro. Ma solo due volte però, entrambe nel 1990. Da allora non ha ricevuto più nessuna visita, nemmeno da questo amico." E dopo una piccola pausa, forse per timore di sbilanciarsi troppo in assenza di ogni informazione sul motivo per cui il commissario era interessato a quell'uomo, aggiunse:
"Commissà, deve essere un povero disgraziato. Mi ha detto l'amico mio che non ha mai chiesto nessun beneficio e nessun permesso; in altri termini, commissà, è uno dei pochi cristiani che sta chiuso in carcere da quasi cinquant'anni senza mai uscire. Non deve avere proprio nessuno" concluse amaro.
"Va bene Armando, grazie. Appena sai altro, chiamami. Ah, Armando..."

"Sì, commissario?"
"Senti, vedi un po' di sapere qualcosa di questo Antonio Fierro, se è vivo, dove sta, come conosceva Gennaro Buonocore, insomma quello che puoi."
Quando attaccò, il suo pensiero corse subito al padre: quasi cinquant'anni in carcere senza mai uscire, nemmeno per un giorno o un'ora di permesso! E senza che nessuno, tranne questo Antonio Fierro, fosse mai andato a trovarlo. Avvertì un senso di ottundimento. Com'era possibile? Non aveva nessuno, suo padre? Fratelli, sorelle, nipoti? Gli sembrò tutto assurdo: assurdo che si marcisse in galera per una vita intera; assurdo che lui non avesse mai saputo nulla del padre e che mai avesse cercato di indagare sulle sue radici; assurdo che la direttrice avesse sempre taciuto.
Mentre si vestiva, gli venne in mente che forse in rete avrebbe potuto trovare qualcosa sull'omicidio. Non era certo, per utilizzare un eufemismo, un amante delle tecnologie ma era stato costretto ad acquisire una certa dimestichezza con l'utilizzo del web da quando avevano creato un sito del suo commissariato: e così, ora, quantomeno riusciva a navigare in rete senza difficoltà. Andò sul motore di ricerca e scrisse "omicidio Morlazzi". Sorpreso, vide apparire diversi link che ne trattavano. Lesse tutto con molta attenzione, prima di tornare sugli unici due che gli sembravano davvero interessanti: Wikipedia e omicidifamosiannicinquanta. Su Wikipedia, sotto il titolo *l'omicidio di Remigio Morlazzi,* un'ampia pagina ricostruiva l'accaduto, suddividendolo in tre paragrafi: la storia; le indagini; il processo. Nulla di nuovo nella storia, che in poche righe riportava quanto ormai era già di sua conoscenza; molto interessanti erano invece gli altri due paragrafi. Li rilesse con estrema attenzione e, non

potendo stamparli, prese carta e biro per appuntarsi le cose principali.

Le indagini

Le indagini, condotte dalla squadra mobile coordinata da Vito Monaco, collocarono subito l'ora dell'omicidio tra le 19.30 e le 20 del 15 novembre 1957. A essere sospettato, in un primo momento, fu uno dei soci di Morlazzi, il geometra Tutino, che uscì però poi dalle indagini sia perché riuscì a dimostrare di avere un alibi per la sera del delitto, sia perché venne meno anche il presunto movente (ammanchi di bilancio che fu in seguito accertato non essere a lui imputabili). Le indagini continuarono a essere concentrate sulle attività gestite dall'imprenditore ma non portarono a nulla, almeno fino a quando – diversi mesi dopo – gli inquirenti vennero a conoscenza di una relazione extraconiugale che la moglie di Morlazzi, Olga Frati, aveva intrattenuto con un lavorante che curava il loro maneggio di cavalli, tale Gennaro Buonocore. L'uomo, di appena venticinque anni, e quindi di nove anni più giovane della sua amante, non fu in grado di fornire alcun alibi per la sera del delitto e, sulla base degli elementi scaturiti anche dall'interrogatorio della vedova, fu tratto in arresto il 2 aprile, a distanza di appena cinque mesi dal raccapricciante omicidio.

Il processo

Il processo si tenne davanti alla Corte d'Assise di Napoli. Apparve subito decisiva la testimonianza della vedova Morlazzi. La donna ammise la relazione adulterina connotandola come un grave errore commesso, di cui si era pentita e per il quale era stata perdonata dal marito. Dichiarò di essere stata lei a lasciare il Buonocore, che non aveva accettato la rottura. Affermò anche di aver detto al Buonocore, nel corso del loro ultimo incontro, che il marito gliel'avrebbe fatta pagare.

Il Morlazzi era un deputato della Repubblica e una delle persone più influenti del capoluogo campano. La sua appartenenza ad ambienti politici del più alto livello e il giro di affari nel quale era coinvolto, uniti al clamore che la sua morte aveva suscitato, resero necessario chiudere quanto prima il caso. La Corte d'Assise condannò Buonocore alla pena dell'ergastolo. Il suo avvocato non presentò appello.

Al link omicidifamosiannicinquanta, c'era un elenco di nove omicidi tra cui l'omicidio Morlazzi. L'articolo, riepilogativo degli omicidi più clamorosi degli anni Cinquanta, era stato scritto il 3 ottobre del 1984. Nella sezione relativa all'omicidio Morlazzi veniva tracciato un ritratto abbastanza dettagliato della figura di Remigio Morlazzi.
L'onorevole Morlazzi fu ucciso il 15 novembre del 1957 a pochi metri dall'ingresso del proprio palazzo. L'omicidio fece molto scalpore all'epoca perché Morlazzi era una persona molto in vista. Noto imprenditore, che aveva esteso i propri interessi dal settore dell'edilizia a quello del petrolio, era deputato eletto nelle liste della Democrazia Cristiana, oltre a far parte della relativa segreteria nazionale. Sposò una bellissima donna, che lasciò la carriera di attrice, e dalla quale non ebbe figli. La sua morte spinse alcuni ad avanzare varie congetture su affari poco trasparenti nei quali il politico imprenditore sarebbe stato coinvolto. Alla fine, però, la verità che venne fuori fu molto più banale: una comune storia di corna. Era successo che l'avvenente moglie dell'onorevole Morlazzi aveva intrapreso una relazione con un bel ragazzone, di nove anni più giovane di lei, che lavorava per conto del marito curandogli il piccolo maneggio che possedeva nella zona dei Camaldoli. La vedova sostenne che fu lei a troncare la relazione di cui il marito venne comunque a conoscenza qualche tempo dopo. Lei, impaurita dalla reazione che ebbe il marito quando scoprì la relazione, mise in guardia l'ex amante, che, sprezzante, avrebbe risposto che non era certo lui a doversi preoccupare. Il Buonocore, che non fu in grado di

fornire alcun alibi per quella sera, ammise il possesso di una pistola Beretta M34, di cui non aveva denunciato però la scomparsa, avvenuta, a suo dire, pochi mesi prima. L'assenza di un alibi, la testimonianza della vedova e l'ammissione del possesso di una pistola (di cui però non era stato dichiarato né il possesso né la scomparsa), unite forse alla volontà di chiudere un caso che vedeva assassinato uno degli uomini più influenti della città, portarono la Corte di Assise a pronunciarsi per la colpevolezza di Gennaro Buonocore che fu condannato all'ergastolo.
Sotto la ricostruzione dell'omicidio, a differenza di Wikipedia, il nome e cognome dell'autore: Armando Spataro. Segnò sul foglio di carta anche il nome Armando Spataro e telefonò al suo vice.
Quando squillò il telefonino, l'ispettore Armando Gargiulo stava imboccando la tangenziale, direzione centro direzionale, per andare all'appuntamento con l'amico della cancelleria del tribunale.
"Commissà, sto guidando, vi richiamo io tra due minuti."
Attaccò senza aspettare risposta e accelerò per percorrere più velocemente i pochi chilometri che lo separavano dalla prima area di servizio. Dopo aver accostato e spento il motore, telefonò al commissario:
"Eccomi, commissario, scusatemi ma stavo guidando sulla tangenziale e non trovo più l'auricolare. Sto andando dal mio amico alla cancelleria per vedere di farmi dare una copia delle carte del processo. Mo' mi sono fermato nell'area di servizio, ditemi."
"Ce l'hai carta e penna?"
"Sì, commissario, aspettate un attimo che le prendo. Ecco, ditemi."
"Allora, innanzitutto segnati questi nomi: Vito Monaco e Armando Spataro. Il primo era un tenente dei Carabinieri

cinquant'anni fa. All'epoca aveva quarantadue anni, quindi dubito che sia ancora tra noi ma devi verificare. L'altro, Armando Spataro, è invece un tale che ha scritto un articolo su un sito che si chiama omicidi famosi anni Cinquanta: devi vedere, anche per lui, se è ancora vivo e, nel caso, dove si trova. E poi mi dovresti pure vedere come si fa a risalire all'autore di un articolo scritto su questa specie di enciclopedia che sta in Internet, sta Wikipedia."
"D'accordo, commissario, cerco di fare quanto prima."
"Perfetto, grazie. Senti un po', hai per caso già saputo qualcosa sull'amico di Buonocore, quel tale Antonio Fierro?"
"No, commissario, ancora no, ma mi sono già attivato. Per domani dovrei riuscire a sapere qualcosa, spero. Sapete quanti Fierro ci stanno in Campania? Circa quattrocentocinquanta, commissà!"
"Mmh, vabbè, conoscendoti sono certo che con i tuoi potenti mezzi troverai subito quello giusto" commentò con tono scherzoso.
"E voi mi conoscete bene a me!" chiosò l'ispettore, ridendo.
"Armà, un'altra cosa...ma non ci riesci proprio a darmi del tu?"
"No, commissà, lo sapete già, è più forte di me."
Chiusa la telefonata, la memoria di Armando andò a una cena a casa del commissario, che all'epoca viveva insieme a Elena. Lei lo obbligò a darle del tu e lui, sia pure con qualche iniziale imbarazzo, riuscì a farlo; quando però lei gli chiese di fare la stessa cosa nei confronti del commissario, lui le rispose deciso:
"No, Elena, così mi chiedi troppo: gli do del voi da anni, e andiamo una bellezza! Perché cambiare?" Quando presero un po' più di confidenza, Elena cominciò anche a prenderlo bonariamente in giro su questa faccenda del "voi" ma non

riuscì a farlo desistere: non era però, come le aveva detto, una banale questione d'abitudine; era anche – e anzi soprattutto – il suo modo per manifestare al commissario stima e rispetto, che a suo avviso sarebbero stati sminuiti da un troppo confidenziale uso del "tu". In otto anni di lavoro gomito a gomito, aveva imparato ad apprezzare il suo modo di affrontare le cose, con un senso di giustizia e di etica capace però di non appiattirsi nel bieco rispetto delle regole imposte, ma di modularsi a seconda della situazione o della persona con cui aveva a che fare. In tutti questi anni riteneva di avere anche imparato a leggerne sguardi e comportamenti. Proprio per questo era convinto che la vicenda dell'omicidio avvenuto quasi cinquant'anni prima fosse in qualche modo legata alla morte della vecchietta dell'ospizio e alle carte che lei gli aveva lasciato: lo aveva colto dal turbamento che gli aveva letto in viso appena entrati nella camera della vecchia. Era certo che l'omicidio Morlazzi lo toccasse molto da vicino, come confermava anche la sua richiesta di ferie. Quanto vicino non poteva saperlo, ma stando al silenzio pensieroso del viaggio in auto quando erano usciti dall'ospizio e al tono delle ultime telefonate, temeva che la vicenda lo riguardasse in maniera molto diretta; gli avrebbe fatto piacere se, in questo frangente, avesse potuto contare su Elena. Per un attimo fu anche sfiorato dall'idea di telefonarle, come aveva fatto in occasione di Pasqua e di Natale, ma l'abbandonò subito. Certo, era un vero peccato che si fossero lasciati; aveva sempre pensato che rappresentassero la testimonianza vivente della veridicità del detto popolare secondo cui gli opposti si attraggono: lui, cento chili di bonomia e posatezza, gli ricordava quei gattoni dal pelo lungo che, dal tappeto, ti osservano sornioni e un po' scontrosi; lei, mingherlina e vulcanica, gli ricordava invece il pincher che aveva avuto da ragazzo, irrefrenabile e sempre pronto a correre all'aperto per stare con gli altri; eppure il gattone e la pincher erano stati insieme per tanto tempo. Chissà perché tra loro era finita, si trovò a chiedersi mentre parcheggiava seguendo lo sbracciarsi deciso del parcheggiatore di turno. Gli lasciò due euro e si incamminò verso il luogo dell'appuntamento, mentre il sole faceva finalmente capolino dietro nubi sempre più sfilacciate. Quando vide il suo amico in attesa davanti al bar del centro direzionale, allungò il passo, mentre si domandava se forse non stava per chiedergli troppo.

CAPITOLO 13

Aveva dormito poco e male, rigirandosi in continuazione nel letto. Verso le tre del mattino si era arreso, si era alzato ed era andato in cucina, tornando così all'insana abitudine dalla quale si era affrancato durante il periodo di convivenza con Elena: aperto il frigo e fatta una veloce analisi della situazione, aveva tirato fuori burro, parmigiano e tortelli e aveva messo la pentola con l'acqua sul fuoco, preparato la tavola e tirato fuori dalla credenza le melanzane sott'olio. Poi si era seduto e, nell'attesa che l'acqua bollisse, era tornato per l'ennesima volta a quanto era successo due giorni prima, uno di quei giorni, pensava, che dividono la tua vita in un "prima" e in un "poi". Continuava a ripercorrere con la mente tutto quello che gli era piovuto addosso: la morte della direttrice, l'incredibile scoperta di avere ancora un padre, la storia dei suoi genitori. Rivedeva tutto, ma come attraverso una lente appannata, forse a causa della stanchezza, o di un dolore incredulo che non trovava la sua strada. Meglio così, pensò: non doveva farsi distrarre dal pensiero amaro di quello che avrebbe potuto essere e non era stato o dall'immagine di una donna che perdeva i sensi al momento dell'arresto del marito; doveva restare lucido, se voleva davvero provare a capire come erano andate le cose e chi davvero era suo padre. Scolò i tortelli, li condì con olio e parmigiano in abbondanza e cominciò a mangiare lentamente, cucchiaio dopo cucchiaio, mentre il suo pensiero andava ad Antonio, agli anni passati insieme e a quel distacco così doloroso. Finiti i tortelli, si alzò per prendere dal

cassetto l'anello che gli aveva lasciato la direttrice. Lo passò tra le dita, osservandolo per bene: sulla fascia, argentata e sottile, una piccola pietra verde che, adagiata tra le sei punte del castone, gli diede l'impressione di una corona da re. Esaminò l'interno della fascia per vedere se c'era un'incisione: niente; quel semplice anello sarebbe rimasta probabilmente l'unica cosa che Antonio avrebbe recuperato di un passato avvolto nel buio. Avrebbe dovuto acquisire informazioni su di lui e farglielo avere, pensò, mentre mangiava veloce, senza assaporarle, le melanzane sott'olio. Tornato in camera da letto, vide le chiavi dell'auto sul comò e decise che non sarebbe rimasto nel letto a rigirarsi tra le lenzuola, ma avrebbe fatto un giro per la città: tanto lo imbestialiva la guida di giorno, quanto lo rilassava invece di notte.
Salì sulla sua Opel Corsa, tirò subito fuori, da sotto il sedile, il contenitore con i cd di musica classica, sistemati in rigoroso ordine alfabetico, e inserì nel lettore Sonata Moonlight di Beethoven. Aveva scoperto la musica classica durante un suo ricovero in ospedale, grazie al compagno di camera, un compassato vecchietto dall'aria serena. Gli aveva parlato di Bach, Chopin, Beethoven, Mozart e di tanti altri ed era riuscito ad avvicinarlo al mondo della musica classica, a lui così lontano, in un modo semplice: raccontandogli la vita dei grandi compositori e associandone i componimenti più famosi a questo o a quel periodo della loro esistenza e a questo o a quell'aneddoto. Aveva una passione contagiosa don Ubaldo, come amava farsi chiamare: e così, pian piano, anche lui aveva iniziato ad ascoltare brani di musica classica. Poi don Ubaldo era tornato al suo paese in provincia di Benevento e, in omaggio alla loro amicizia, gli aveva donato i suoi cd. La sonata Moonlight – che don Ubaldo gli aveva

raccontato essere stata dedicata da Beethoven a una giovane allieva di cui era innamorato – aveva avuto su di lui, sin da subito, un potere rilassante.
Questa volta però fu diverso: le note non riuscivano a entrargli dentro mentre la sua mente continuava a tornare su quanto aveva scoperto: come avrebbe dovuto comportarsi con suo padre? E che senso aveva iniziare una specie di indagine a cinquant'anni di distanza dai fatti invece di andare subito a trovare il padre, ora che sapeva che era ancora in carcere?
Nel frattempo, senza rendersene conto, era arrivato sul lungomare: pochissime auto di passaggio a quell'ora e nessun pedone. Parcheggiò e si sedette sul muretto, rivolto verso una distesa buia rotta solo, di tanto in tanto, da qualche lieve scroscio che decideva di farsi spuma e di mostrarsi nel suo bianco luccicore. L'umidità gli entrava nelle ossa ma non aveva nessuna intenzione di muoversi; gli sembrava che l'odore del mare e, ancor di più, il rumore con cui arrivava sulla battigia prima di ritrarsi discreto, gli fossero d'aiuto. E così restò lì, fermo, a cercare di mettere ordine tra i suoi pensieri; tornò alla macchina quando stava ormai per albeggiare, e solo dopo aver deciso di andare fino in fondo, per capire se davvero fosse stato partorito grazie a un uomo capace di avere un'amante e ucciderne il marito mentre era in attesa del suo primo figlio.
Quando rientrò in casa, si buttò sul letto senza nemmeno infilarsi il pigiama; riuscì a dormire solo un paio di ore ed era già in cucina in attesa che il caffè salisse, quando il telefono squillò.
"Buongiorno, commissario, ho delle novità."
"Sì, dimmi, Armà."

"Allora, innanzitutto vi confermo che la signora Olga Frati è morta per attacco cardiaco il 22 marzo 1998. E cinque anni fa è morto pure il tenente Monaco, il tenente dei Carabinieri che aveva indagato sull'omicidio. C'è anche una buona notizia però: insieme a lui aveva indagato pure un maresciallo, un tale Vittorio Carotenuto, diciamo che era il suo Armando Gargiulo" chiosò con autocompiacimento, prima di proseguire "e questo maresciallo invece è ancora in vita, ha ottantadue anni, solo che mo' vive a Foggia. Poi ho pure saputo qualcosa su come funziona Wikipedia. Non è, commissà, come io pensavo, che ci scrivono persone del mestiere. Ci può scrivere chiunque, pure io e voi se vogliamo. E, la cosa peggiore, è che poi chiunque ci può scrivere 'ncopp, cioè può modificare o aggiungere a quello che uno ha scritto."
"Fammi capire, questo significa che non si può sapere chi ha scritto una certa cosa?"
"No, commissario, non è questo; il nickname di chi ha scritto una cosa lo trovate subito, anzi se volete poi ve lo spiego che è facile facile, solo che su un articolo ne potete avere anche a decine di nickname che ci hanno scritto."
"Senti, Armando, io stamattina ho già un fortissimo mal di testa e tu mi parli pure di sti nik... non so cosa; tu mi devi solo dire se sappiamo i nomi di chi ha scritto su 'sta Wikipedia."
"Commissario, la voce dell'omicidio Morlazzi è stata scritta in origine da Holmes36, questo è il soprannome che ha usato, che sarebbe appunto il nickname; poi però è stata modificata da trentadue persone. Ma non vi dovete spaventare per il numero perché la maggior parte ha fatto modifiche fesse assai. Ho chiesto aiuto a un mio amico della Postale e secondo me già stamattina mi fa sapere qualcosa. Ah, ho

pure visto l'amico che lavora alla cancelleria e dovrei riuscire ad avere una copia della sentenza con le motivazioni e la lista di chi ha testimoniato; poi se leggendo questi atti vi serve qualcosa di più specifico, che so il verbale su una testimonianza particolare, me lo dite e vediamo di procurarcela."
"Bene, ottimo lavoro Armando. Però mo' mi serve un'altra cosa, ma credo che questa sia un'informazione facile da recuperare."
"Aspettate nu minuto, commissà... ecco, andate pure, che mo' posso scrivere."
"Allora, la persona si chiama Antonio Esposito, è nato nel 1958, ha vissuto fino all'età di sedici anni nella struttura dove siamo andati l'altro ieri..."
"Nell'ospizio??"
"No, quello tanti anni fa era un orfanotrofio. Allora, torniamo a noi. A sedici anni se ne è andato dall'orfanotrofio perché è stato adottato da una famiglia che viveva a Roma, che di cognome fa Proietti. Questo è quello che so. Devi cercare sue notizie, sapere dove vive e che fa. Senza che lui sappia però che qualcuno sta cercando informazioni su di lui."
"E vi posso chiedere se..."
"No, Armà, te l'ho detto ieri, per ora niente domande" rispose con tono un po' stizzito.
"Commissà, io vi volevo solo chiedere se sapete se vive ancora a Roma, per facilitare la ricerca."
Si pentì subito e, con tono molto diverso, disse:
"Scusami Armando. Ho un terribile mal di testa e questa vicenda mi sta prendendo molto. Poi un giorno forse te ne parlerò e capirai. Comunque, per tornare alla tua domanda, no, non so dove viva ora, so su di lui solo quel poco che ti ho detto. Quando sai qualcosa chiamami, mi raccomando."

"Certo, commissario, non dubitate. Ah, commissario, dimenticavo...ho saputo pure di Armando Spataro, il vecchietto che ha scritto l'articolo su internet che avete trovato voi. Passa buona parte della giornata in una bocciofila che sta a Rione Alto. Pigliate carta e penna che vi detto l'indirizzo della bocciofila, e pure della casa."
"Oh, uno in vita! Meglio approfittarne subito, allora. Mi sa che lo vado a trovare stamattina, appena mi riprendo un attimo."
"Commissà, volete che vi accompagno?"
"No, grazie Armando, vado da solo."
Con le indicazioni che gli aveva dato l'ispettore Gargiulo, non ebbe problemi a trovare la bocciofila. Ora non gli restava che individuare Armando Spataro, l'uomo che aveva ricostruito l'omicidio Morlazzi sul sito omicidifamosiannicinquanta. Gargiulo lo aveva rassicurato:
"Commissario, non ci stanno problemi, lo riconoscete subito: è un vecchietto che si accompagna con un bastone, dalle lenti belle spesse e una voglia di caffè sulla guancia destra."
E così lui ora stava scrutando nei gruppetti di anziani vicini ai tre campi di bocce, o attorno ai quattro tavoli da carte, dove si stavano consumando, tra silenzi e urla improvvise, partite all'ultimo sangue. Erano parecchio agguerriti: nulla a che vedere, pensò, con la ventilata pacatezza della terza età. Dal suo punto di osservazione non riusciva a individuare la persona che stava cercando e così si avvicinò: niente, tra i giocatori di bocce e quelli che giocavano o guardavano la partita a carte, nessuno corrispondeva alla descrizione di Gargiulo. Stava per chiedere informazioni quando vide arrivare un vecchietto che si aiutava col bastone: aveva una grossa macchia marrone sulla guancia destra e un paio di spesse lenti da miope. Gli andò incontro:

"Buongiorno, mi scusi, è lei il signor Spataro, vero?"
Il vecchietto gli si rivolse con lo sguardo di chi sa prendere la vita per il verso giusto:
"Eeh, dipende. Voi che volete?"
Il commissario gli restituì il sorriso con cui lui aveva accompagnato le sue parole, e rispose:
"Sono un commissario di polizia. Ma stia tranquillo, nulla che riguarda lei direttamente."
"In effetti, mi sarebbe parso strano; io passo qua tutta la giornata e non mi pare che ci siano stati furti di bocce o di mazzi di carte" commentò ironico.
"Sì, non ne risultano nemmeno a me. Ma io sono qui per un'altra cosa: lei ricorda l'omicidio Morlazzi?"
"L'omicidio Morlazzi?? Certo che lo ricordo" rispose stupito e con uno sguardo d'improvviso divenuto attento.
"Sì, vede, io non ne conoscevo l'esistenza; mi ci sono imbattuto di recente, per ragioni che ora non hanno importanza, e ho letto un suo articolo in rete e vorrei farle delle domande per provare a capire meglio."
"L'omicidio Morlazzi. Lo ricordo molto bene. Avevo trentasei anni all'epoca...l'articolo invece l'ho scritto quindici o vent'anni fa, credo. Ma venga con me, andiamo a sederci dentro che così parliamo con calma."
Lo seguì in una sala rettangolare con una decina di tavoli; all'interno non c'era nessuno, tutti gli anziani della bocciofila, anche quelli che giocavano a carte, avevano preferito approfittare della bella giornata per stare all'aria aperta.
"Venga, venga, mettiamoci lì" indicando l'ultimo tavolo sotto la parete ad angolo, l'unico ad avere una panca invece delle sedie.

Poggiò con cura il bastone nell'angolo della parete, si accomodò e, visibilmente contento per la piega inaspettata che aveva preso la mattinata, disse:
"Dica, commissario, che cosa vuol sapere. In cosa posso esserle utile?"
"Guardi, per ora più che farle qualche domanda particolare, vorrei che fosse lei a parlarmi liberamente di quell'omicidio, dicendomi tutto quello che le viene in mente. Dal suo articolo mi è parso che lei non fosse peraltro così convinto della colpevolezza di Gennaro Buonocore. Ecco, vorrei che mi dicesse ciò che sa. Poi, semmai, le farò qualche domanda."
"E già, ha proprio ragione, io non ero affatto convinto. Anche se un po' cambiai idea quando l'avvocato non impugnò la sentenza. Bah. Lei lo sa chi era Remigio Morlazzi?" e senza aspettare alcuna risposta, continuò "sì, lei saprà che era un deputato, ma quello era il minimo. Il dottor Morlazzi era una delle persone più potenti della città, invischiata in affari, diciamo così, poco chiari, e che aveva esteso sempre di più la sua sfera d'azione. Sa, io all'epoca ero un giornalista che si occupava di politica. La Democrazia Cristiana, partito di maggioranza di cui faceva parte Morlazzi, stava attraversando una brutta fase, sempre più frammentata al proprio interno e con i partiti più piccoli a reclamare un ruolo maggiore per darle il loro appoggio, tanto che il governo Zoli ebbe bisogno dei voti del MSI per poter arrivare alla fine della legislatura." Dovette notare lo sguardo perplesso del commissario perché, sorridendo, s'interruppe:
"No, commissario, tranquillo, non sono il vecchietto che si perde nei suoi ricordi. Le sto raccontando anche del governo, per dirle che in quel momento nessuno, né a livello locale e nemmeno a livello nazionale, voleva che si mettesse troppo il becco nelle faccende di Morlazzi. Un qualunque scandalo che

avesse coinvolto un rappresentante importante della DC avrebbe potuto avere ripercussioni sul governo nazionale. È per questo che un colpevole andava trovato subito. E ovviamente al di fuori della politica o degli affari poco chiari del deputato. La storia di corna deve essere apparsa come una vera manna dal cielo! Che lui facesse le corna alla moglie era notorio, si diceva anche che avesse come amante la sua assistente. Nessuno immaginava però che fosse pure lui a essere cornificato dalla moglie... una donna bellissima peraltro, commissario. E quando si è venuto a sapere, è stata una svolta per gli inquirenti. Poi questo non toglie che in effetti gli indizi contro Buonocore ci fossero. Tre sono state le cose che lo hanno fregato: l'assenza di ogni alibi, il fatto di aver negato in un primo momento di aver posseduto un'arma e poi la testimonianza della vedova."
"Beh, c'era anche il movente però."
"Senta, questa cosa del movente secondo me è stata un po' montata. In realtà si basava, appunto, solo sulle dichiarazioni della moglie di Morlazzi...ora non ricordo nemmeno il nome..."
"Olga Frati."
"Sì, esatto, Olga Frati. Dichiarò che lei aveva lasciato il Buonocore e che, quando lo aveva fatto, lo aveva messo in guardia dal marito dicendogli che aveva giurato di fargliela pagare ma il Buonocore le aveva risposto che non era certo lui a doversi preoccupare. Certo, il senatore, con le sue amicizie, se avesse voluto dargli una bella lezione, non avrebbe avuto alcuna difficoltà. Ma a lei sembra verosimile che un povero cristo ammazzi una delle personalità più in vista della città, come dire, in via preventiva, e cioè per la semplice ragione che costui, tramite la moglie, lo avrebbe minacciato di fargliela pagare? E poi c'è un'altra cosa che non

quadra. Ormai non ricordo più le date, ma c'era una bella differenza tra la versione della Frati e quella del Buonocore sulla fine della loro relazione: la Frati diceva che fosse finita circa un mese prima dell'omicidio, mi pare; Buonocore invece dichiarò che era finita tre o quattro mesi prima. Ma, mi dica lei, fosse anche solo un mese prima, se Morlazzi ci teneva così tanto a fargliela pagare, perché avrebbe aspettato un mese? E lo stesso Buonocore perché avrebbe aspettato un mese per il suo, chiamiamolo così, omicidio preventivo?"
"E sì, mi pare una giusta osservazione." Poi, dopo una breve pausa che il signor Spataro utilizzò per prendere dal taschino della giacca un fazzoletto di stoffa e prodursi in un'energica soffiata di naso, il commissario continuò:
"Nel suo articolo, lei diceva poi di una Beretta M34 che avrebbe posseduto il Buonocore."
"E sì – mentre con cura ripiegava il fazzoletto – lì fece una vera fesseria il Buonocore. In un primo tempo aveva sostenuto di non aver mai avuto armi da fuoco. Poi in un interrogatorio successivo rivide la sua versione e disse che sì, aveva posseduto una beretta M34 che gli aveva fatto avere, pensi un po', proprio l'onorevole Morlazzi qualche mese dopo averlo assunto al maneggio. Lui un giorno gli aveva detto che avrebbe potuto essergli utile perché pareva che da quelle parti girassero dei cinghiali e Morlazzi gliel'aveva fatta portare da una persona, che lui però non seppe indicare. Poi, secondo il Buonocore, qualche mese prima dell'omicidio l'arma era sparita dal nascondiglio del maneggio dove la custodiva. Anche per ammazzare Morlazzi fu usata una Beretta M34, che però non venne mai ritrovata al pari di quella di Buonocore. Resta il fatto che ci fossero un po' di cose poco chiare in quell'omicidio, non crede?" concluse, fissandolo con occhi intelligenti e compiaciuti che, dietro le

lenti spesse, apparivano troppo grandi per il suo viso emaciato.
"E sì, direi proprio di sì. Ma posso chiederle lei all'epoca che idea si fece?"
"Guardi, io pensavo allora, e penso ancora oggi, che o il delitto è maturato in tutt'altro ambiente oppure questa Olga Frati, a mo' di moderna Circe, ha irretito il pover'uomo, inducendolo a commettere un delitto che serviva a lei, e poi lo ha scaricato. Questo potrebbe anche spiegare la rinuncia del pover'uomo all'appello: la delusione del tradimento della sua amata, vederla mentre in aula testimoniava il falso, costruendo magari un falso movente per farlo condannare, deve essere stato troppo per quel povero bifolco che magari chissà cosa aveva sognato."
Sentir definire bifolco quello che da poco aveva scoperto essere suo padre, diede un po' fastidio al commissario, anche se il tono del signor Spataro gli era parso compassionevole, non certo dispregiativo.
"E se dovesse invece cercare da altre parti, dove cercherebbe?"
"Bah, credo nel mondo degli appalti, soprattutto in ambito edile. Tenga conto che quelli erano gli anni della grande ricostruzione. E gli interessi in quel settore erano enormi."
Avevano smesso di parlare dell'omicidio Morlazzi e stavano uscendo, a passo lento dalla sala, quando il signor Spataro si fermò e, con entrambe le mani poggiate sul bastone dinanzi a sé e il viso sollevato a guardare il commissario negli occhi, gli chiese:
"Non me lo dice, vero, perché ha iniziato a interessarsi a questo caso?"
"No, mi spiace signor Spataro, non posso dirglielo."

"Sì, lo immaginavo. Apprezzo comunque che mi dica che non può, piuttosto che inventare qualche stucchevole frottola" concluse mentre gli stringeva la mano.

CAPITOLO 14

"Sì...? Chi è?"
"Buongiorno, commissario. Posso venire a casa vostra?"
Era immerso in un sonno profondo quando il telefono aveva squillato: dovette dedurlo, dalla sua voce ancora impastata, anche l'ispettore Gargiulo, che subito aggiunse:
"Uh, commissà, ma mica vi ho svegliato?"
"Non preoccuparti, Armando, dimmi."
"Ecco, commissario, se a voi va bene, io passerei a casa vostra. Ho recuperato tutte le carte alla cancelleria e ho anche il nome di Holmes36."
"Di chi??"
"Commissario, non vi ricordate? È quello che ha scritto su Wikipedia. Sono riuscito a sapere il suo vero nome e..."
"Armà, facciamo così: vieni qui, mi porti le carte e mi parli pure di 'sto tizio."
"Bene, commissario, vi bastano quaranta minuti per fare le cose vostre?"
"Sì, va bene. Ti aspetto verso le nove e un quarto, allora."
"Commissà, se voi mettete a fare il caffè, io porto due sfogliatelle."
Una delle cose che più lo facevano imbestialire del suo vice, anzi l'unica forse, era la sua capacità di ingurgitare quantità smisurate di calorie, in sfogliatelle babà pizze e pastasciutta, non superando però mai i suoi settanta chili di peso. Aveva sempre pensato che madre natura avesse voluto, in questo modo, farsi perdonare per non essere stata benevola con lui: tozzo, con un naso dalla gobba pronunciata e due occhi

ravvicinati, non aveva certo le sembianze di un adone. Come quasi tutti i brutti, era però dotato di una naturale capacità a entrare in sintonia con gli altri e di una spiccata ironia, che indirizzava sia su sé stesso, sia sugli altri, senza mai superare il limite. Avevano anche cominciato a frequentarsi un po' fuori dal lavoro quando viveva con Elena; poi non più, nonostante Armando lo avesse invitato a cena in un paio di occasioni. Era convinto, dalla rapidità di risposta che stava dimostrando, che avesse intuito che questa vicenda lo toccava molto da vicino: lo aveva capito – ne era convinto – già quando lo aveva visto davanti alla direttrice morta. Sapeva che se si fosse confidato, lui non ne avrebbe fatto parola con nessuno, nemmeno con la moglie; al momento, però, non se la sentiva, anche se non gli sarebbe dispiaciuto potersi confidare con qualcuno.
Non avendo in previsione di uscire, indossò la tuta che usava in casa e andò fuori al terrazzino a fumare: aveva smesso da tempo ormai, ma qualche volta, appena sveglio, ne fumava una. Sentì il citofono, spense nel posacenere la sigaretta ancora a metà e andò ad aprire.
Armando Gargiulo entrò, reggendo con una mano un bustone di plastica e con l'altra una confezione da pasticceria.
"Armà, ma non dovevi portare due sfogliatelle??"
"Commissario, ho preso qualche pasta in più, tanto quelle fino a domani si mantengono bene."
Posò il vassoio con i dolci sul tavolo dell'ingresso soggiorno e, con lo sguardo rivolto al pesante bustone, disse:
"Commissario, qui ci sono le copie di una parte degli atti del processo Buonocore."
"Bene. Portiamo tutto in cucina, lo sai che io mi trovo di più lì."

"Commissario, mentre ci mangiamo 'na bella sfogliatela col caffè vi dico un po' di cose che sono venuto a sapere. Ah, come prima cosa, l'amico che mi ha dato le carte del processo, mi ha raccomandato di tenervele per voi e di non farne mai cenno a nessuno." Poi, vedendo la smorfia del commissario, subito si affrettò ad aggiungere:
"Sì, commissà, lo so bene che voi lo sapete, ma l'amico mio mi ha fatto giurare che ve lo dicevo e quindi io ve l'ho dovuto dire. Allora, dentro ci sta la copia della sentenza e dei verbali di udienza, non tutti però perché erano troppi; mi ha detto che se poi ci servono pure gli altri, ci fa le copie. Invece, per quanto riguarda Wikipedia... mmh, ottima questa sfogliatella, le fa proprio buone questa pasticceria!... sì, dicevo, sto Holmes36 è in realtà Mauro Vietti, un ex dirigente, scapolo, in pensione, che ora si gode la vita. Ha settantuno anni, una seconda casa alle isole Eolie, e si fa un paio di crociere all'anno. Da giovane voleva fare l'avvocato penalista, anzi per un po' pare pure che l'abbia fatto, poi però fu assunto da un'azienda e lasciò perdere; e, a guardare la bella vita che fa mo', non c'è dubbio che abbia fatto bene. Comunque, poiché voleva fare il penalista, quando studiava legge andava a seguire le udienze dei processi penali più importanti. Non so se l'ha seguito tutto, il processo Buonocore, ma io penso che almeno a una buona parte delle udienze ha assistito." S'interruppe perché l'ultimo pezzo di sfogliata che aveva addentato era troppo grosso per consentirgli di parlare. Il commissario, che era in piedi a versare il caffè nelle tazzine, si voltò verso di lui:
"Armà, non voglio manco saperlo come hai fatto in così poco tempo a recuperare tutte queste informazioni. Comunque, grazie. Hai fatto un ottimo lavoro. Se mi lasci i suoi recapiti, oggi lo vado a sentire."

Armando finì di raccogliere con la lingua lo zucchero a velo che gli era rimasto agli angoli della bocca, poi rispose:
"No, commissario, non è possibile. Ve l'ho detto che è arzillo assai. Mi sa che sono più vecchio io che lui! Mi ha detto il custode del suo stabile che tornerà dopodomani da una crociera e poi quasi subito prende il traghetto e se ne va nella casa alle Eolie per seguire dei lavori alla casa."
"Ah." Poggiò il vassoietto con caffè e zuccheriera sul tavolo e, dopo essersi seduto, prese un babà. Lo guardò, ci pensò solo un attimo, e poi decise che era la cosa migliore, e così gli chiese:
"Armando, ti andrebbe di darmi un aiuto maggiore in questa vicenda?"
"Commissà, e me lo chiedete?? Certo che mi va! Però dovrei sapere qualcosa in più" aggiunse col timore di urtarne la suscettibilità.
"Sì, lo so. E infatti vorrei parlartene un po' meglio. Allora, vediamo… Io ancora non posso dirti in che modo ma, come sono sicuro che già hai capito, la morte all'ospizio e l'omicidio Morlazzi sono tra loro collegati e questa vicenda mi coinvolge in maniera diretta. Ecco, io ho necessità di sapere come davvero andarono le cose nell'omicidio Morlazzi. Allora, ascoltami bene, che ti aggiorno su tutto quello che ho saputo."
"Commissà, sono tutt'orecchi. E visto che parlate voi e io devo solo ascoltare, permettete che provo pure questa" commentò, mentre afferrava deciso una sfogliata frolla, quando ancora non aveva deglutito l'ultimo boccone di quella riccia. Il commissario lo fulminò con gli occhi, cercando di trasmettergli tutta la sua riprovazione per la capacità di assumere quantità smisurate di calorie senza che il fisico ne portasse traccia. Poi, consapevole di non aver

smosso in lui alcun senso di colpa, cominciò a raccontargli ciò che poteva di tutta quella vicenda, esplicitandogli anche le ragioni alla base dei suoi dubbi.
Alla fine, Armando, guardandolo serio, commentò:
"Sì, commissario, effettivamente c'è più di qualcosa che non quadra. Io però mi domando: se io e voi dopo aver letto un po' di carte e aver sentito qualche persona, vediamo che c'è qualcosa che non quadra, come è possibile che all'epoca invece è quadrato tutto a tutti?"
"Beh, Armando, devi pensare che all'epoca ci doveva essere una grandissima volontà di chiudere subito una vicenda del genere; gli indizi a carico del Buonocore comunque c'erano e se ci aggiungi che lui era un povero cristo di cui non importava nulla a nessuno, ecco spiegato che né la stampa né altri si sono fatti molte domande sulla tenuta o meno degli indizi."
"Mmh, certo commissario che se questo povero cristo fosse davvero innocente si sarebbe fatto quasi cinquant'anni senza aver fatto niente. Mi viene la pelle d'oca a pensarci. Commissario, ma non sarebbe il caso di andare a sentirlo?"
"Sì, andrà fatto, non c'è dubbio. Ma non ora, meglio avere prima degli elementi in più. Poi bisognerà vedere cosa inventarsi per avere un colloquio con lui in carcere."
"E non possiamo dire che la vecchietta è morta e ha lasciato detto qualcosa per lui? Si conoscevano loro?"
Il commissario provò quasi tenerezza per l'ingenuo tentativo di sapere qualcosa in più sul motivo per cui lui era interessato all'omicidio. Non glielo fece pesare però, e si limitò a rispondere:
"No, non credo che si conoscessero. Dovremo trovare un'altra ragione." E poi, per evitare delusioni future, subito aggiunse:

"Però, Armando, a trovarlo in carcere andrò da solo." Non aveva idea di come avrebbe potuto reagire al colloquio con il padre, né sapeva se gli avrebbe detto o meno, già allora, che era suo figlio: ovvio, quindi, che Armando non potesse seguirlo.
Pochi minuti dopo che era andato via, l'ispettore Gargiulo telefonò al commissario.
"Armà, mica chiami perché hai dimenticato di portarti i babà e le sfogliatelle, vero?"
"No, commissà, quelli sono per voi. Vi chiamo perché un amico mio della Finanza mi ha appena dato le notizie su Antonio Esposito, anzi Proietti dopo l'adozione. Allora, questo Proietti ha una pizzeria a Ladispoli, vicino Roma, che ha aperto cinque anni fa. È sposato e ha due figli, un maschio e una femmina. Se pigliate carta e penna vi do l'indirizzo e il numero di telefono."
Pizzaiolo, con moglie e due figli, trasferito a Ladispoli: le prime cose che veniva a sapere di Antonio. Gli parve d'improvviso incredibile che non avesse saputo nulla di lui per tutti questi anni. Eppure, per dieci anni era stato suo fratello, suo padre e sua madre: con la frangetta impertinente e lo sguardo guascone lo aveva protetto dalle cattiverie che non hanno età. Gli tornò in mente la mattina in cui si svegliò con mutande e pantalone del pigiama bagnati. Con tenerezza si rivide bimbo spaurito nel letto bagnato, e un sorriso gli affiorò sulle labbra nel rivedere Antonio che piombava su Enzo trascinandolo sul pavimento. Molti anni dopo aveva saputo da suor Adalgisa che il giorno successivo Antonio aveva chiamato a raccolta i quattro o cinque ragazzini più esuberanti e li aveva catechizzati per bene "guai a voi – gli aveva detto – se sfottete a Checco. Checco è amico mio e chi sfotte a lui è come se sfuttesse pure a me!" E come rideva

suor Adalgisa mentre diceva, con lo sguardo impostato a imitare Antonio, "chi sfotte a lui è come se sfuttesse pure a me!"
Qualche anno prima, una mattina d'inverno in cui era in ufficio a leggere le informative, gliene era capitata una che aveva come oggetto: Esposito Antonio – Violenza domestica. Aveva sentito come una scossa. Si era subito tranquillizzato però leggendo la data di nascita: era un individuo molto più giovane di Antonio. Aveva letto velocemente della solita storia di violenza ai danni di una donna, perpetrata nel silenzio opprimente delle mura di casa e, spesso, in quello indifferente dei vicini. Poi il suo pensiero era tornato ad Antonio e, per la prima volta, lo aveva in qualche modo cercato. Aveva digitato su Google nome e cognome, trovandoci però un po' di tutto, ma non quel che aveva cercato. Forse, pensava ora, perché aveva cercato Antonio Esposito, e non Antonio Proietti, come avrebbe dovuto. Quella era stata l'unica volta che aveva provato ad avere sue notizie, poi mai più. Nonostante avesse sempre saputo che Antonio non aveva alcuna responsabilità per il distacco così traumatico che avevano subito, non era però mai riuscito a perdonarlo, forse perché anche quella volta il distacco era piombato su di lui da un giorno all'altro, inatteso e traditore. Non era mai riuscito a perdonargli di aver continuato a sperare di andar via dall'orfanotrofio, anche dopo che era arrivato lui. E poi di averlo dimenticato, o perlomeno così aveva pensato da ragazzino: due volte aveva sperato, come gli aveva scritto, che sarebbe andato a trovarlo e due volte era rimasto deluso. Di certo non era stata colpa sua, ma allora la rabbia e il dolore per la sua partenza erano state troppo forti per farglielo capire; ora invece gli sembrava di essere stato uno stupido a non averlo più cercato: era stato l'amico

vero, quello che non a tutti capita la fortuna di avere, e di certo era stato la persona più importante per la sua crescita, e lui, prima per rancore infantile e poi per una sorta di paura irrazionale, lo aveva cancellato dalla sua vita.
Era arrivato il momento di risentirlo, pensò, non aveva alcun senso aspettare ancora. E così recuperò il telefonino dal comodino e tornò in cucina. Digitò il numero mentre era in piedi davanti alla porta finestra che dava sul terrazzino. Arrivato al quarto squillo, una parte di lui cominciò a sperare che non rispondesse. E invece:
"Sì, pronto?"
"Parlo con... Antonio Es...Proietti?"
"Sì. Chi parla?"
"Ciao Antonio, sono Checco" si sentì dire, recuperando il nomignolo che non usava più da tanti anni.
"Checco?? Un attimo" rispose, lasciando soldi e giornale sul banco dell'edicola dove si trovava e allontanandosi verso una zona isolata.
"Eccomi."
"Ciao Antonio. Che bello sentirti. Sono passati un po' di anni, eh."
"E già." Fu strano quello che gli successe: dopo un attimo di imbarazzo, ma solo un attimo, si sentì a suo agio come non gli capitava da tempo.
"E già, brutto fesso, perché hai aspettato tutti questi anni??"
"Beh, forse proprio perché sono fesso" rispose in tono scherzoso, per poi riprendere con voce sommessa, quasi parlasse più a sé stesso che ad Antonio:
"E comunque hai ragione, avrei dovuto farlo molto prima."
"Vabbè, lasciamo perdere, che io non sono stato da meno. Comunque, dimmi di te, mio caro commissario, come stai?"
"Come fai a s apere che sono commissario?"

Una risata schietta, furba: una risata capace di recuperare più di trent'anni di silenzio.
"Gesù, Gesù! E, secondo te, io potevo stare senza sapere che fine aveva fatto il mio Checco?" lo redarguì scherzoso, quasi a voler subito riappropriarsi del proprio ruolo di mentore nei suoi confronti. Poi continuò:
"Gorizia, Arezzo, Napoli. Tutto lavoro e ...lavoro! Scapolo. Tra i successi professionali, l'arresto dell'omicida del gioielliere a Gorizia e quello del maniaco seriale ad Arezzo. Mi fermo?" concluse ridendo.
Si sentì in colpa pensando di non essersi mai preoccupato di sapere che fine avesse fatto lui, ma decise comunque di sorprenderlo a sua volta.
"Ottimo pizzaiolo di Ladispoli, padre di due bei ragazzi, un maschio e una femmina, sposato. Mi fermo?"
Risero entrambi, poi Antonio commentò:
"Certo, ammetterai che per un commissario è molto più semplice avere delle informazioni su un povero cristiano."
"Sì, lo ammetto."
"Senti, non sai che piacere che mi fa questa telefonata. È una cosa strana, però...parlo con te dopo una quarantina di anni e mi pare come se ci fossimo sentiti ieri."
"Beh, ti confesso che un po' sono cambiato. Ora sono un ciccione senza capelli!"
"Senza capelli?? Dai, non ci credo!"
"Ma come, i tuoi informatori ti hanno detto quelle fesserie dei successi professionali e hanno dimenticato di dirti la cosa più importante??"
"Forse sono informatori che ti vogliono bene e hanno voluto stendere un velo pietoso su questi brutti avvenimenti" commentò ridendo.

Rimasero al telefono oltre un'ora, raccontandosi le loro vite e quel che sapevano delle loro comuni conoscenze. Lui preferì tacere, però, della morte della direttrice, e, ancor di più, dell'anello che aveva lasciato. Alla fine, Antonio gli disse:
"Senti, Checco, tu ora mi devi venire a trovare. Ma subito, abbiamo aspettato già troppo, direi. E poi, la vuoi assaggiare o no la migliore pizza di Ladispoli?!"
"Bah, la migliore pizza di Ladispoli …quasi come dire la migliore pizza di Napoli, o no??" commentò prendendolo in giro, per poi proseguire "sì, comunque hai ragione, dobbiamo vederci quanto prima. Fammi sistemare un po' di cose qui e nel giro di una o due settimane vengo ad assaggiare questa fantasmagorica pizza."

CAPITOLO 15

Il commissario gli aveva chiesto di andare a sentire "il tizio che aveva scritto su quella specie di enciclopedia del computer", così gli aveva detto, senza motivare in alcun modo la ragione della sua defezione. Forse aveva ritenuto che non sarebbero venuti fuori elementi interessanti o forse, aveva pensato l'ispettore con un po' di malignità, aveva preferito non doversi confrontare con un settantenne tecnologicamente molto più avanzato di lui. Fatto sta che ora l'ispettore Gargiulo era seduto dall'altro lato di una scrivania in uno studio molto variopinto.
"Prima di farmi le sue domande, posso chiederle come mai dopo oltre quarant'anni la polizia indaga sul caso Buonocore?"
Gli aveva posto la domanda con un interesse sincero; all'ispettore Gargiulo parve di cogliere qualcosa di più della mera curiosità. Doveva essere un uomo molto sicuro di sé il dottor Mauro Vietti, alias Holmes36: solo un uomo che non si preoccupava del giudizio degli altri poteva indossare con tanta nonchalance, a settantuno anni, una camicia gialla puntinata di blu e un papillon azzurro, pensò l'ispettore prima di rispondergli.
"Guardi, purtroppo non le posso rispondere, o meglio le posso solo dire che ci siamo imbattuti quasi per caso in questo delitto di tanti anni fa mentre ci occupavamo di un'altra vicenda e, per alcuni nessi che ci sono, volevamo

capire un po' meglio, ecco, tutto qui. E lei, da quel che mi ha detto, seguì questa vicenda con molta attenzione."
Holmes36 fece il sorriso largo e aperto di chi si rivede giovane, prima di rispondere:
"E già. All'epoca avevo... mi faccia pensare... ecco, sì, ventun anni: un giovane studente universitario che desiderava fare l'avvocato penalista. Anche se, col senno di poi, credo proprio di aver fatto bene ad abbandonare l'idea." Poi, notando lo sguardo incuriosito dell'ispettore che vagava da un oggetto all'altro dell'arredamento, aggiunse:
"Sì, lo so, sono un po' eccessivo ma, che devo dirle, a me piace mettere colore nelle cose". Aveva un accento musicale, che all'ispettore ricordava i suoi giovanili trascorsi senesi, anche se era come contaminato da inflessioni del sud Italia. "E poi mi piace acquistare oggetti strani quando vado in giro... quello l'ho comprato una decina di anni fa in un negozio di cianfrusaglie a Istanbul" aggiunse indicando un coloratissimo jukebox in miniatura, su cui aveva visto soffermarsi il suo sguardo. Non disse nulla invece del tavolino che era tra di loro, come se fosse normale trovarsi seduti dinanzi a un tavolino fatto da una base di cristallo retta da sagome di palloncini multicolorati o di fronte a una lampada a testa di elefante con una sola lampadina sulla proboscide. E poi, affisse alle pareti, in un felice disordine, stampe colorate, con i soggetti più vari e disparati.
"Beh, inutile nasconderle che entrando qui si resta un po' spiazzati."
Una risata piena, gutturale, prima di rispondere:
"Sì, lo so, ma in realtà non si dovrebbe. Sa, io ho sempre creduto che dovremmo tutti provare a colorare la vita. E più invecchio, più penso che sia giusto."

"Sì, forse ha ragione... anche se non le nascondo che avrei qualche timore a parlarne a mia moglie" commentò Gargiulo con una scherzosa espressione di preoccupazione.
"Beh, lo immagino. Non credo sia un caso che io sia scapolo o, come si dice adesso, single." Poi, dopo una risata che mise in mostra i suoi denti ben curati, il cui biancore risaltava sul suo viso abbronzato, continuò:
"Ma mi dica, ispettore, in cosa posso esserle utile? Immagino che lei, a differenza mia, non abbia tempo da perdere."
"Beh, vorrei che iniziasse parlandomi di cosa ricorda dell'omicidio Morlazzi e dell'opinione che si fece."
"Guardi, fu di sicuro un caso molto avvincente per un giovane studente. Non c'erano prove inconfutabili a carico di Buonocore ma lo fregarono alcune testimonianze, in particolare quella dell'amante. E la totale assenza di alibi. Se poi ci aggiunge che era un povero contadino analfabeta, difeso da un avvocato incapace e ci mette pure la ferma volontà di trovare il colpevole dell'assassinio di un uomo così in vista, ecco, si capisce perché Buonocore sia stato condannato."
"Mi racconti meglio delle testimonianze, per cortesia. Mi diceva di quella dell'amante..."
"Beh, sì, mi pare si chiamasse Olga la moglie di Morlazzi. Eh, una bellissima donna, ispettore! Una di quelle che resti incantato a guardare. Beh, lei disse che il Buonocore le aveva fatto capire che avrebbe giocato d'anticipo con Morlazzi. Non ricordo ovviamente le parole ma, secondo quello che testimoniò questa signora, Buonocore le avrebbe più o meno detto che non aveva paura del marito ma che anzi era il marito a doverne avere di lui, o qualcosa del genere. Insomma, una chiara minaccia rivolta dal Buonocore al Morlazzi."

Rimasero quasi un'ora a parlare del processo, senza però che venissero fuori altri elementi di rilievo; durante tutto il tempo l'ispettore non fece caso all'odore di chiuso che c'era nell'appartamento, e che avvertì invece, prepotente, appena si alzò per andare via. Ebbe come l'impressione, uscendo all'aperto, di una luce nuova, soffice e avvolgente come sa essere solo la prima luce della primavera. Gli succedeva così ogni anno: c'era un giorno, anzi un preciso momento, in cui lui avvertiva nell'aria, e sulla pelle, l'arrivo della primavera; era una sensazione strana, perché si trattava appunto di un attimo ben definito, come se in quel preciso istante qualcuno avesse deciso di girare l'interruttore. E lui avvertiva una sensazione di immotivata gioia, come stava verificandosi anche in quel momento, appena uscito dalla palazzina del dottor Vietti. Come faceva ogni anno quando succedeva, si fermò per un paio di minuti a respirare profondamente a occhi chiusi facendosi penetrare dalla benefica sensazione fin dentro il più riposto angolo del suo essere.
Mentre camminava verso l'ufficio, per due volte portò la mano alla tasca per prendere il telefonino e chiamare il commissario ma entrambe le volte desistette, preferendo parlargli di persona il giorno successivo: del resto, pensò, sarebbe stato meglio fare prima delle verifiche. Vide sul vecchio orologio che portava al polso che erano le 16:10: era ancora in tempo, pensò. E così chiamò il suo amico che lavorava in cancelleria.
"Ciao Giusè, mi devi fare una cortesia."
"Ancora??"
Quando la mattina dopo si presentò alla porta dell'appartamento del commissario, aveva un vassoio di dolci in una mano e una cartella consunta nell'altra.

"Armà, ma tu mo' dovessi pigliare l'abitudine di venirmi a dare il buongiorno con babà e sfogliatelle?? Mi vuoi fare passare alla XXXL??" lo rimproverò in modo bonario il commissario, facendosi da parte per farlo entrare. Poi, vedendo la cartella nell'altra mano, gli domandò curioso:
"E lì, che ci tieni?"
"Eh, commissà, mo' vi racconto tutto. Qui ci stanno i verbali delle due udienze in cui è stata chiamata a testimoniare la vedova, Olga Frati."
"Ah, e..."
"Commissà, mi sono preso la licenza di farmi fare la copia dal mio amico della cancelleria perché quando ho parlato con il dottor Vietti, quello che ha scritto su Wikipedia... un personaggio, commissà, avreste dovuto conoscerlo... comunque il dottor Vietti, che da giovane ha seguito quasi tutte le udienze del processo, mi ha detto che la testimonianza della vedova secondo lui era stata decisiva per la condanna di Buonocore visto che aveva riferito qualcosa che suonava come una minaccia di morte da parte di Buonocore verso il marito. E allora, commissà, ho pensato di andare a leggere la sua testimonianza. E così ieri pomeriggio ho chiamato all'amico mio e lui mi ha fatto passare stesso ieri, alle 18.30...che c'è meno gente e poteva fare questa cosa più facilmente... e mi ha dato queste copie. Ma ho fatto male, commissà?"
"No, no, Armando, hai fatto benissimo. Anche il vecchietto alla bocciofila, che mo' non mi ricordo come si chiama, mi ha detto qualcosa del genere sulla testimonianza della Frati. Mo' ce le leggiamo e..."
"Commissario, io già li ho letti i verbali ieri sera e ho evidenziato i passaggi importanti. Commissà, e quello il

dottor Vietti aveva ragione: la vedova gli ha dato una bella mazzata al povero Buonocore con la sua testimonianza."
"Ah, e fammi vedere un poco."
"Sì, trovate tutto evidenziato. Ma perché non facciamo prima una bella colazione?"
"Armando, ma mica io posso mangiare ogni mattina sfogliate e babà! Mica sono come te che t'abboffi in continuazione e pari un'alice!" reagì stizzito.
"Commissario, lo so. Per questo stamattina non ho portato le sfogliatelle; ho preso solo quattro cornetti con crema e amarena e quattro babà."
"Ah, menomale, così ci manteniamo leggeri!" commentò, ironico e ormai rassegnato, il commissario.
E l'ispettore, senza cogliere l'ironia dell'esclamazione, rispose convinto:
"E sì, commissario, io per questo come paste ho preso solo i babà, quelli so leggeri!"
"Vabbè, lasciamo perdere. Dai, fammi vedere quello che è venuto fuori" concluse il commissario, allontanando il vassoio con i dolci.
"Allora - iniziò l'ispettore dando il primo morso al primo cornetto crema e amarena – innanzitutto leggetevi questi pezzi della testimonianza che ho sottolineato" porgendogli una decina di fogli.
Il commissario li sfogliò, soffermandosi sulle parti sottolineate.
ADR: "... la nostra relazione era finita ma Gennaro... sì, Gennaro Buonocore...non voleva, diceva che lui voleva stare con me."
ADR: "Non ricordo il giorno esatto in cui ho troncato la relazione, ma è stato circa tre o quattro settimane prima dell'omicidio."

ADR: "Sì, andai a dirglielo al maneggio che era finita. La mia era stata solo un'infatuazione momentanea, non mi importava nulla di Buonocore e così quando mio marito mi disse che sapeva tutto, troncai subito."
ADR: "Sì, i rapporti con mio marito non erano ...come dire... si erano raffreddati, anche perché lui ...ecco, diciamo che non disdegnava le altre donne. Nella sua posizione, però, ci teneva moltissimo al buon nome. E poi, è vero che frequentava anche altre donne, ma io sapevo che l'unica che amava veramente ero io. Ecco perché, quando seppe della relazione con Buonocore, andò su tutte le furie e mi disse che dovevo lasciarlo subito e che andava evitato ogni scandalo. Non so come avesse fatto a saperlo, anche perché io non correvo rischi e andavo al maneggio solo quando mio marito, per ragioni di partito, era a Roma. Ma lui qui aveva tante amicizie e quindi qualcuno doveva averglielo detto."
ADR: "Sì, anche quando andai al maneggio per troncare ogni relazione con Buonocore, mio marito era a Roma."
ADR: "Sì, era fine luglio o agosto, non ricordo bene, ma era piena estate. Fu in quell'occasione che misi sull'avviso Buonocore. Gli dissi che mio marito aveva scoperto tutto e che di certo gliela avrebbe fatta pagare in qualche modo. Lui si mise a ridere e tentò di abbracciarmi e baciarmi ma io gli diedi uno spintone e gli dissi che non doveva permettersi mai più, che tra noi era finita per sempre e che la cosa migliore per lui era licenziarsi dal maneggio e sparire per un po' agli occhi di mio marito."
ADR: "Sì, mi ero girata e stavo andandomene, dopo averlo spinto, e lui mi urlò di dire a mio marito di stare attento lui, la sera quando tornava a casa."
ADR: "Sì, confermo. Mi disse proprio la sera quando tornava a casa."

ADR: "Beh lo disse in dialetto; lui usava molto il dialetto quando parlava. Io non so ripeterlo bene, ma più o meno le parole furono uè, dici a mariteto e se sta accorto isso quando a sera torna a casa."
ADR: "No, non l'ho mai più visto da allora. Lo rivedo oggi per la prima volta."
Finivano qui i passaggi sottolineati a matita da Gargiulo. Rimase per qualche secondo in silenzio, mentre il suo vice, addentato il secondo cornetto con crema e amarena, gli rivolse uno sguardo interrogativo:
"Commissà, che ne pensate? Ah, un'altra cosa. Avete visto che la Frati dice che il marito frequentava anche altre donne... anche se amava solo lei" aggiunse con marcato scetticismo, per poi continuare "Commissà, a me mi ha detto Vietti che quello era un vero e proprio sciupafemmine e che si dava assai da fare!"
"Beh, non c'è dubbio che la testimonianza della Frati abbia giocato un ruolo di non poco conto nella condanna di Buonocore. A questo punto, bisognerebbe vedere cosa ha sostenuto Buonocore e forse..."
"Commissario, ho già fatto la verifica. Buonocore non ha voluto rendere nessuna dichiarazione nel processo; quindi non ha smentito le dichiarazioni della Frati. E questo, che certo non lo ha aiutato, a me mi pare strano assai!"
"Ah! È strano, sì. Dobbiamo cercare di procurarci il verbale dell'interrogatorio cui è stato sottoposto subito dopo l'arresto."
"Sì, ci provo, commissà, ma non so se è facile. Però possiamo pure sentire l'ispettore che aveva seguito le indagini, mo' non mi ricordo come si chiama, ma me lo sono appuntato..."
"Sì, l'ho appuntato anch'io, assieme ai nomi di tutti quelli che dobbiamo sentire. Ecco qua. Allora, fammi vedere...eccolo:

Carotenuto, Vittorio Carotenuto. A proposito, ma invece dell'amico di Buonocore, questo Antonio Fierro, sei riuscito a recuperare le informazioni?"
"Sì, commissario, aspettavo a dirvelo perché da quattrocento e rotti che erano, me ne sono rimasti due, tutti e due ancora vivi: uno sta qua a Napoli e l'altro invece vive a Caserta. Mo' stamattina li chiamo e poi vi faccio sapere."
"No, Armando, facciamo così. Dammi i due numeri e li chiamo io. Tu vai a sentire questo ex maresciallo dei Carabinieri e vedi che ti dice. Chiedigli soprattutto dell'interrogatorio di Buonocore."
"Commissà, io lo andrei pure a sentire, ma quello vive a Foggia, non vi ricordate che ve lo avevo detto? Comunque, gli faccio una telefonata e vedo cosa riesco a sapere." Poi, notando i due babà e i due cornetti ancora nel vassoio, con tono di biasimo aggiunse:
"Ma voi non avete toccato manco un cornetto o un babà, commissario! Non state bene??"
"Armà, facciamo così, lasciami un babà e portati tutto il resto. E fammi 'na cortesia: non ti presentare più con tutto questo bendidìo."

CAPITOLO 16

Gli era sempre piaciuto andare nella zona di Spaccanapoli: non solo gli ricordava gli anni dell'università ma, soprattutto, gli trasmetteva un'istintiva allegria. I colori, le grida dei venditori ambulanti, lo sciamare disordinato e le vetrine piene di oggetti di ogni tipo lo mettevano di buonumore; solo l'odore di fritto gli dava fastidio, reduce da un'altra scorribanda notturna in cucina che lo aveva visto dar fondo al barattolo delle melanzane sottolio. Mise una moneta da due euro nel paniere calato giù da un uomo che cantava motivi napoletani dal balcone di casa e riprese a camminare osservando però in modo diverso quei vicoli che ben conosceva; ora li guardava infatti pensando che erano i vicoli dove avrebbe giocato da bambino, se...; che sui motorini che zigzagavano pericolosi tra le persone ci sarebbe stato anche lui, da ragazzo, se...; che forse, chissà, in una di quelle botteghe avrebbe lavorato lui, se.... Era come vedere quei vicoli, a lui così familiari, da un'altra angolazione. Arrivò, quasi senza rendersene conto, in Vico Orilia e iniziò a cercare il civico 18, dove abitava Antonio Fierro, l'amico di suo padre. Quando gli aveva risposto al telefono, gli era parso titubante, incredulo all'idea che un commissario di polizia potesse interessarsi al caso del suo amico dopo tanto tempo. Aveva dovuto spiegargli che, indagando su un altro caso, erano emersi elementi che sollevavano dei dubbi sulla ricostruzione dell'omicidio Morlazzi; e solo allora Fierro si era lasciato andare e aveva commentato:

"Commissario, era ora! Credetemi, sono cinquant'anni che un innocente marcisce in galera."
Lui non aveva commentato in alcun modo, limitandosi a chiedergli se lo conosceva bene. E anche qui, la risposta era arrivata con la stessa foga:
"Bene?! Commissario, lo conosco meglio di chiunque altro; secondo me, saccio meglio a lui che a me. E non sto esagerando, commissario, credetemi."
"Le posso chiedere come vi siete conosciuti e da quando?"
"Ci conosciamo che eravamo criaturi. Abitavamo vicini, tutti e due qui a Spaccanapoli, io a Vico Orilia e lui a qualche centinaio di metri; abbiamo fatto la scuola insieme fino alla terza elementare, poi lui ha lasciato perché ha iniziato a lavorare tutta la giornata col padre che teneva un banco di frutta e verdura. Però siamo rimasti amici e abbiamo sempre continuato a vederci fino a... fino a quando è successa quella cosa assurda."
Non riuscì a resistere alla tentazione di domandargli se avesse conosciuto anche la moglie, ossia sua madre.
"E certo che l'ho conosciuta, povera donna. Erano davvero molto innamorati. Sono stato pure compare di matrimonio: che belli che erano quel giorno, commissario" si lasciò andare con la voce incrinata dall'emozione.
A quel punto aveva preferito non andare oltre con le domande al telefono: molto meglio, aveva pensato, fargliele tutte di persona. E così avevano preso appuntamento di lì a due ore e ora stava suonando alla porta dell'uomo che gli avrebbe raccontato da dove veniva.
La persona che gli aprì era un signore allampanato che, senza un filo di barba sulle gote glabre, sembrava più giovane dell'età che, secondo i suoi calcoli, doveva avere. Lo accolse in vestaglia da camera: un'elegante vestaglia a quadri

annodata con cura alla vita. I capelli sottili erano ben pettinati e curati: ancora tutti neri, se di tintura o per omaggio di madre natura non riuscì a capirlo.
"Prego, prego, accomodatevi."
L'appartamento, non grande, era di quelli antichi, con soffitti molto alti e spazi sprecati. Si accomodarono in un piccolo salotto, molto ordinato, con due poltroncine e un tavolino: alle pareti stampe di Monet e Van Gogh. L'odore di carne cotta alla piastra, che aveva sentito appena entrato, arrivava anche lì, seppure attenuato.
"Commissario, io ho già preparato la macchinetta del caffè. Vado ad accendere?"
"La ringrazio, ma se per lei è uguale lo prenderei tra un po'. Ne ho preso uno poco fa, venendo qui."
"Sì, certo, tra un po'. Ma ditemi, chiedetemi qualunque cosa se può essere utile per aiutare Gennaro. Io ho cercato di fare tutto quello che potevo, anche se non è servito a nulla. Ah, aspettate un attimo, che vi faccio vedere una cosa." Si alzò dalla poltroncina e andò al lato opposto del salotto, verso un mobile con due ante nella parte superiore e due cassettiere in quella inferiore. Aprì uno dei cassetti sulla sinistra, prese un faldone ad anelli e, mentre tornava a sedersi, disse:
"Guardate qui, guardate. Io a suo tempo ho scritto al Presidente della Repubblica, al Ministro di Grazia e Giustizia, a parecchi giornali e pure a una trasmissione televisiva: niente, commissario, niente, a nessuno è importato nulla. Solo quelli di "Casi di cronaca", mi pare che fosse il 1973, mi hanno chiamato e sono venuti qui a incontrarmi. E lo sapete che mi hanno detto alla fine, dopo che gli avevo parlato di Gennaro e dopo che gli avevo riferito delle falsità che aveva detto la vedova di Morlazzi? Hanno detto che senza prove non potevano occuparsi del caso, che sarebbe stata la parola

mia contro quella della vedova, che non era stata smentita nemmeno da Gennaro. E loro non potevano correre rischi di essere denunciati per diffamazione. Volevano da me le prove... ma, senza offesa per voi che siete commissario, mica faccio il poliziotto io! Le prove le dovete trovare voi che fate la trasmissione, o la polizia, non io! Io vi dico quello che so e vi dico che la vedova ha detto delle palle e che il mio amico non avrebbe ammazzato manco un animale, figuratevi un cristiano. Poi però le prove mica le posso trovare io! Dico giusto, commissario? Fila il ragionamento o non fila?" Più si accalorava, più accentuava una sorta di tic che lo portava ad arricciare il naso a seguito di un rapido movimento delle labbra, sempre dal lato destro.
"Beh, sì, direi che fila" commentò, non mancando di notare la reazione compiaciuta di Fierro alle sue parole. Poi proseguì:
"Però, prima di raccontarmi delle falsità dette dalla vedova o delle altre cose che la fanno essere così sicuro dell'innocenza del suo amico, vorrei che mi parlasse un po' ...come dire... del contesto. Sa, sono passati tantissimi anni, io mi ci sono imbattuto per caso e, prima di venire ai fatti specifici, vorrei capire bene chi fosse Buonocore, cosa faceva, quali erano i suoi rapporti con la moglie e con l'amante. Lei mi ha detto per telefono di essere il suo migliore amico, quindi credo che sia la persona più adatta per darmi tutte queste informazioni."
"Giusto, commissario, mi sembra giusto: prima il generale e poi il particolare. Allora..."
"Ah, una cosa. So che è difficile, ma le chiederei, se riesce, di non farsi influenzare dalla sua grande amicizia con il Buonocore."
"Avete ragione, commissario. Ma cercherò, come si dice nei processi o negli interrogatori in tv, di attenermi ai fatti. Io

però ho bisogno di bere qualcosa. Vi posso offrire 'na bella orzata?"
"Sì, grazie, un'orzata ci starebbe bene."
"E venite con me, va, prendiamocela in cucina, così vi inizio a raccontare mentre le preparo."
Lo seguì in una cucina abbastanza ampia, e di certo meno ordinata del salotto: sul tavolo, affiancato alla parete e sovrastato da grandi pensili rossi, c'era una bottiglia di birra vuota e un piatto con una buccia di mela; nel lavabo la piastra su cui doveva aver cotto la carne.
"Scusatemi, commissario, se c'è un po' di odore forte. Sapete, ho mangiato un hamburger e quando lo faccio resta sempre un po' di odore. Vi dà fastidio? Faccio le orzate e torniamo di là."
"No, no, non c'è problema. Restiamo qui. Allora, mi inizi a raccontare un po' del suo amico."
Prese la bottiglia di orzata dal frigo e, mentre riempiva con acqua del rubinetto due bicchieri, cominciò:
"Commissario, Gennaro era davvero un bravo guaglione. Da bambino era un poco chiuso, non ci piaceva di fare comunella con tutti, distingueva, ecco. Tra i due ero io quello più scugnizzo. Io ero già alto allora, e così mi facevo rispettare di più; sa, nei vicoli qui attorno, i bambini sono scetati e così ...come dire" sembrò pensarci un attimo mentre apriva il freezer per prendere il ghiaccio "sì, lo proteggevo, diciamo così. Poi però, crescendo, si è scetato, è diventato più socievole."
Mentre si sedeva al tavolo, di fronte al commissario, porgendogli un bicchiere giallo colmo d'orzata fino all'orlo, sembrò essere tornato indietro nel tempo. E non poteva immaginare che la stessa cosa stesse accadendo al commissario, che rivedeva in quei ragazzini sé stesso e

Antonio: e Buonocore, alias suo padre, recitava il ruolo che lui aveva avuto nel rapporto con Antonio.
"Eh, commissario, bei tempi quelli dell'infanzia! Ma io e Gennaro siamo rimasti grandi amici, come vi ho detto per telefono, anche quando lui ha abbandonato la scuola per andare a lavorare con il padre. A lui la scuola non piaceva. Solo che non gli piaceva nemmeno fare il fruttivendolo. Sa cosa avrebbe voluto fare? Lo scultore del legno. Ed era pure bravo: la vede quella faccia da alpino che fuma la pipa?" gli disse indicandogli con lo sguardo una scultura in legno appesa alla parete di fronte "l'ha fatta lui. Bella, eh? Però, fare queste sculture non gli dava certo da mangiare. Si, qualcuna la vendeva pure, ma era poca roba. E così si mise a fare il contadino. Gli piaceva lavorare la terra: aveva un piccolo appezzamento suo e poi lavorava sotto padrone per un paio di signori. E, tramite uno di loro, cominciò a lavorare per Morlazzi: e da lì è stato l'inizio della fine."
"Lei mi diceva che ha conosciuto anche la moglie, vero?" gli domandò il commissario, sforzandosi di tenere un tono neutro, ma con la spiacevole sensazione di non riuscirci.
"Maria, e certo che la conoscevo! Sono stato tante volte ospite a casa loro. Una gran donna! Non gliel'ha perdonata però a Gennaro. Lo amava troppo, e quando si ama troppo non si perdona, commissario, credetemi. È il contrario di quello che si pensa" aggiunse col tono di chi parlava per esperienza diretta, per poi proseguire "... e non ha perdonato nemmeno a me! Dopo che Gennaro è andato in galera, l'ho vista solo una volta, quando andai a conoscere la creatura che era nata. E quel giorno me lo disse chiaro chiaro: *Antò, tu sapevi, sapevi dall'inizio e non hai fatto niente. Non ci riesco a parlà con te facendo finta di niente. È meglio se non ci vediamo più.* Così mi

disse. Ma io forse vi sto scocciando con queste cose che non c'entrano niente con l'indagine."
"No, per niente. Mi fa piacere ascoltare, e poi credo che sia utile, come le dicevo, conoscere il contesto in cui è maturato un delitto."
"Commissà, ma che delitto e delitto! Gennaro non ci trase niente con quest'omicidio, fidatevi."
"Ma perché allora non ha fatto appello? Com'è possibile che una persona resti a marcire per decine di anni in galera da innocente, così, in silenzio, senza proporre appello, senza fare mai richieste di permessi o magari anche di grazia dopo più di quarant'anni scontati in carcere!"
"Commissario, e a me lo dite?? Io le ho provate tutte, credetemi. Quando andavo a colloquio da lui, non c'era una volta, dico una, che non gli dicessi *Gennà, tu devi gridare la tua innocenza, ti devi ribellare, fai appello a sta sentenza ingiusta, fai qualcosa!* E lui, niente! Diceva che era colpevole. Ve l'ho già detto che in amore non si perdona: e lui non riusciva a perdonarsi per quello che aveva fatto alla sua Maria. E quando poi Maria è morta, è semplicemente morto anche lui. È diventato come un pupazzo di pezza, senza più vita. Senza più niente. Quando lo andavo a trovare, e provavo a dirgli che volevo interessare un avvocato o qualcuno per provare a tirarlo fuori di lì, lui mi rispondeva a brutto muso di starmi fermo, di non fare nulla, che lui era colpevole e che non meritava di uscire, anzi che l'ergastolo era troppo poco dopo che Maria era morta." Fece una breve pausa, come se fosse arrivato stanco in cima a una salita, prima di riprendere per l'ultimo tratto, quello più duro:
"Dopo la morte di Maria, non volle nemmeno più notizie di suo figlio. Sì, gli era nato un figlio mentre era in galera. So

che alla morte della madre lo prese con sé il nonno, il padre di Maria e..."

"Va bene, signor Fierro, ormai il contesto mi è chiaro. Veniamo ora al perché lei è convinto dell'innocenza di Buonocore. Mi diceva prima che la vedova ha mentito" lo interruppe in modo brusco per bloccarlo prima che si avventurasse su un terreno che sarebbe potuto divenire, d'improvviso, troppo doloroso per lui.

"Sì, mi scusi, mi stavo lasciando andare in cose che non c'entrano. Allora... sì, la vedova ha mentito, questo è sicuro. La loro relazione, chiamiamola così...anche se, commissario, non era 'na relazione, era solo sesso. Comunque diciamo che quando è stato ammazzato Morlazzi loro ormai non si vedevano più da diversi mesi, e non da uno, come ha detto quella ...vabbè, lasciamo stare, che è morta, va!"

"Ma ne è certo?"

"Commissario, non certo, certissimo! E se vuole, le dico anche il giorno: il 18 maggio 1957. Lo so bene perché era il giorno del mio compleanno...eh, ventitré anni, che bella cosa! Mi stavo acchittando di tutto punto per uscire con la innamorata dell'epoca, quando da giù mi sentii chiamare da Gennaro. Mi affacciai alla finestra e lui mi urlò di scendere. Quando arrivai giù, mi disse tutto d'un fiato che ce l'aveva fatta, l'aveva mandata al diavolo. Proprio così mi disse. E io ne fui contento, anche perché all'inizio lo avevo incoraggiato ad andarci a letto. Gli avevo detto *Gennà, e quando ti capita più una accussì bella e pure signora!* Commissà, di certo non è stato decisivo il mio incoraggiamento ma, credetemi, me la rimangerei un milione di volte quella maledetta frase! Comunque, la sera del 18 maggio 1957, il giorno in cui compivo ventitré anni, diedi buca alla mia innamorata e me

ne andai a festeggiare con Gennaro. Per questo sono così sicuro della data, commissario."
"Ah. Ma quindi è stato Buonocore a lasciare la vedova? Perché io avevo letto che..."
"Commissario, e questa è un'altra fesseria che ha detto la vedova, mi creda. È stato Gennaro che l'ha lasciata; aveva capito la fesseria che aveva fatto. Lui l'amava assai a Maria. Lo so, pare strano che se amava assai la moglie, poi se la faceva con un'altra. Ma voi però non l'avete conosciuta a quella! Era una femmina bellissima e...scusatemi, commissà, morta e buona lo devo dire comunque... era bellissima ma pure zoccola: lo provocava a Gennaro, e chillo era nu guaglione di ventiquattro anni. E poi quella era 'na femmina abituata a prendersi tutto quello che voleva: voleva Gennaro e se lo prese. E secondo me non ha mai accettato che Gennaro, un povero cafone ignorante, potesse decidere di lasciarla. Era lei che prendeva gli uomini e poi li buttava quando se ne era stancata, non il contrario."
"Ma quanti anni aveva?"
"L'età precisa non ve la so dire, commissario, ma di certo almeno una decina di anni più di Gennaro."
"E quindi, secondo lei, questa signora avrebbe fatto marcire in galera un povero innocente solo perché costui aveva osato lasciarla?"
"Non dico questo, anche se non mi sento di escluderlo. Commissario, io penso che le donne – scusate la parola – se vogliono essere stronze, sanno essere stronze davvero. E se avete la sfortuna di beccare una donna non solo stronza ma pure bellissima e orgogliosa della sua bellezza, allora sì, commissario, penso pure che lo possa fare. E comunque io non ho detto che ha mentito per questo; io non lo so perché lo ha fatto, ma so che lo ha fatto. Magari per coprire il vero

assassino che lei conosceva o magari erano in combutta. E chi lo può sapere. Certo però che a lei ci faceva comodo di togliersi di mezzo il marito, che la riempiva pure di corna."
Dopo un paio di ore dal suo arrivo, Fierro lo accompagnò alla porta e, nello stringergli la mano, un po' chino su di lui, gli disse:
"Vi saluto, commissario. A proposito, come avete detto che vi chiamate?"
Lui in realtà aveva fatto attenzione a non dire il suo nome. Sia al telefono quando si erano sentiti, sia poco prima al citofono, si era solo qualificato come commissario. Aveva però preparato una risposta per quella eventualità, e così, senza alcun tentennamento, disse:
"Gargiulo. Nel caso le dovesse venire in mente qualcosa di nuovo e volesse parlare con me, le do anche il mio numero di telefonino."
Mentre andava verso la metropolitana, del tutto indifferente alla confusione che animava le strade intorno a lui, continuava a ripensare a tutto quanto gli aveva raccontato il signor Fierro: un uomo, non poté non pensarci, che forse ora avrebbe chiamato "zio", come si usava a Napoli per i più stretti amici di famiglia, se le cose fossero andate in modo diverso tanti anni prima.

CAPITOLO 17

La stazione Termini pullulava di persone: chi correva da una parte e chi dall'altra, chi era fermo in piedi, impalato, con lo sguardo rivolto al tabellone partenze e arrivi, e chi invece era seduto sul trolley a sfogliare un giornale o a osservare l'andirivieni nell'attesa che si facesse l'ora giusta. Sul vocio indistinto della stazione, si imponeva ogni tanto la voce monocorde dell'altoparlante che dava informazioni che mal si capivano. Andò verso un chiosco di assistenza alla clientela e lì scoprì che i convogli per Ladispoli erano all'ultimo binario, quello più lontano. Il capotreno stava già invitando i ritardatari ad affrettarsi, quando salì sulla prima carrozza e andò a sedersi vicino al finestrino; seduto di fronte a lui, c'era un non vedente con un bastone e un grande cane bianco accucciato ai suoi piedi. Poco prima di arrivare alla stazione di Maccarese-Fregene, vide il cane drizzare le orecchie; poi, come fossero stati un'unica persona, cane e padrone si sollevarono con cautela e si diressero verso la porta della carrozza: il padrone si affidò totalmente al cane, senza fare uso del bastone. Sotto lo sguardo vigile del cane, un giovane aiutò l'uomo a scendere i due scalini. Quando il treno ripartì per la stazione successiva, li vide che si allontanavano con calma: l'uomo reggeva con fiducia il guinzaglio, come un tempo lontano doveva aver stretto la mano del padre.

Alla stazione non avrebbe trovato Antonio: aveva preferito dirgli che non sapeva a che ora sarebbe potuto arrivare.

Aveva deciso di partire per Ladispoli la sera stessa dell'incontro con Fierro: forse il racconto di lui e il padre bambini, o il suo sguardo perso in un doloroso punto interrogativo senza risposta, non sapeva cosa fosse stato, ma non voleva più aspettare; erano più di trent'anni che aspettava, anche senza saperlo. E così gli aveva telefonato:
"Antonio, stavo pensando di venirti a trovare, che dici?"
"Bravo Checco! Io altri quattro o cinque giorni potevo aspettare, poi se non mi chiamavi, ti telefonavo io e ti facevo un bel cazziatone" e giù una bella risata, per poi continuare "Vieni a dormire da me, eh!"
Non era stato facile convincerlo a prenotare una camera in una pensione, ma alla fine c'era riuscito, promettendogli però di restare tre notti, e non le due che aveva preventivato.
Appena scese dal treno, andò nel bar in piazza, di fronte alla stazione, a bere un caffè. Poi chiese al cassiere di chiamare un taxi per andare alla pensione da Franco.
"Io lo posso pure chiamare ma non è che gli faccio una cortesia al tassista, e poi va a finire che se la prende con me."
Poi, avendo notato il suo sguardo interrogativo, si era affrettato ad aggiungere, con un sorriso:
"La pensione è a trecento metri da qui. Fa tutto il corso, poi svolta a destra e dopo nemmeno cento metri la trova. Se però il bagaglio è pesante, posso chiamarlo lo stesso."
"No, no, grazie, vado a piedi."
Uscito dal bar diede un'occhiata all'orologio, che segnava le undici e trentacinque. Era una giornata calda, con un sole primaverile. La strada, abbastanza affollata per essere un giorno feriale e così piena di negozi di ogni tipo, doveva essere il corso principale della cittadina, pensò. Mentre si incamminava verso l'albergo trascinandosi dietro il suo trolley blu, gli venne da pensare che uno dei tanti uomini che

incrociava avrebbe potuto essere Antonio, il suo amico. Era davvero strano: Antonio era stato il suo migliore amico, l'unica persona alla quale aveva raccontato tutto di sé e l'unico al quale avrebbe potuto chiedere aiuto in qualunque circostanza, con la certezza assoluta di riceverlo, eppure ora avrebbe potuto sfiorarlo senza riconoscerlo. Chissà com'era diventato. Aveva sempre i suoi capelli lisci e neri, con la piccola vertigine che si apriva sul viso affilato? E lo sguardo? Chissà se avrebbe ritrovato quegli occhi decisi e malinconici che tante volte lo avevano fissato con atteggiamento paterno. Troppo decisi e troppo malinconici per la sua età, pensava ora.
Prese possesso della sua camera, pulita ma spartana, di cui aveva tessuto le lodi la chiacchierona signora che lo aveva accolto, e tornò subito in strada per mangiare qualcosa e poi chiamare Antonio. Si fermò in un bar sul lungomare e ordinò un sandwich e una spremuta d'arancia. La giornata era calda ma preferì comunque sedersi a un tavolino all'interno, con vista sul lungomare: nell'attesa che gli servissero quanto ordinato, il suo sguardo, che vagava distratto sul passeggio del lungomare, si soffermò su un giovane nero robusto che, chinatosi sulla carrozzella che spingeva, rideva insieme al ragazzone biondo che vi era seduto sopra: una risata complice, grata, come quelle che avevano accompagnato la sua amicizia con Antonio, gli venne da pensare. Aveva portato con sé l'anello, senza aver deciso, però, se e quando darglielo. Ricordava i loro discorsi, quando avevano quattordici o quindici anni, le sue fantasticherie sui suoi genitori. E ora? Non sapeva se e quanto ancora soffrisse per le sue origini ignote; dopotutto dall'età di sedici anni aveva avuto dei genitori, che erano stati suo padre e sua madre a tutti gli effetti. E allora, che senso aveva ora, a cinquant'anni

suonati, riportarlo così indietro nel tempo per fargli sapere che sua madre non era, come lui aveva immaginato nelle sue fantasticherie adolescenziali, una gran dama morta in qualche incidente stradale insieme al padre, un importante sportivo o uomo d'affari, ma era stata molto probabilmente una povera ragazza senza le possibilità economiche di mantenerlo. Era giusto irrompere così nella sua vita? Non ne era affatto convinto; era certo però che fosse giusto dargli l'anello che gli aveva lasciato la madre. Ma voleva aspettare, voleva capire quanto dei tormenti e delle fantasticherie adolescenziali fossero rimasti nell'uomo che tra poco avrebbe rivisto. E così, prese il telefonino dalla tasca e lo chiamò; Antonio gli rispose con una voce che tracimava gioia:
"Uè, Checco, sei arrivato finalmente! Dove stai, che ti vengo a prendere?"
"Ciao Antonio, sono sul lungomare, all'altezza del bar Roxy."
"Perfetto, aspetta là allora, che tra dieci minuti massimo arrivo."
"Ah, bene. Senti, per riconoscermi, io ho..."
Fu interrotto da una risata divertita. E, subito dopo, da parole che gli andarono incontro, per poi scivolargli dentro, soffici:
"Checco, tu puoi pure aver fatto la panza e perso i capelli, ma ti riconoscerei tra mille, stai tranquillo!" E, continuando a ridere, prima di chiudere la comunicazione, aggiunse:
"Ah, se invece tu non mi riconosci, sappi che sono quello bello che tra poco vedi passare da quelle parti."

C'era un odore particolare sul lungomare, intenso, fatto di più odori che a volte si mescolavano, e altre si allontanavano, secondo i capricci del vento. E così il pungente odore di mare e salsedine, era raggiunto e sopraffatto, a tratti, da zaffate di

frittura scadente o da effluvi di caffè. A volte, il tutto si univa e veniva fuori un odore che sarebbe potuto piacere a pochi, e tra quei pochi c'era lui. Non c'erano tante persone sul lungomare, a quell'ora: una coppia di innamorati che si teneva per mano, una persona che controllava il proprio cane che correva sulla spiaggia, qualche anziano che camminava lento. Stava osservando, compiaciuto, una bella donna che procedeva con passo veloce, fendendo l'aria con gambe già abbronzate, quando, dall'altro lato della strada, vide arrivare Antonio. Lo riconobbe subito: il suo modo di incedere un po' guascone, i capelli rimasti nerissimi a dispetto dell'età e gli occhi che si vedevano brillare vispi, anche a distanza, non lasciavano alcun dubbio sulla sua identità. Appena Antonio lo vide, gli fece un gesto con la mano e accelerò il passo.
"Ma allora è vero che hai perso i capelli e hai fatto la panza" gli disse appena lo raggiunse, mentre lo abbracciava.
"E sì, purtroppo è vero. Tu invece sei rimasto uguale." Stettero un po' così, a guardarsi, felicemente increduli, senza che nessuno dei due parlasse, forse perché entrambi ebbero la sensazione di sapere già tutto. Fu Antonio, dopo qualche secondo, a cominciare:
"Vieni, andiamo di là, facciamoci una bella camminata che mi devi raccontare tutto."
Gli diede subito la notizia della morte della direttrice. Rimase sorpreso dalla risposta di Antonio:
"Sì, me l'aspettavo" gli disse, aggiungendo subito dopo:
"Sai, io ho mantenuto i rapporti con suor Gina. Del resto, lo sai bene che ne sono sempre stato innamorato" commentò con un sorriso che per un attimo gli restituì i suoi quindici anni, per poi continuare "ci sentiamo almeno un paio di volte all'anno, in occasione di Pasqua e Natale. Lei ora vive in una residenza alberghiera a Roma, che gestisce insieme ad altre

suore. Un paio di anni fa sono andato pure a trovarla. Ha trentacinque anni in più ma è rimasta la stessa. Non so, forse è l'abito che nasconde la decadenza del fisico o il velo che copre i capelli ingrigiti ma ti giuro che rivederla mi ha impressionato: se non fosse stato per il viso un po' smagrito e con qualche ruga, mi sembrava davvero di aver fatto un salto indietro nel tempo. E poi gli occhi! Li ricordi, vero, gli occhi? Gliel'ho detto, lo sai? Le ho detto *suor Gina, lei avrebbe fatto impazzire chissà quanti uomini con quegli occhi se non fosse stata una suora!* E lei, senza scomporsi, mi ha risposto con un sorriso imbarazzato ma al tempo stesso compiaciuto *E chi ti dice che non siano impazziti ugualmente? Anzi, magari di più sapendo che di certo non erano rivolti a loro.* Grande suor Gina! Se ti va, potremmo anche andare a trovarla domani o dopodomani, che dici?"
"Dai, vediamo, perché no" rispose non troppo convinto.
"Comunque, sì, ti dicevo che non mi sorprende la morte della direttrice perché suor Gina, quando ci siamo sentiti per Natale, mi aveva detto che cominciava a non stare bene. Anzi, aveva insistito molto perché la chiamassi. Volevo farlo, poi...non so, non me la sono sentita. Sai, con lei non c'era mai stato un vero rapporto; per me lei era solo la signorina Nonsipuò, che senso aveva chiamarla dopo trentacinque anni? Per dirle cosa, poi? Non si possono certo recuperare le parole non dette. Però, poi mi son pentito – adesso che è troppo tardi - di non averlo fatto."
Ci fu un silenzio che per un po' nessuno dei due seppe riempire. Erano fermi, in quel momento, uno di fronte all'altro. Guardando Antonio, gli tornò in mente un vecchio pescatore che aveva incrociato un giorno mentre passeggiava su una spiaggia deserta: era seduto e rivolgeva verso l'orizzonte lo stesso sguardo attonito, e al tempo stesso

malinconico, che ora leggeva negli occhi di Antonio. Per strapparlo ai suoi pensieri, disse:
"Sai che quattro o cinque anni fa, ho incontrato Peppino?"
Subito l'espressione cambiò e gli occhi di Antonio tornarono a colorarsi di vivacità:
"Peppino? Dai! Come sta? Che fa?"
"Stava una meraviglia, accompagnato da una gran bella donna. Vive a Napoli e fa...anzi, no, dimmelo tu, che può fare Peppino, secondo te?"
Portò l'indice della mano destra all'altezza della bocca, con la gestualità di chi sta riflettendo, poi rispose:
"Mmh, il venditore porta a porta... o il pappone!"
"Beh, non ci sei andato lontanissimo. Ha messo su una piccola agenzia di rappresentanza di intimo per donna. E pensa, ha pure tre dipendenti."
Per più di tre ore si raccontarono quello che era stato delle loro vite adulte. Quando Checco gli disse che era rimasto lì, in orfanotrofio, fino all'età di ventidue anni, Antonio rispose:
"Sì, me lo aveva detto suor Gina" per poi continuare in modo scherzoso "del resto io lo capii appena ti vidi entrare che c'era qualcosa che non funzionava in te!" Poi, serio, aggiunse:
"No, scherzo. Però è vero, anche se l'ho capito molto dopo, che tu avevi qualcosa di diverso da tutti noi: tu eri come... ecco, come un camaleonte...sono quelli, vero, che prendono il colore dell'ambiente dove vivono? Tu eri così. Sai, tutti noi, per fortuna, abbiamo l'istinto di adattamento a qualsiasi condizione. Siamo capaci di adattarci alla malattia, al freddo, alle improvvise assenze... o anche a un'infanzia in un orfanotrofio. Però lo facciamo impiegandoci del tempo, e seppellendo da qualche parte pezzi di noi. Tu, invece, no. Tu avevi la capacità di girare l'interruttore e adattarti in un

attimo alla nuova realtà, senza ammazzare nemmeno una minima parte di te stesso."
"Chissà, forse perché c'era poco da ammazzare" rispose a bassa voce. Poi, riprendendo il tono scherzoso, aggiunse:
"E comunque non mi pare un complimento. Mi stai dicendo, in pratica, che sono uno incapace di vivere le proprie emozioni."
"No, Checco, non è così, non è quello che intendevo", rispose un po' risentito. Stava per replicare in maniera seria, riprendendo quanto aveva detto, per esprimerlo in altre parole. Poi però cambiò idea, e sorridendo disse:
"E poi io le emozioni te le ho viste vivere tutte: il primo amore, il dolore quando mi raccontasti di tuo nonno, la gioia quando fui promosso anch'io in terza media, e poi... l'angoscia e la delusione che provasti quando fui adottato" concluse fissandolo con occhi schietti che parevano voler affermare, senza bisogno di parole, la sua innocenza.
"Già. È strano: sono rimasto solo tante volte in vita mia ma quella credo che sia stata l'unica volta che mi sono davvero *sentito* solo." Ma sembrò dirlo più a sé stesso che ad Antonio, che tacque. Poi proseguì:
"Sai, a volte cosa penso? Penso che basterebbe poco per renderci la vita migliore. Tutti, chi più e chi meno, facciamo i conti con i capricci della vita, o del destino, o di quel che sia. Sarebbe sufficiente fermarsi, liberarsi di tutte le cazzate che ci mettono in testa fin da quando nasciamo e rispondere invece in maniera sincera a una semplice domanda: *a me fa bene quello che sto facendo?* Sembra una domanda egoista, ma non lo è, o almeno non lo è nel senso comune. Anche perché se fai del bene a te, lo fai anche a tutti quelli che gravitano intorno a te. Ecco, giusto per fare un esempio: se io o te, nel corso di tutti questi anni ci fossimo rivolti almeno una volta questa

semplice domanda, non saremmo stati tutto questo tempo senza vederci né sentirci."
"Sì, credo di capire quello che vuoi dire" rispose Antonio, mentre il suo pensiero andava a quello che gli stava succedendo con la moglie. E così, fermandosi per un attimo all'ombra di un palazzo liberty, gli disse:
"Senti Checco, ti devo fare una domanda che forse ti sembrerà strana: tu ne parli agli altri del tuo passato?"
"Non capisco bene cosa intendi."
"Beh, intendo... tu lo dici ai tuoi amici, che so, alla tua compagna quando l'avevi, ai tuoi colleghi, insomma alle persone con cui hai a che fare, lo dici che hai passato la tua infanzia, anzi, nel caso tuo anche molto di più, in un orfanotrofio?"
Capiva bene il senso di quella domanda, conosceva bene il senso di inadeguatezza, se non di immotivata vergogna, che ti prendeva quando amici o conoscenti ti coinvolgevano nei loro discorsi sull'infanzia andata; lo sapeva bene, ma volle rispondergli cercando di non dare alla sua voce alcun tratto di emotività.
"Beh, nì, a volte sì, e a volte no. Dipende dalla risposta che do alla domanda di cui ti dicevo: *a me fa bene?* Alla mia compagna lo avevo detto, agli amici veri, quando è capitato, l'ho detto, perché sapevo che mi avrebbe fatto bene dirglielo, e soprattutto che mi avrebbe fatto bene che loro, la mia compagna, i miei amici veri, lo sapessero. In altri casi, invece no, perché sapevo che non mi avrebbe fatto bene. Ma... me lo stai domandando per un motivo specifico, vero?"
"Beh, sì. Io ho da sempre avuto un blocco nel parlarne. Non ci crederai, ma non lo avevo mai detto nemmeno a mia moglie, e tantomeno ai miei figli. Dovessi dirti il perché, non saprei farlo; forse perché, dicendolo, mi sarebbe parso di

confessare la casualità della mia presenza nel mondo, non so. Come dire: guardate, sì, io sto qui, ma non so perché, non so come ci sono capitato, so solo che mi trovo qui. Credo che sarebbe stato diverso se avessi conosciuto le mie origini, qualunque esse fossero. Anche se, non so dirti perché, ma ho sempre pensato che i miei genitori fossero morti in un incidente. Li ho sempre voluti immaginare come dei ricchi signori finiti in un burrone con la loro auto. Chissà, forse perché questo pensiero mi ha fatto sentire meno il senso dell'abbandono."

Francesco riprese a camminare, a passo lento, per evitare che Antonio potesse leggere nel suo sguardo. Per un attimo ebbe la tentazione di prendere l'anello e dirgli quel po' che aveva saputo sulle sue origini. Ma fu solo un attimo, poi preferì mantenere il silenzio, affrontando il senso di colpa del non detto. E così, dopo qualche passo e altrettanti dubbi, si limitò a dire:

"Bah, io l'ho sempre vista in maniera diversa. Non so, mi pare che a questa cosa della conoscenza del passato, delle proprie radici, si dia un peso eccessivo. A me non manca oggi la conoscenza di quello che è stato; mi è mancata la presenza di una famiglia, questo sì, a prescindere da quella che possa esserne stata la causa." Lo disse perché pensava fosse la cosa giusta da dire ad Antonio. E forse era anche quello che davvero pensava fino a pochi giorni prima. Non ora, però, non da quando aveva saputo. Ora vedeva in modo diverso l'assenza di un padre e di una madre, con la rabbia di chi ha scoperto terribili radici, e non più con la supina accettazione che ti viene dall'ignoto. E l'anello avrebbe potuto provocare qualcosa del genere in Antonio. Per questo preferì al momento tacere, sempre più incerto su quale fosse la cosa giusta da fare.

Ripresero a camminare in silenzio, rincorrendo entrambi i fantasmi del passato: fantasmi che per Francesco avevano però ormai nome e cognome.

CAPITOLO 18

Erano seduti al tavolo più appartato, all'angolo del locale: Francesco sentiva su di sé lo sguardo di Laura, incuriosito e indagatore.
Antonio gli aveva confidato che le cose tra loro erano peggiorate da quando lei aveva scoperto in modo del tutto casuale ciò che lui aveva sempre tenuto nascosto; e da allora non era riuscita a perdonargli di averle del tutto omesso una parte così importante della sua vita, di non aver avvertito l'esigenza di parlargliene.
"Checco, terrà pure ragione dal suo punto di vista. Ma uno nelle cose ci si deve trovare per capirle...comunque mo' le cose vanno meglio. E stasera te la faccio conoscere. Ci mangiamo la miglior pizza napoletana del Lazio e per una volta tanto faccio il cliente a casa mia."
E così ora erano nella pizzeria di Antonio, un locale arredato in modo essenziale e con le pareti tappezzate da locandine di film. Appena aprì il menu, Antonio notò il suo sguardo perplesso e si preoccupò di dire a bassa voce, per evitare che qualche cliente potesse sentire:
"Sì, Checco, lo so che magari ti pare 'na fesseria ma ti assicuro che da quando ho avuto quest'idea la gente che viene a mangiare la pizza è aumentata. Si divertono a vedere l'associazione della pizza-film con gli ingredienti. Lo so, tu vorresti la marinara, la margherita, la salsiccia e friarielli ... e qui invece ci trovi I soliti ignoti, Miseria e Nobiltà, La ciociara ecc. ecc. Ma oggi le cose sono cambiate, tutti vogliono l'idea originale."

"Beh, è carina come idea" commentò rivolto più a Laura che ad Antonio, per poi continuare "mmh... e allora prendo I soliti ignoti, così non mi devo sforzare a decidere, tanto mi piace tutto" concluse scegliendo la pizza a fianco della quale era scritto: ingredienti ignoti, a cura del pizzaiolo.
Parlarono un po' del più e del meno, delle solite cose di cui si parla quando non si sa bene cosa dire. Fu poi Laura, in modo improvviso, e con un tono che riuscì a mantenere neutro, a rivolgersi a Francesco, conducendo la conversazione laddove tutti sapevano che sarebbe dovuta arrivare:
"E quindi vi conoscete fin da bambini..."
"E già. Esattamente dal 1963. Avevo sei anni quando ci siamo conosciuti."
"Laura, non ci crederai, ma teneva nu casco e ricci neri che faceva impressione!"
"Sì, mi rendo conto che è difficile da credersi, ma è vero" chiosò Francesco sorridendo, prima di continuare:
"E comunque Antonio mi prese da subito sotto la sua ala protettrice. Sa, io ero un bambino con un po' di problemi di dizione e quindi mi prestavo facilmente a essere preso in giro. Credo che se non ci fosse stato Antonio, sarei diventato lo zimbello di tutti." Aveva deciso di non fare mai diretto riferimento all'orfanotrofio: voleva che Laura percepisse anche in lui una ritrosia a parlarne in modo esplicito, con l'intento di farle riconsiderare quello che era stato il comportamento di Antonio.
"Io non lo sapevo ma feci un affare a prenderlo, come dice lui, sotto all'ala. E sì, perché Checco era assai bravo a scuola. Io un po' meno, diciamo così. E quindi grazie a lui ho cominciato a prendere qualche voto buono" concluse soddisfatto.
Laura rise e sembrò sciogliersi. Poi, rivolta a Francesco:

"Mi sa che doveva essere un vero scugnizzo, da ragazzino" indicando il marito.
"Beh, diciamo che era uno che sapeva farsi rispettare e imporre le sue idee."
"Imporre le mie idee...prima di conoscere Laura, forse" commentò Antonio con un tono allegramente rassegnato.
"Ci voleva qualcuno capace di metterti sotto!"
Fu una serata gradevole e Francesco ebbe la piacevole sensazione che il rapporto tra marito e moglie ne avesse beneficiato. Lo accompagnarono fino alla sua pensione, in una serata ventosa che sembrava divertirsi a scompigliare i lunghi capelli castani di Laura. Quando si salutarono, Laura lo invitò a pranzo per l'indomani.
"La ringrazio, Laura ma ..."
"Niente ma! Piuttosto non sarebbe il caso che cominciassimo a darci del tu, visto che siamo compagni di sventura?"
"Compagni di sventura??"
"Beh, non pensi che sia così?" indicando con un deciso gesto del viso Antonio, che li guardava fingendosi offeso.
"Sì, in effetti, non hai torto."
Si diedero appuntamento per la mattina successiva.

L'imprevedibile acquazzone notturno si sentiva ancora nell'odore acre di terra mentre, seduto al tavolino del bar, aspettava Antonio per la colazione. La sabbia bagnata e il mare agitato sembravano rendere più suggestivo il panorama. A lui era sempre piaciuto il mare, sin dal giorno in cui il nonno gliel'aveva fatto conoscere; nonostante vivesse a Napoli, non riusciva però a goderselo come avrebbe voluto: sì, dal suo piccolo appartamento alla salita Cacciottoli, se ne riempiva gli occhi ogni giorno, ma finiva lì. Da così vicino invece era un'altra cosa: poteva sentirne il profumo pungente, poteva ascoltare il rumore delle onde che, stanche, accarezzavano la battigia in un ultimo afflato di energia, o perdersi con lo sguardo nell'abbondante spuma delle onde sempre più agitate. Mentre osservava il mare, tornarono ad affacciarsi prepotenti le parole che gli aveva detto Antonio il giorno prima: *credo che sarebbe stato diverso se avessi conosciuto le mie origini, qualunque esse fossero ... non so, credo che avrebbe dato un senso.* E, con esse, l'atroce dubbio di cosa fare.

"Uè, stai pensieroso assai, stamattina!" Le parole arrivarono dalla sua destra, dove si era d'improvviso materializzato Antonio.
"Ah, ciao. No, ero preso a vedere il mare agitato: mi affascina."
"Beh, per uno che vive a Napoli non deve essere 'na cosa così eccezionale, però."
"Così da vicino in realtà non lo vedo tanto spesso. Sai, io abito nella zona collinare di Napoli: dalla mia cucina vedo il golfo, stupendo, ma non così da vicino, appunto."
Ordinarono due cappuccini e due cornetti. Prima che arrivassero, Antonio gli chiese:
"Allora, che ne pensi di Laura?"
"Beh, mi sembra una gran donna, decisa e ironica."
"Sì, hai ragione. Sono stato fortunato con lei. Ed è stata molto contenta di averti conosciuto. Sai cosa mi ha detto? *Dovevate essere davvero una bella coppia, tu e lui,* mi ha detto."
Restarono lì a parlare ancora un po', mentre quattro o cinque gabbiani fendevano l'aria e, col loro stridulo garrito, parevano voler rimproverare gli uomini laggiù dei loro peccati.
"Pare che quello ce l'abbia con te" disse Antonio indicando un gabbiano che aveva appena emesso un garrito ancor più

stridulo nella loro direzione. Poi, come mosso da un'improvvisa folgorazione, aggiunse:
"Ecco cosa ci sta dicendo: perché non andate a trovare suor Gina, brutti fessi? E in effetti non ha torto. Sono appena le nove e dieci, alle dieci meno un quarto siamo da lei e non più tardi della mezza siamo di ritorno. Che dici? Sai come resta quando ci vede..." concluse con un sorriso che pregustava il momento.
"Sì, perché no? Sperando però che non le venga un infarto per l'emozione quando ci vede comparire insieme". In realtà avrebbe preferito andarci da solo per provare a capire se lei sapesse qualcosa di quanto lui aveva scoperto del loro passato, ma non se la sentì di rifiutare la proposta.
"Ottimo. Vieni, andiamo alla macchina allora."
Nei trenta minuti di strada che li separavano dalla casa delle Ancelle del Signore, Checco si aprì con Antonio come non aveva mai fatto con nessuno in età adulta. E gli parlò, mettendo da parte ogni pudore, di Elena e della fine del loro rapporto:
"E sai perché mi ha lasciato? Perché sono uno pesante, senza nessuna capacità di sognare e sorprendere. E poi, perché non volevo mettermi in gioco, fare un passo in avanti nella nostra relazione, così mi diceva. Ci ho pensato molto, sai, dopo che mi ha lasciato, e credo che avesse ragione. Non so, non voglio fare lo psicologo da strapazzo, ma forse quelli come noi si portano dietro la paura di buttarsi dentro le cose, non so, per il terrore di poterle perdere, credo."
E, dopo una piccola pausa, aveva continuato, sorpreso di riuscire a parlare anche della sua intimità:
"Anche a letto a un certo punto ho cominciato a non andarle bene. Gli sembrava che vivessi la nostra intimità senza passione, anzi senza spontaneità, così mi diceva."

"E tu? Non hai fatto nulla per provare a cambiare?"
"Credo di no. O comunque di certo non quello che lei si aspettava. Mi disse che se non capivo, se non riuscivo a far nulla per far crescere il nostro rapporto, allora voleva dire che non ci tenevo granchè a lei."
"Beh, e non aveva tutti i torti, se le cose stavano così" gli rispose in modo schietto Antonio, voltandosi un attimo verso di lui, senza perdere di vista la strada.
"No, non è vero, io ci tenevo a lei. Già allora."
"Beh, però non glielo hai dimostrato con i fatti."
"Sì, può darsi." E poi, dopo una breve pausa, riprese a voce bassa:
"Te l'ho già detto, io non so se è a causa di quello che abbiamo vissuto, se capita anche a te, ma io è come se, arrivato a un certo punto, mi sentissi bloccato. Non so, come se avessi paura di mostrare come sono davvero, con le mie paure e le mie emozioni. Ecco, come se dicessi *sono cose mie, solo mie*. Forse per il timore che possano allontanare le persone, non so. Comunque, dopo che Elena mi ha lasciato, ho iniziato a vedere in maniera diversa tante cose; grazie a lei, son riuscito a guardarmi dentro senza infingimenti. E ho capito che per lei non deve essere stato facile avermi accanto."
"E che hai fatto?"
"E che dovevo fare?? Lei ormai se ne era andata. Dopo sei anni di convivenza aveva fatto le valigie ed era andata via."
"Aspetta, fammi capire. La donna che ami, dopo sei anni che state insieme, ti lascia e tu, dopo che, come dici tu, ti sei guardato dentro e hai capito che lei dopotutto aveva ragione, non fai nulla?"
"Ma che dovevo fare?!"

"Cazzo! – rispose, alzando non poco la voce - cazzo, ma come, che dovevi fare? Ma se davvero ci tieni a lei, come dici, avresti dovuto richiamarla. Dovevi farti trovare sotto casa sua con un mazzo di fiori o con un invito alla Hawaii, o non so cosa. O magari dovevi inviarle una lettera raccontandole le tue paure e la voglia di viverle e di affrontarle con lei. Insomma, potevi fare un sacco di cose, Checco. Ma scusa, non sei tu che ieri mi hai fatto quel bel discorso sulla domanda che uno si deve fare ... *a me fa bene?...* e non te la sei fatta sta cacchio di domanda in questo caso? Perché da quello che mi hai detto, se te la fossi fatta quella domanda, di certo ti saresti presentato a casa sua con un mazzo di fiori in mano, e la coda tra le gambe!"
"...ma io non so nemmeno dove sta di casa."
"E dopo sei anni di convivenza mi vuoi dire che non riusciresti a saperlo da amici comuni? E poi, sei o no un commissario di polizia? Scusami se te lo dico, caro Checco, ma mi sembra una banale scusa, un comodo alibi!" Poi, prima che Francesco potesse dire qualunque cosa, continuò:
"Ricordi Barbara?"
"Sì, certo che la ricordo" rispose con un sorriso appena accennato, ancora perso tra i dubbi del suo vissuto. Poi riprese, con tono più rilassato:
"E ricordo pure la spinta che mi desti per farmela incontrare."
"E già. E una bella spinta te la dovrò dare pure mo', mi sa."
Un piccolo riso, con uno sbuffo leggero, prima di dire:
"Sai, era da tempo che non parlavo di me in modo...come dire... così aperto, senza nessun freno."
"Più o meno da trentaquattro anni?" chiosò Antonio, con lo sguardo fisso sulla strada mentre azzardava un sorpasso a un tir.

"E già. Proprio così" confermò Francesco avvertendo un improvviso senso di vuoto.
Erano entrambi emozionati quando suonarono il campanello della Casa delle Ancelle del Signore. Antonio l'aveva vista due anni prima suor Gina, ma l'idea di farle visita insieme a Checco lo faceva fremere. Alla piccola e anziana suora che gli aprì la porta, Antonio chiese di avvertire suor Gina che c'erano due ex ragazzi dell'orfanotrofio che erano venuti a farle visita.
"Eh, ma questi ex ragazzi ce li hanno dei nomi, o no?" disse la suorina fissandoli dal basso, con gli occhi un po' socchiusi che avvicinavano le folte sopracciglia, rendendole un tutt'uno indistinto.
"Sì, ce li abbiamo, ma vorremmo fargli una sorpresa però, visto che non la vediamo da tanto."
"Mmh..." fu il laconico commento della suorina, mentre pareva soppesare la situazione. Poi, decisa, gli disse:
"Vabbè, entrate!" e si girò per andare, col suo piccolo passo strascicato, verso una sorta di reception. La videro sollevare la cornetta e dire qualcosa. Poi uscì dalla sua postazione, e gli si avvicinò:
"Mettetevi là, lo vedete. Loco, su quel divanetto."
Dopo pochi minuti, apparve suor Gina che, vedendoli, si bloccò a pochi metri dal divanetto, ed esclamò:
"Oh, Gesù mio, Gesù mio! Ma allora, non mi ero sbagliata...appena suor Vincenzina mi ha detto due ex ragazzi dell'orfanotrofio, ho subito pensato a voi. E chi, se no? Uh, Gesù mio, fatevi abbracciare." Ed entrambi si alzarono per salutarla. Suor Gina abbracciò prima Francesco, alla sua maniera, con la mano destra a cingergli le spalle e quella sinistra sulla nuca; poi passò ad Antonio, sempre sotto

lo sguardo curioso e compiaciuto di suor Vincenzina che non aveva perso nemmeno un secondo di tutta la scena.
"E l'enorme cespuglio di capelli dove è finito?" chiese rivolta a Francesco; poi, come in preda a un'emozione troppo forte che faticava a controllare:
"Mamma mia, che bella cosa! E che bella sorpresa. Ma non me lo potevate dire che vi accoglievo per bene? Gesù Gesù, non me li dovete fare questi scherzi, che io ora sono una vecchiarella e le emozioni forti non le devo vivere. Venite, venite, andiamo nella mia stanza che mi dovete raccontare tutto." E poi, rivolta a suor Vincenzina:
"Vicenzì, questi signori li conosco da quando erano piccoli piccoli; questo era riccioluto riccioluto con dei bei capelli neri, e con la zeppola in bocca; e quest'altro, con una bella frangetta nera e la faccia da scugnizzo. Ora però sono diventate due persone importanti: uno è addirittura commissario di polizia e l'altro ha un ristorante tutto suo. Ma venite, venite, andiamo nella mia camera" concluse, anticipandoli verso il corridoio in fondo all'ampia sala nella quale si trovavano. Mentre si allontanavano, sul volto di suor Vincenzina apparvero, inconfondibili, i segni della delusione: aveva sperato che l'incontro si svolgesse tutto lì, davanti alla sua postazione.
La camera di suor Gina era molto simile a quella che abitava nell'orfanotrofio: uno scaffale pieno di libri, un tavolino con due sedie in un angolo, e una poltroncina a lato del letto; soprattutto, aveva lo stesso odore, dolce e un po' fruttato, che loro avevano scoperto con piacevole stupore quando – bambini avvezzi alla varechina della camerata – si erano trovati ad andare nella sua stanza.
"Non sapete come mi rende felice avervi qui tutti e due" disse, avvolgendoli con l'immutato azzurro dei suoi occhi,

mentre avvicinava la poltroncina al tavolino. Li fece accomodare sulle due sedie, e continuò:
"Su, raccontatemi tutto. Quando vi siete rivisti? Gesù, che bella cosa! Non era possibile che due legati come voi, più che fratelli, non si vedessero più. Ma nostro Signore sa il fatto suo e prima o poi sistema sempre le cose." Con le mani in grembo sulla veste grigia, guardando un po' di sbieco Francesco, chiese conferma:
"Perché è sistemato tutto, giusto? Vi siete chiariti, nevvero?"
"Suor Gina, ma che ci dovevamo chiarire... che siamo stati due fessi, questo dovevamo chiarire!" sbottò Antonio, ridendo.
Restarono con lei un paio di ore, a parlare delle loro vite. Poi, poco prima di andar via, mentre si divertivano di volta in volta che qualcuno di loro recuperava scampoli del loro comune passato, Antonio si fece d'improvviso serio e, in maniera inattesa, si rivolse a suor Gina:
"Suor Gina, io ve lo volevo chiedere già l'altra volta ma poi non ce l'ho fatta, ora invece la presenza di Checco mi dà più coraggio: voi sapete qualcosa della mia storia? Come ci sono finito io lì? E perché? Chi mi ci ha portato? Checco sa che ce lo ha portato lo zio dopo che era morto pure il nonno. Io non so niente. Come se fossi nato lì dentro, dal nulla." Poi a voler forse dare un tono meno drammatico al punto interrogativo che si portava dietro da una vita, aggiunse:
"Mica la cicogna non ha trovato casa mia e per sbaglio mi ha portato là?"
Gli occhi di suor Gina rimasero asciutti ma persero colore, mentre gli rispondeva:
"Antonio, quando io sono arrivata lì, tu già c'eri e avevi due o tre anni. Non so chi ti ci abbia portato. Ma poi, cosa

cambierebbe sapere come ci sei finito?" gli rispose rattristata, poggiandogli una mano sulla coscia.
Francesco notò un improvviso, istantaneo, guizzo dello zigomo e capì che suor Gina sapeva qualcosa.

CAPITOLO 19

Lo aveva accompagnato alla stazione Termini il giorno del rientro a Napoli. Si erano abbracciati scambiandosi pacche sulle spalle: l'arrivederci sereno di chi sa che ormai non si perderà più.
"Mi raccomando, torna uno dei prossimi fine settimana; lo sai che, con la pizzeria, non posso venire io a Napoli." E, mentre si staccava dall'abbraccio, aveva aggiunto:
"E torna con Elena, mi raccomando. Mica voglio lavorare inutilmente, io!" aveva concluso sorridendo, mentre gli dava un ultimo colpetto affettuoso sul braccio prima di allontanarsi.
E ora, sul treno, mentre vedeva scorrere dal finestrino gli anonimi palazzi della periferia romana, tornava con la mente alla mattina quando Antonio, con lo stesso sorriso marpione che tante volte gli aveva visto da ragazzino, aveva aperto il portafoglio e cacciato un bigliettino.
"Mi sa che lo dovevo fare io il commissario di polizia. Allora, questo è l'indirizzo della tua Elena. Vive sempre a Napoli – e leggendo sul foglietto – in via Epomeo 75. Ho anche il numero, magari è cambiato rispetto a quello che hai tu."
"Ma come…"
"Amico mio, volere è potere!"
E mentre lui lo fissava senza sapere cosa dire, Antonio aveva continuato:
"Allora, mo' ti dico bene a che cosa ho pensato. Tramite un amico ho contattato il proprietario de La Soffitta, non so se lo conosci ma è un ristorante a Napoli con soli quattro tavoli,

tutti vicini a una vetrata che dà a picco sul golfo. Per dopodomani dalle 20 alle 21.30 è solo per te ed Elena. In cima al foglio con il menu ci sarà scritto *Ricominciamo?* E sotto ci saranno due possibili risposte da barrare SI... e SI." E deciso, prima che lui potesse replicare qualunque cosa, aveva continuato:
"Beh, la cena è solo il primo passo. Poi dovrai fare quello che ti ha chiesto lei: cam-biaaa-re! Almeno un po', diciamo quel tanto che serve. E poi ..." facendogli l'occhiolino "e poi, quando sarà arrivato il tempo, ti dovrai pure inventare qualcosa di piccante, tipo uno strip pocker."
"Un che??"
"Vabbè, te lo spiego un'altra volta" aveva commentato, con un bel sorriso.
"Tu sei pazzo!"
"Ma tu, ci tieni o no a Elena?"
"Certo che sì."
"E allora, fai come ti dico io. Per ora, devi solo chiamarla e invitarla per dopodomani. E quando la senti, dille in maniera esplicita che hai una sorpresa per lei."
E lui così aveva fatto; si era fatto coraggio e aveva composto il suo numero, pigiando veloce il tasto di invio della chiamata. Gli era parsa confusa, spiazzata da una telefonata che proprio non si aspettava, ma non infastidita. Dopo i primi imbarazzati scambi formali, che gli suonavano così strani con Elena, avevano iniziato a parlare con maggiore naturalezza. Alla fine, le aveva rivolto l'invito utilizzando il termine *sorpresa,* come gli aveva suggerito Antonio.
C'era stato prima un attimo di silenzio, poi un piccolo sbuffo incredulo, e quindi le sue parole:
"Tu che fai una sorpresa? Certo, sarebbe un evento da non perdere. Però, non so se è una buona idea, Francesco. Credo

che non sia stato facile per entrambi a suo tempo. E quindi... va bene, dai, mi fa comunque piacere vederti." E così aveva accettato l'invito e di lì a due giorni l'avrebbe rivista. C'era quel *comunque* però che ancora gli ronzava nella testa: mi fa *comunque* piacere vederti. Che cosa aveva voluto dire? Che stava con un altro? Che lui ormai non faceva più parte della sua vita, ma *comunque* per una volta avrebbe anche potuto incontrarlo? Sempre di più, col passar del tempo, lui aveva capito quanto Elena fosse importante. Gli era successo il contrario di quello che avrebbe creduto: all'inizio aveva sofferto, sì, ma era riuscito a relegare la sua assenza da qualche parte, dove riusciva a non vederla; dopo un po' di tempo invece era riapparsa in tutta la sua violenza, negli spazi lasciati vuoti dalle sue cose e nell'assenza del suo profumo.
Pensava a questo, mentre dal finestrino guardava il lembo di mare di Formia, quando il telefonino squillò. Sul display apparve il nome del suo vice e lui si alzò per andare verso la piattaforma tra le due carrozze:
"Aspetta un attimo, Armà. Eccomi...dimmi, ma fai presto che sto sul treno per Napoli."
"Commissà, ma il fatto non è tanto breve. Ci sono delle novità e ..."
"Senti, facciamo così. Tu riesci a stare tra un'ora alla ferrovia? Così mi vieni a prendere e ne parliamo con calma."
"Sì, commissario, ce la faccio. Ci vediamo tra un'ora alla stazione, allora."
Tornò al suo posto, cogliendo scampoli di conversazioni telefoniche che si sovrapponevano impudiche, spiattellate lì nella carrozza.
Arrivato nella stazione di Napoli, aveva fatto pochi passi sulla banchina quando vide il suo vice andargli incontro con

la sua inconfondibile camminatura, sempre un po' zigzagante.
"Eccomi, commissario – gli disse appena gli fu vicino – datemi la valigetta, che ve la porto io."
"Armà, io ti ringrazio. Però questa non è una valigetta ma un trolley con tanto di rotelle e io non sono un vecchietto rincoglionito, o perlomeno non lo sono del tutto."
"No, e che c'entra commissario, io mica volevo dire questo. Volevo fa 'na gentilezza" concluse, un po' seccato.
"Armà, ti ringrazio, ma la porto io, non preoccuparti. Piuttosto andiamo e raccontami quello che hai scoperto."
La stazione offriva il solito spettacolo: chi arrivava di corsa, chi aspettava, chi salutava, chi si dirigeva veloce verso i taxi. Loro, senza far caso a tutto ciò, s'incamminarono verso l'uscita.
"Commissario, allora, io ieri ho sentito il maresciallo Carotenuto, un vecchietto che secondo me tiene ottantacinque anni, o anche di più, ma con una capa, commissà, che io farei carte false per arrivarci alla sua età! Io manco mo' ce l'ho così. Pensate che quando gli ho telefonato, non mi ha voluto parlare subito ma ha detto che richiamava lui per essere sicuro che fossi un ispettore di polizia. E quando ho fatto per dargli il numero del mio ufficio, sapete che mi ha risposto? Mi ha detto *Ispettore, e mica mi posso prendere il suo numero così, e allora non servirebbe a niente questa verifica. Io cerco il numero del commissariato e mi faccio passare a lei*. Io non stavo manco in commissariato e abbiamo dovuto prendere un appuntamento telefonico, pensate un po'. Comunque, quando poi ci siamo sentiti, mi ha raccontato tutto. Se ne ricordava bene, anche perché è stato il caso più importante della sua carriera. E sapete che mi ha detto, commissà?" si fermò, costringendo il commissario a fare

altrettanto, per poi continuare, guardandolo negli occhi: "Mi ha detto che il Buonocore parlò solo nel primo interrogatorio, poi mai più. E la prima cosa che disse, quando lo accusarono dell'omicidio, prima ancora di iniziare l'interrogatorio, fu questa frase *il bastardo ha avuto quello che meritava.* Lui se la ricordava bene questa cosa perché ci ritornarono spesso negli altri interrogatori. E poi mi ha detto che Buonocore sostenne che la sua relazione con la moglie di Morlazzi era finita ormai da sei mesi."
"Mmh, e nient'altro di importante?"
"Sì, c'è un'altra cosa. Mi ha detto il maresciallo che un cameriere di un ristorante che stava vicino alla palazzina di Morlazzi pensò di riconoscere nella foto di Buonocore un tizio che gli aveva chiesto l'ora mentre serviva ai tavoli all'esterno, circa mezz'ora prima dell'omicidio. Non era però sicuro che si trattasse di Buonocore e quindi non volle mettere niente a verbale."
"Ah, e sappiamo qualcosa di questo tale?"
"No, commissario. Il maresciallo Carotenuto non se lo ricordava il nome del cameriere; mi ha detto però che il ristorante si chiamava *L'Abboffata* e che il cameriere gli aveva detto che al sessanta settanta per cento il tizio della foto, cioè Buonocore, era quello che era passato davanti al ristorante verso le sette di sera."
"Sessanta settanta per cento??"
"Sì", confermò mentre ripresero a camminare "Ricordava bene anche questo particolare perché il suo capo gli rispose che loro non potevano metterlo in galera al sessanta settanta per cento: o ce lo mettevano tutto o non ce lo mettevano per niente. E questo cameriere, che poteva avere una trentina di anni, disse che lui non ci poteva fare niente e che non poteva andare oltre quella percentuale."

"E che iniziarono, una trattativa?" commentò con ironia il commissario.
"Eeh, avete proprio ragione, commissà."
"Ma gliel'hanno fatto vedere solo in fotografia?"
"Sì, commissario, anche io non ci volevo credere ma il maresciallo mi ha confermato che gli hanno fatto vedere solo la foto. Non hanno fatto nessun riconoscimento di persona, né gli hanno fatto sentire la voce...magari che ne so, sto Buonocore teneva 'na voce particolare. E invece niente. E il maresciallo era consapevole della cacchiata, commissario, anche se ha detto che non lo avevano fatto il riconoscimento di persona perché era evidente che il cameriere era terrorizzato all'idea di essere coinvolto in un omicidio e mai e poi mai avrebbe riconosciuto nessuno."
"Bah."
"Comunque, c'è pure un'altra cosa importante. Il maresciallo mi ha detto che all'inizio le indagini si erano indirizzate prima su quel suo socio d'affari, e questo lo sapevamo, e poi su una vicenda di appalti. Ma appena si scoprì dell'esistenza della vicenda di Buonocore questa pista fu subito messa da parte; mi ha detto Carotenuto che il colonnello aveva chiamato il suo capo e gli aveva suggerito di non perdere tempo con altre piste."
Nel frattempo, erano arrivati alla macchina: gli si avvicinò subito il parcheggiatore abusivo che porse le chiavi all'ispettore.
"Dottò, ecco a voi le chiavi; ve l'ho dovuta spostare nu pocurillo perché aveva asci' n'ata machina. Buona giornata, dottò" allungando la mano aperta, sulla quale l'ispettore poggiò una moneta da due euro.
"Grazie, dottò, saglite, che blocco il traffico, così uscite con comodità."

Erano appena partiti, quando il commissario disse:
"Armà, tu te lo ricordi, vero, che noi siamo due poliziotti? E l'hai capito, vero, che quello era un parcheggiatore abusivo?"
Armando rise di gusto, prima di rispondere:
"Commissario, ci sono abusivi e abusivi... come ci sono poliziotti e poliziotti."
"Ah, e spiegami un po' questa bella teoria, va."
"Beh, ci sono abusivi taglieggiatori, e io a quelli non gli do mai una lira, e anzi mi diverto a farli cagare sotto qualificandomi come poliziotto; e poi ci sono abusivi che invece sono dei poveri cristi che rendono un servizio utile. Questo apparteneva alla seconda categoria: se non ci fosse stato lui, io non sarei potuto venire dentro alla stazione. E poi, avete visto, non è che mi ha chiesto una cifra particolare."
"E i poliziotti?" chiese il commissario ormai incuriosito.
"E pure per i polizotti ci sta una bella distinzione da fare: ci sono quelli che badano alla sostanza delle cose e quelli che badano invece... come dire... ecco, sì, a una specie di ossequio pedissequo alle regole."
"E io quindi farei parte di questi dell'ossequio pedissequo??"
"No, commissario, non volevo dire questo. Io faccio di certo parte della prima categoria, voi... voi siete una via di mezzo, va."
Lo lasciò sotto casa quando iniziavano a cadere le prime gocce di pioggia, rade e pesanti, come quelle che precedono un acquazzone. Prima di scendere dalla macchina, il commissario disse:
"Armà, se puoi, domattina passa da me così facciamo un po' il punto della situazione e vediamo come muoverci. Che dici?" E prima che l'ispettore potesse rispondere, ne prevenne le intenzioni, aggiungendo:

"Armà, se ti presenti con la guantiera di cornetti, sfogliatelle o quel che sia, giuro che ti faccio *rucioliare* per tutte le scale!"
L'ispettore gli rivolse uno sguardo risentito, prima di rispondere con tono indispettito:
"Vabbè, commissà, vorrà dire che mi fermo al bar sotto casa a fare 'na bella colazione."
"Eh, bravo. Poi da me ti prendi il caffè."
Entrato in casa, svuotò l'intero contenuto del trolley nella cesta dei panni sporchi, e si buttò sotto una doccia calda. Poi, in pigiama, andò fuori al terrazzino, con l'unica consolazione di due freselle olio e sale. Aveva deciso di mettersi a dieta: l'idea che Elena lo avrebbe rivisto con quasi quindici chili in più rispetto all'ultima volta lo faceva sentire a disagio. Si ritrovò a pensare più alla telefonata con Elena e al loro prossimo incontro che non a tutto quello che gli era successo nell'ultima settimana. Andò a dormire più presto del solito, giurando a sé stesso che non si sarebbe alzato nel cuore della notte per andare a cucinare. Si addormentò profondamente e fece sogni strani. Sognò un uomo grosso, di non più di quarant'anni, che indossava una camicia sbottonata fin sull'addome e un pantalone tenuto su da una cinta logora, che gli dava un ceffone mentre gli diceva:
"Ma che vuoi da me? Perché non te ne vai?" E lui che scappava, piangendo come un bambino. Si svegliò di colpo e, a fatica, riuscì a scacciare la tentazione di andare in cucina. Dopo un po' si addormentò di nuovo e si ritrovò a essere inseguito, ragazzino, da una torma di suoi coetanei urlanti che, di punto in bianco, si disperse, lasciando apparire Argo, che si avvicinò a lui, divenuto d'improvviso adulto, e cominciò a leccargli la mano, fissandolo con due occhi di una dolcezza infinita.

Alle cinque e trenta preferì alzarsi. Riversò in una tazza da latte tutto il caffè della moka e, carta e penna alla mano, si mise seduto al tavolo della cucina per fare ordine in quello che aveva scoperto fino a quel momento e decidere come procedere.

CAPITOLO 20

Aveva già riempito due fogli a quadretti di frecce, informazioni e punti interrogativi, quando fu distolto dalle sue riflessioni dal suono querulo del citofono. Aprì senza rispondere e andò alla porta, dove fu contento di vedere apparire Armando con le mani del tutto libere. Lo fece entrare e lo precedette verso la cucina.
"Commissà, avete visto che bel sole, dopo l'acquazzone di stanotte. Che dite, ci mettiamo fuori a lavorare?"
"Sì, Armando, inizia a sederti fuori; vengo appena è pronto il caffè."
Dopo pochi minuti, lo raggiunse, portando un vassoio con due tazzine e due bicchieri d'acqua; sotto al braccio, invece, i due fogli che erano il frutto del suo lavoro mattutino.
"Che bella cosa, commissà, qua fuori. Si sta veramente 'na bellezza!"
"E già."
Restarono qualche secondo in silenzio, a prendere il caffè con lo sguardo rivolto al golfo, o meglio a quella parte del golfo non oscurata dai due palazzi che, sfrontati e arroganti, impedivano di poterne godere in maniera piena. Il temporale notturno aveva spazzato via tutte le nubi e un odore di pulito e di primavera pareva essersi impossessato dell'aria che respiravi.
"Allora, Armando, io stamattina ho messo un po' in fila le varie cose" esordì il commissario mentre poggiava la tazzina sul mobiletto che di fatto fungeva anche da tavolino. Poi, dopo aver preso i due fogli, cominciò a riepilogare i punti

essenziali, facendo attenzione a non far trapelare nulla, però, del motivo per cui era coinvolto in quella storia. E non a caso Armando, che ne era all'oscuro, disse:
"Commissario, io credo che a questo punto andrebbe sentito Buonocore." Poi, come se gli fosse balenata in quel momento la possibile inopportunità della proposta, aggiunse "...o no?"
"No, Armando, non è ancora il momento. Voglio sentirlo quando mi sarò fatto un'idea più chiara. E quello che mi hai detto ieri sera mi ha un po' spiazzato."
"Cioè?"
"Beh, ero ormai quasi convinto dell'innocenza di Buonocore, anche se mi pare inconcepibile che un innocente resti in galera del tutto passivo per quasi cinquant'anni. Però, magari è uscito di testa dopo aver visto l'amante che giurava il falso contro di lui, o dopo che la moglie era morta... o non so. Ma come spiegare che, appena arrestato, non trova altro di meglio da dire – almeno a prendere per buono quello che ti ha detto il maresciallo – se non che *il bastardo ha avuto ciò che si meritava*. Perché bastardo? Per quel che ne sappiamo era il suo datore di lavoro ed era lui, Buonocore, che andava a letto con sua moglie, non il contrario! E allora, cosa altro c'era? E poi, il cameriere: prendendo sempre per buono quello che ti ha detto il maresciallo, sembrerebbe verosimile che l'uomo fosse proprio il Buonocore, visto che lo aveva visto da vicino per dirgli l'ora; poi, non essendo un cuor di leone, si è tirato indietro."
"Commissario, secondo me invece quel povero cristo è innocente. Del resto, il suo amico ci ha confermato che la vedova Morlazzi ha mentito quando ha testimoniato. E se togliete la sua testimonianza, viene di fatto meno anche il movente. E l'arma del delitto... sì, resta che lui aveva un'arma simile ma non è stata mai ritrovata. Secondo me, è

innocente. È vero quello che dite voi, pare strano 'sto fatto del bastardo, ma magari era riferito al tipo di vita di Morlazzi. Non ci dimentichiamo che era un politico, dalle mani in pasta un po' dappertutto... e già allora i politici non erano ben visti. E poi, appunto, era sempre il suo datore di lavoro, magari avevano avuto dei litigi. Commissario, voi mi avete detto che l'amico di Buonocore che avete conosciuto gli era molto amico, e vi è pure sembrato una brava persona. E allora, sto pensando, non glielo possiamo andare a chiedere a lui perché il Buonocore considerava Morlazzi un bastardo che meritava la fine che ha fatto?"
"Sì, questa mi pare una buona idea" commentò il commissario, notando il sorriso compiaciuto dell'ispettore.
Era da poco andato via il suo vice quando lui, dopo una deludente perlustrazione del guardaroba, si convinse che fosse giunto il momento di comprare qualcosa da indossare; la sera successiva avrebbe rivisto Elena e non poteva presentarsi vestito alla sua maniera, e peraltro anche con camicia e pantaloni che ormai faticava ad abbottonare. Pensò di andare in un negozio del centro storico dove era stato più volte con Elena. Mentre camminava verso la metropolitana, fu colpito da un artista di strada che con due soli gessi, uno bianco e uno grigio, stava ultimando la raffigurazione di una maternità. Era ormai quasi finita e occupava un paio di metri del marciapiede; il giovane artista era chino sull'opera, con i lunghi capelli biondi a coprirgli parte del viso, e con il gesso grigio stava ultimando dei chiari scuro. La figura della madre stilizzata che abbracciava sul proprio ventre una piccola creatura dalla testa un po' sproporzionata trasmise al commissario una sensazione di malinconia: l'abile gioco dei chiaroscuri, o anche la testa grossa e un po' irregolare che faceva timido capolino tra le braccia, sembravano indicare la

paura ad abbandonare il porto sicuro del calore materno per un dove senza confini.
"Le piace?" gli domandò il giovane, che, a differenza di quel che sembrava, doveva aver notato la sua attenta presenza.
" Sì, molto bella. Forse un po'... non so... malinconica."
"Trova? Perché crede che sia malinconica?"
"Beh, non so, è di sicuro una sensazione sbagliata, ma a me sembra come se il neonato voglia restare per sempre in quell'abbraccio, come se abbia paura di affrontare la vita."
Il giovane artista, che era fino ad allora rimasto chino sull'opera, si alzò con l'agile scatto della gioventù e si mise di fronte al commissario e, con un sorriso compiaciuto, gli puntò contro i suoi occhi grigio verdi e gli disse:
"Sì, ha ragione, sembra che l'abbraccio lo avviluppi in maniera totale. Però vede, lei ci legge la paura del neonato ad affrontare la vita; io invece, ci vedo solo l'amore incondizionato di colei che gli ha dato la vita."
"Beh, sì, forse ha ragione lei."
"Sa, non è questione di chi ha ragione; è un modo diverso di leggere le cose; magari lei è solo un po' più pessimista di me" concluse sorridendo in maniera aperta.
"Già" concluse il commissario, mentre allungava una banconota da cinque euro nel cestino posto accanto al disegno, pensando che il suo non era pessimismo ma il naturale riverbero delle sue origini, di cui ancora non era riuscito a liberarsi.
Uscito dalla metropolitana in piazza Dante, pensò che prima di andare a fare acquisti avrebbe potuto far visita al signor Fierro, l'amico del padre, che abitava a poche centinaia di metri da lì. Gli telefonò e fu fortunato: stava per uscire ma poteva comunque aspettarlo. Gli andò ad aprire in giacca e cravatta, già pronto per uscire.

"Venga, venga, commissario. Io stavo per uscire ma ho pensato che magari mi portavate buone notizie e quindi ho rimandato di un'ora il mio appuntamento" lo accolse, precedendolo nel salotto che ormai il commissario conosceva.
"No, mi spiace, nessuna buona notizia. Ma nemmeno cattiva" si affrettò a precisare, prima di proseguire "avrei bisogno di un'informazione che solo lei mi può dare."
"Ditemi, commissario, ditemi", producendosi nel rapido movimento delle labbra e successiva arricciatura di naso che il commissario ricordava bene.
"Guardi, a lei sembrerà un po' strana la domanda, ma la prego di pensarci bene prima di rispondermi perché per noi è invece molto importante."
"Certo, commissario, ci penserò bene. Ditemi."
"Allora, noi sappiamo che nel primo interrogatorio, quando fu arrestato, Buonocore disse ai carabinieri che Morlazzi era un bastardo che meritava la fine che aveva fatto. Ora, lei sa perché Buonocore può aver detto una cosa del genere? Sa, a me suona strano perché dopotutto era Buonocore a farsela con la moglie di Morlazzi, non il contrario. Non le pare?"
"Mmh, ma voi siete proprio sicuro che Gennaro ha detto sta cosa?"
"Sì, signor Fierro, sono sicuro. Perché, le pare strano?"
"Sì, commissario, mi pare strano. Morlazzi per Gennaro all'inizio era solo il padrone, come lo chiamava lui, quello che gli dava il lavoro; poi è diventato anche il marito della sua amante. Ma Gennaro con lui non aveva mai avuto problemi, Morlazzi pagava puntuale e anche bene. Sì, era uno che si atteggiava a mammasantissima ma di questo a Gennaro non gliene ne fregava niente; gli stava antipatico ma lo vedeva molto poco e poi a lui l'unica cosa che gli interessava era che lo pagasse bene."

"Quindi non riesce a immaginare perché avrebbe potuto dire una cosa del genere."
"No, commissario. E poi, bastardo non era una parola che usava Gennaro. Se voleva offendere a uno, usava altri termini."
"Quali?"
"Commissario, e che devo fare, vi devo prendere a male parole ora?" rispose con una risata divertita, seguita dal suo tic.
"Vada tranquillo, le prometto che non la denuncerò per oltraggio a pubblico ufficiale" rispose ricambiando il sorriso.
"Commissario, non so, avrebbe detto suzzuso oppure chillu strunz oppure chillu figlio 'e zoccola, ecco, qualcosa del genere. Ma bastardo, non so, non mi pare di averglielo mai sentito dire."
"E comunque non le viene in mente nulla per cui il suo amico potesse avercela con Morlazzi" insistette il commissario.
"No, commissario, le ripeto che non ce l'aveva con lui. Sì, diceva che era uno che intrallazzava, ma questo lo sapevano tutti. E, ripeto, a lui interessava solo che lo pagasse puntualmente."
Erano vicino alla porta d'ingresso e si stavano salutando quando il commissario gli chiese:
"Ah, un'altra cosa, signor Fierro, lei sapeva che Buonocore aveva una pistola?"
"Sì, certo che lo sapevo. Gliel'aveva fatta avere proprio Morlazzi. E lui l'aveva usata una sola volta, che io sappia. Per uccidere un cavallo azzoppato."
"Bene, la ringrazio molto, signor Fierro. Se avrò di nuovo bisogno non mi farò scrupolo a contattarla nuovamente. Adesso la saluto e la lascio ai suoi impegni... che pure io ne ho uno."

"Arrivederci commissario. E mi faccia sapere se dovessero esserci novità."
Il suo impegno. Non aveva alcuna voglia di andare a fare acquisti di abbigliamento, e non era una novità; questa volta, però, a differenza delle altre, gli pareva di avere una valida ragione per farlo.
Quando tornò a casa, era soddisfatto degli acquisti fatti grazie alla complicità e ai consigli di un giovane commesso del negozio: quattro camicie, tre pantaloni di cotone, un jeans e un giubbotto di tela beige che, a suo avviso, pareva ringiovanirlo. Forse la camicia a nido d'ape blu, leggermente puntinata, e il jeans grigio avrebbero sorpreso Elena ancor di più del ristorante dedicato e del menu personalizzato, pensò mentre riponeva tutto nel guardaroba. L'incontro con Elena, ormai prossimo, aveva preso ormai il sopravvento tra i suoi pensieri; era stata l'unica donna importante della sua vita, ma lo aveva capito solo parecchi mesi dopo che era andata via: l'assenza era stata più eloquente della presenza.
Pensando al loro rapporto, aveva compreso che l'amore verso una persona non significava *esser fedele sempre, nella gioia e nel dolore, nella salute e nella malattia,* come recitava la sacra formula matrimoniale; era qualcosa di meno solenne, ma forse più difficile: la capacità di attraversare il silenzio e il vuoto insieme, senza necessità di combatterlo. Ecco, lui ed Elena riuscivano a farlo, non avevano bisogno di riempire il vuoto per sapere di amarsi. Si rese conto che la sola idea di poter tornare a vivere con lei lo emozionava, e si ripropose, nel caso fosse accaduto, di non nascondersi più dietro il comodo "io sono fatto così". Certo, non sarebbe potuto diventare un viveur, né l'uomo delle mille novità, ma del resto era convinto che nemmeno a Elena sarebbe piaciuto un mutamento così radicale; avrebbe però potuto mitigare la sua

"orsite", come lei la definiva, e provare ad aprirsi di più con lei. Gli sembrava assurdo ma si era aperto più con Antonio nei due giorni a Ladispoli di quanto avesse fatto con lei. Eppure con lei aveva convissuto per sei anni, condividendo l'intimità, mentre con Antonio veniva da un'assenza di trentaquattro anni. Ormai, da quando Elena lo aveva lasciato, e lui aveva iniziato a interrogarsi sul suo modo d'essere, finiva sempre con il rifugiarsi dietro quel "io son fatto così". E non doveva più accadere.
Lo squillo del telefono lo distolse di soprassalto dai suoi pensieri.
"Uè, Checco, ma non ti sei fatto sentire" lo rimproverò ad alto volume la voce di Antonio "come è andato il viaggio, tutto ok?"
"Ciao Antonio, scusami ma sono stato un po' incasinato. Sì, certo, tutto bene. Armando, il mio vice... te ne ho parlato, ricordi?"
"Certo che ricordo."
"Eh, lui mi è venuto a prendere in stazione e mi ha accompagnato a casa." E poi, in tono scherzoso:
"Ma perché, eri preoccupato? Avevi paura che qualcuno potesse rapirmi?"
Restarono a parlare per un bel po'. Fu contento di sapere che Antonio aveva per la prima volta raccontato ai figli la storia della loro amicizia.
"Gli ho raccontato anche del pomeriggio che, insieme a Peppino, scappammo per salire su un albero di fichi, e abboffarcene, tanto che poi ci venne una bella cacarella!" concluse ridendo.
Rise anche lui, mentre recuperava frammenti di quel pomeriggio che, come tanti altri, si erano polverizzati, resi evanescenti dal tempo, o dalla sua inconscia volontà di

dimenticare. Ora, a oltre quarant'anni di distanza, la cosa faceva sorridere, ma allora ne aveva sofferto: dei tre, era stato l'unico a non riuscire a salire sulla pianta, si era vergognato della paura di arrampicarsi e di cadere, e aveva vissuto con vero terrore la possibilità che la Signorina Direttrice potesse venire a sapere della loro fuga.

Prima di chiudere la comunicazione, Antonio non mancò di fargli una raccomandazione, forse la ragione vera per cui gli aveva telefonato:

"Checco, mi raccomando domani, con Elena, non fare cazzate, e soprattutto dai continuità alla cosa. Anzi, preparati già un invito per un teatro, un concerto, non lo so, vedi su internet cosa c'è dalle parti vostre che può piacerle, e invitala. E sii te stesso...ma, mi raccomando, non troppo" concluse in tono spiritoso dopo una piccola pausa.

Quando chiuse la telefonata, Francesco sorrise ripensando a quell'ultima frase *sii te stesso, ma non troppo*: era bello avere di nuovo un amico che potesse dirtelo.

CAPITOLO 21

Nella voce di Armando si percepiva un entusiasmo che il cavo telefonico non riusciva a schermare, e che strideva in modo fastidioso con il suo umore.
"Commissà, buone notizie! Ieri mi ha chiamato il maresciallo Carotenuto e mi ha detto che si è ricordato il nominativo del boss invischiato nella vicenda sugli appalti che era venuta fuori durante le indagini. Vi ricordate che ve ne avevo parlato?"
"Sì, mi ricordo, vai avanti."
"Ebbene il boss si chiamava Ciro Masecchia e stava crescendo...diciamo così, professionalmente...nella zona a nord di Napoli. Dico si chiamava, perché è morto, commissario. Manco aveva iniziato che subito l'hanno ammazzato: a trentacinque anni, in un conflitto a fuoco."
"E questa sarebbe la buona notizia??"
"No, commissà, la buona notizia è che io mi sono informato e, tramite un amico che conosce il figlio di un poliziotto che lavorava lì, e che ora ha ottantuno anni..."
"Armà, possiamo venire al dunque??"
"Commissà, ma che tenete stamattina, è successo qualcosa?"
Sì, in realtà era successo più di qualcosa: era successo che pochi minuti prima era arrivata la telefonata di Elena che, a causa di un non precisato imprevisto, gli aveva chiesto di posticipare il loro appuntamento alla settimana successiva.
"No, Armando, non è successo niente. Scusami" rispose, rendendosi d'improvviso conto di come gli si stava rivolgendo.

"E di che, commissà, figuratevi. Allora, vi stavo dicendo che questo ex poliziotto mi ha detto che conosceva bene a Masecchia e a tutta la sua cricca perché ... vabbè, lasciamo stare, tanto non è importante...comunque li conosceva bene e mi ha detto che all'epoca pareva che Masecchia volesse mettersi pure nell'edilizia ma non c'era riuscito, forse proprio a causa di Morlazzi. E che comunque, nel caso avesse dovuto far fuori qualcuno, Masecchia aveva due uomini ai quali si rivolgeva: di uno dei due vi risparmio pure il nome perché è morto pure lui sparato e comunque era in carcere per sfruttamento della prostituzione quando è stato ammazzato Morlazzi; l'altro invece è vivo e vegeto e vive in una casa popolare a Secondigliano. Sei anni fa è uscito di galera, dopo aver scontato una condanna a ventidue anni ... e indovinate perché?"
"Armà, non è giornata, evitami gli indovinelli, per piacere."
"Sì, commissà, scusate, avete ragione: è stato condannato per omicidio. Ha sparato due colpi in petto a un commerciante che si era ribellato al pizzo. E lo ha fatto con una beretta M34; ha aspettato la vittima fuori al negozio e gli ha sparato. E poi pure questa pistola è sparita nel nulla."
"Quando c'è stato questo omicidio?"
"Il 27 ottobre del 1959."
"Mmh..."
"Che c'è, commissario, non vi convince?"
"Bah, mi pare strano che a pochi mesi dall'arresto di Buonocore, accusato di aver sparato con una beretta M34 non trovata, questo tale se ne vada in giro a uccidere con la stessa pistola usata per ammazzare Morlazzi. Buonocore fu arrestato ad aprile del cinquantotto; non ricordo però la data della sentenza di condanna, mi pare fosse a gennaio del millenovecentosessanta."

"Vabbè, ma se Buonocore era stato già arrestato, Russo si sentiva tranquillo e quindi..."
"Aspetta un attimo, recupero il foglio su cui ho annotato tutte le date." Dopo pochi secondi, tornò al telefono:
"Ecco qui... allora... sì, ricordavo bene, la sentenza di condanna c'è stata a gennaio, il quattordici." Rimase qualche secondo in silenzio, dopo un piccolo grugnito, che l'ispettore dall'altro capo del telefono non seppe interpretare. Poi continuò, riprendendo il filo di un ragionamento che doveva appena avere iniziato mentalmente:
"Quindi staremmo ipotizzando che questo tale, come hai detto che si chiama?"
"Russo, Carmine Russo."
"Quindi staremmo ipotizzando che questo Carmine Russo nell'aprile del cinquantasette uccide Morlazzi per conto del boss Masecchia, per una questione legata a una vicenda di appalti. Tiene con sé la pistola con cui lo ha ucciso, e la utilizza circa due anni dopo anche per ammazzare il commerciante. E in questo caso però se ne libera. Non si libera dell'arma dopo aver commesso un omicidio di un deputato, che sa essere destinato ad avere la massima attenzione della magistratura e delle forze dell'ordine, e lo fa dopo aver ammazzato un povero commerciante. Non ti pare strano?"
"Sì e no, commissà. Non lo so bene come era allora, ma mo' parecchi di 'sti giovani delinquenti se ne fottono di queste cautele, si sentono i padroni. Secondo me, quello se ne è liberato solo quando si è sentito il fiato sul collo per le indagini sulla morte del commerciante."
"Bah, forse hai ragione tu" commentò non nascondendo comunque una buona dose di scetticismo, per poi aggiungere:

"Resta però il fatto che per ora abbiamo solo le parole del maresciallo e un vago riferimento a un appalto forse non concesso, nulla di più. Senti, facciamo così, vai avanti tu su questa ipotesi, cerca di vedere se trovi qualcosa di più concreto che possa ricondurre l'omicidio di Morlazzi a questo Masecchia, anche se indagare cinquant'anni dopo è peggio che cercare un ago in un pagliaio; però vediamo di capire se c'era qualcosa di concreto per cui questo Masecchia avrebbe dovuto decretare la morte di un personaggio come Morlazzi."
"D'accordo, commissario, vedo se riesco a trovare qualcosa. Ma invece Buonocore quando pensate di sentirlo?" chiese l'ispettore, pentendosi però subito della domanda, memore dell'espressione che aveva visto sul viso del commissario quando, qualche giorno prima, gli aveva posto lo stesso quesito.
"A breve, Armando. Se non troviamo nulla questa settimana, la prossima vado a sentirlo" rispose, con la consapevolezza di non poter più allontanare da sé l'incontro con il padre, né di poter più mentire a sé stesso facendo finta che il rinvio fosse legato a una strategia investigativa: sapeva bene che si trattava solo del terrore di sbattere in maniera ancor più violenta contro il suo passato.
Chiuse la comunicazione con il suo vice e tornò con il pensiero alla breve conversazione telefonica con Elena, che aveva avuto poco prima. A causa di un imprevisto si vedeva costretta a chiedergli di rinviare la loro cena a un altro giorno. Non credeva che gli avesse mentito: innanzitutto, perché non era da lei, e poi perché aveva avuto il tono incolore e piatto tipico di quando era preoccupata. Più che la disdetta del loro appuntamento, gli era dispiaciuto che lei non gli avesse detto nulla in merito all'imprevisto. Certo, era

normale, pensava ora, dopo che per due anni non si erano mai sentiti; restava il fatto però che quando vivevano insieme lei gli diceva *Francè, tu sei un poco pesante e non ti piace parlare, ma come sai ascoltare tu, non c'è nessuno! Tu dovresti fare di mestiere l'ascoltatore dei problemi. Anche quando non hai la soluzione, non lo so, guardi la persona in un modo che poi il problema pare meno grave.* E invece questa volta non gli aveva detto nulla. E comunque c'era anche la possibilità che gli avesse mentito, che avesse cambiato idea. Del resto, quando aveva accettato, era parsa piuttosto titubante.
Telefonò ad Antonio per dirglielo: dopotutto se l'incontro era stato organizzato, il merito era tutto suo; e poi meglio che fosse lui a disdire il ristorante.
"Vabbè, Checco, si sa che le donne vogliono farsi desiderare. Lei ha capito che tu ci tieni assai a lei, e mo' te vo' fa spanteca'!"
"No, Antonio, credo che davvero abbia avuto qualche problema."
"E chi non ce li ha i problemi, Checco?" e dopo una breve pausa in cui forse gli era balenata davanti agli occhi la sua Laura, continuò "comunque tu ora fai passare quattro o cinque giorni e poi la chiami. Mo' chiamo il mio amico del ristorante e gli dico che la serata è solo rinviata."
Conclusa la telefonata con Antonio, uscì fuori al terrazzino, portando con sé un bicchierino pieno di passito di Pantelleria. Non aveva l'abitudine di bere alcolici lontano dai pasti, ma in quel frangente ne avvertì la necessità: era come se, sorseggiando il passito con lo sguardo allo spicchio di golfo, potesse mettere la giusta distanza tra sé e gli accadimenti degli ultimi giorni. Pensò al padre, e a un incontro ormai non più rinviabile: l'indomani, decise, avrebbe telefonato al direttore del carcere, qualificandosi

come commissario di polizia e chiedendo un colloquio con il signor Buonocore per una rapida verifica in merito a un elemento che era saltato fuori nel corso di un'altra indagine. Sperava, mantenendo un profilo basso alla richiesta, di non destare sospetti.
E poi pensò ad Antonio: rivederlo, scoprire che nulla era cambiato tra loro, sapere di avere un amico vero sul quale poter contare, era stata la cosa migliore che potesse capitargli, ancor di più in quei giorni. Pensò che prima o poi avrebbe dovuto dirgli che era stato abbandonato una mattina all'alba fuori alla porta dell'orfanotrofio, con un anello a portare il peso di tutto il suo passato. E avrebbe anche dovuto dirgli che lui invece aveva scoperto di avere ancora un padre: peccato, però, che fosse in carcere, con la terribile accusa di aver ucciso un uomo. E mentre pensava tutto questo, il sole divenne una palla d'arancio che cominciò a digradare dietro il Castel dell'Ovo. Gli sembrava che urlasse di dolore, ma l'urlo si perse nel mare, e a lui non restò che rientrare in casa.

CAPITOLO 22

"Sì, commissario, va bene mercoledì prossimo alle dodici. E passi da me un po' prima, così le racconto meglio di questo strano personaggio" concluse il direttore del carcere, prima di salutarlo. Sì, sarebbe andato prima da lui: dirigeva il carcere da dodici anni, gli aveva detto, e quindi avrebbe di certo potuto raccontargli qualcosa di suo padre.
Mercoledì 24 marzo 2007: mancava una manciata di giorni al primo, e forse anche ultimo, incontro con suo padre. Dopo cinquant'anni. Ancora non sapeva come porsi con lui: fingere di essere un commissario di polizia alle prese con qualche indagine riservata che aveva attinenza con la vicenda Morlazzi o, invece, sbattergli in faccia la verità? Era duro, in quel momento, non avere nessuno con cui poter condividere il suo stato d'animo; viveva sensazioni diverse, che solo in parte riusciva a spiegarsi nella loro contraddizione: da un'angosciosa agitazione ad una sorta di indifferente atarassia. Sentì il bisogno di sapere qualcosa in più su suo padre e sua madre, e c'era un'unica persona in grado di aiutarlo.
"Buongiorno, signor Fierro, la disturbo? Sono il commissario."
"Ah, commissario, buongiorno. No, ci mancherebbe, che disturbo! Ditemi pure."
E così aveva fissato l'appuntamento per il pomeriggio alle diciassette davanti al bar in Piazza San Domenico. Gli aveva accennato in maniera generica che avrebbe avuto bisogno di approfondire un paio di aspetti; ancora non sapeva cosa

avrebbe inventato ma di certo l'immaginazione non gli mancava.
Impaziente, arrivò in piazza San Domenico con un quarto d'ora di anticipo e notò subito la sagoma allampanata del signor Fierro, con le spalle al bar e lo sguardo rivolto verso i ragazzini che giocavano a pallone sotto la Basilica di San Domenico Maggiore. Quell'uomo gli piaceva, pensò mentre gli si avvicinava.
"Anche lei in anticipo, signor Fierro" gli disse, giuntogli accanto.
"Ah, buongiorno commissario. Ebbè, certo che sono in anticipo. Che volete che tenga da fare un vecchiarello come me."
"Vecchiarello lei?? Lei mi sembra più giovane di me!"
Era quello che voleva sentirsi dire, il signor Fierro, come tutti gli anziani che sono consapevoli di portarsi bene gli anni. E così sorrise contento, prima di replicare:
"Magari, commissario, magari!"
Si accomodarono ad un tavolino a pochi metri dall'obelisco di San Domenico che, come Elena un giorno gli aveva raccontato, era stato voluto dai napoletani come ex voto al Santo in occasione della peste del 1656. Dall'alto dei venticinque metri della guglia, il Santo osservava la vita scorrere, e forse si divertiva, vedendo l'evolversi dell'arguzia e della fantasia dei napoletani nel corso dei secoli.
Il giovane cameriere li vide accomodarsi ma rimase fermo: sapeva che chi chiedeva il servizio al tavolo lo faceva per trascorrervi del tempo, a chiacchierare e a osservare il vivace passeggio sulla strada.
"Allora, commissario, ditemi. In che cosa posso esservi utile? Ci sono novità?"

Il commissario aveva deciso di essere il più possibile sincero: quell'uomo, il più caro amico di suo padre, l'unico forse che per cinquant'anni non l'aveva dimenticato e ancora oggi era attraversato da un'ombra di sbigottito dolore quando ne parlava, non meritava le sue bugie.
"Guardi, signor Fierro, io mi ci sono imbattuto per caso nell'omicidio Morlazzi e, come le ho già detto, non posso dirle di più su questo aspetto. Però mi sto convincendo della sua innocenza." Prima di continuare, vide il sorriso compiaciuto di Fierro: usciva dagli occhi, però, non dalle labbra sottili, che restarono invece strette, forse per la paura di un'ennesima delusione.
"E però, vede, mi sembra troppo strano che una persona innocente non faccia nulla per gridare la propria innocenza, anzi faccia il contrario. Non solo non ha proposto appello contro la sentenza, ma è rimasto in carcere per quasi cinquant'anni, del tutto inerte da quel che so e senza mai chiedere nemmeno un permesso. Ecco, io non me lo riesco a spiegare. E ho pensato che per capirlo, dovrei forse conoscerlo meglio. E l'unico che può aiutarmi è lei."
Sorrise, questa volta, Fierro: un sorriso tenero che dispiegò le labbra lasciando intravedere i denti ingialliti dal fumo e dal tempo.
"Sì, avete ragione, nessuno meglio di me. Ve l'ho già detto la volta scorsa, credo: io e Antonio ci siamo conosciuti che eravamo creaturi. Ve l'ho detto che quando ci siamo conosciuti lui balbettava un po'? Poco, ma ogni tanto balbettava, poi però gli è passato del tutto. Crescendo, ha acquisito sicurezza, forse pure il fatto di aver cominciato a lavorare a otto anni, di frequentare il mondo adulto; sapete, il padre spesso lo portava pure al mercato alle tre del mattino. E la fatica fisica lo aveva pure irrobustito. Eravamo una

coppia assai strana noi due" commentò, producendosi in un sorriso che consentì al commissario di notare la perfezione della sua dentatura ingiallita. Poi continuò:
"Lui robusto, forse un po' tozzo, non molto alto e assai scuro di carnagione e capelli, io l'opposto. Lui – e credetemi commissario lo dico con tutto l'amore, sì amore, che si può avere verso un amico – che non riusciva a mettere in fila dieci parole in italiano e si esprimeva prevalentemente in dialetto e io che mi atteggiavo a parlare un italiano forbito. E pure ci volevamo un bene dell'anima, commissario. Uscivamo sempre insieme, molto spesso andavamo al cinema, o d'estate al mare, a Mergellina. Ci raccontavamo tutto, commissario, anche delle nostre avventure di donne. Lui ne aveva più di me. Non era tanto bello, secondo me, però piaceva alle donne, vai a sapere perché. Forse la sua aria sempre un po' misteriosa, il fatto che parlava poco, o forse il modo che aveva di guardare con i suoi occhi così neri che parevano carbone. Non lo so, commissario, fatto sta che quella è stata la sua sfortuna. Fossi stato io al posto suo sono sicuro che quella zoccola ...scusate, commissario, ma quando ci vuole, ci vuole!... che quella zoccola non mi avrebbe degnato di uno sguardo. E, credetemi, lui all'inizio proprio non voleva. Lui amava solo Maria, stravedeva per lei, e da quando si era messo con lei non aveva più guardato le altre donne. E invece alla fine con la moglie di Morlazzi ha ceduto. Quella era proprio bella, commissario, ed era una donna abituata a ottenere sempre ciò che voleva."
"Però io continuo a non capire. Se per Buonocore lei non significava niente, se era stata solo una faccenda di sesso, allora non può certo aver sofferto per la sua testimonianza mendace. E allora, perché non ha fatto appello? Perché nel processo, e dopo, non ha gridato la sua innocenza?"

"Commissario, non so, è cambiato. Credo che non sia mai riuscito a perdonarsi il male che ha fatto a Maria. Quella è stata secondo me la ragione per cui non ha più voluto vivere."
"Ma la moglie è morta due anni dopo il delitto però."
"Sì, è vero. Maria però, da quando aveva saputo del suo tradimento, non era riuscita a perdonarlo e non aveva più voluto che dormisse con lei. Prima che lo arrestassero, ho passato intere serate con lui a dirgli che doveva aver fiducia, che il tempo avrebbe sistemato le cose e che Maria alla fine, con l'arrivo del figlio, sarebbe riuscita a perdonarlo. Ma lui sembrava assente, non rispondeva. Quando lo faceva, diceva sempre la stessa cosa: *tu non conosci a Maria, ormai è finita, dice che ho ammazzato la sua felicità, che ormai non si può più fidare di me.* Poi, dopo che è entrato in galera, è diventato ancora peggio: quando lo andavo a trovare, non diceva nulla, sembrava ...non so...come se avesse un chiodo fisso, come se stesse per impazzire."
"Quindi lei crede che il suo amico non abbia proposto appello e non si sia difeso dalle accuse per punirsi in qualche modo del male che aveva fatto alla moglie. Ho capito bene?"
"Sì, commissario, non mi so dare altra spiegazione. È diventato un'altra persona; quando andavo al colloquio non parlava, non mi diceva niente. E credo che nemmeno sentisse quello che gli dicevo io."
"Mmh, la morte della moglie è avvenuta nel cinquantanove, giusto?"
"Sì, mi pare nel mese di novembre."
"Quindi poco prima della sua condanna in primo grado, e della conseguente possibilità di proporre appello. E questo, in effetti, potrebbe spiegare perché non lo abbia fatto."

Rimasero qualche istante in silenzio, poi il signor Fierro, dopo aver deglutito un pezzetto del babà che il cameriere gli aveva portato, commentò:
"E sì, commissario, è possibile. E comunque, ci vuole davvero poco a rovinarsi una vita. Basta a volte un solo incontro sbagliato. O una pazzia...'na vota sola!" concluse pensando al suo amico Gennaro.
Non si aspettava alcun commento alla sua considerazione. E il commissario non ne fece. Del resto, che cosa avrebbe potuto dire? Era così, lui lo sapeva bene, ne aveva viste tante di vite rovinate per un solo errore. E poi, non era lui stesso la testimonianza vivente che un incontro sbagliato o una pazzia possono segnare una vita? Anzi, anche più di una. Bevve un sorso di amaro, e gli chiese:
"E' mai andato a trovarlo da quando è a Regina Coeli?"
La domanda accentuò il suo tic: tre rapidi scatti a labbra serrate, da destra a sinistra e naso arricciato. Poi, con il tono di chi confida un gran dispiacere, rispose:
"Solo due volte, commissario, non molto tempo dopo che era stato trasferito; poi mai più" concluse con la voce che si affievolì in un sussurro che il commissario stentò a capire. Poi, senza che il commissario avesse chiesto nulla, continuò:
"Vede, io le assicuro che ci sarei tornato, ma Gennaro la prima volta che andai mi disse di lasciarlo perdere, che non mi voleva più vedere. E io invece ci tornai un'altra volta dopo qualche mese ma lui non volle vedermi, nemmeno per salutarmi. Io dopo gli ho anche scritto cinque o sei lettere, ma poi ho smesso perché non mi ha mai risposto" concluse, producendosi nel suo tic.
Al commissario fece tenerezza e decise di non insistere più, mentre pensava che gli avrebbe fatto piacere averlo come padrino di battesimo o di prima comunione, come di certo

sarebbe stato se suo padre non avesse fatto quella "pazzia", come l'aveva definita il signor Fierro. Gli fece tenerezza, dunque, e cambiò argomento in modo repentino:
"Allora, è davvero il miglior babà di Napoli, come dicono?"
Sorrise grato, prima di rispondere:
"Bah, difficile dire quale sia il migliore, di certo però è molto buono."
Rimasero lì seduti a osservare il passeggio e a chiacchierare; Fierro gli raccontò un po' della sua vita: impiegato al Banco di Napoli e da venticinque anni in pensione, trascorreva il tempo dividendosi tra un circolo di ex dipendenti del Banco, un abbonamento al teatro e la pesca, di cui era appassionato fin da giovane; aveva avuto le sue storie sentimentali ma non si era mai sposato e non poteva escludere, aveva aggiunto, che sulla sua scelta avesse influito la vicenda di Gennaro.

Un leggero vento cominciò a soffiare mentre il commissario si incamminava verso la fermata della metropolitana e anche il cielo, terso quando era stato seduto al tavolino, era ora velato di nuvole sfrangiate che parevano ornare la volta azzurra con candidi disegni: una gli ricordò una gigantesca medusa o un grosso fungo col gambo mozzato. C'erano tante persone per strada e diversi venditori ambulanti; lui fu attratto da un piccolo banco su cui erano esposte alcune sculture in legno: dietro al banco un uomo tozzo, dai folti capelli neri e gli occhi profondi che, appena colse il suo interesse, subito gli si rivolse:
"Capo, tutta roba artigianale, fatta da me e mia moglie. Guardate quel cavallo, guardate quanto è bello: pare vero! A voi ve lo metto a soli trentacinque euro, mentre il prezzo suo è di cinquanta."

"No, grazie, un'altra volta magari" e se ne andò, pensando alla scultura dell'alpino con la pipa in bocca fatta dal padre.

CAPITOLO 23

Mancavano ormai solo tre giorni al ventiquattro, il giorno in cui avrebbe visto suo padre per la prima volta, e ancora non aveva alcun elemento concreto che dimostrasse la sua innocenza. La telefonata del suo vice, quella mattina, non gli aveva portato buone notizie.
"Commissario, io ieri ho passato tutta la sera a leggere le carte sull'omicidio del commerciante, sia alcuni articoli di giornale che ho recuperato in Internet, sia gli atti del processo che mi sono fatto dare da…"
"Vabbè, Armando, non ha importanza da chi."
"Sì, scusate. Allora, dalle carte del processo non vieni fuori nulla di particolare che ci possa essere utile, se non una cosa che riguarda l'arma del delitto. Il Russo ha affermato ovviamente di non aver mai posseduto armi, ma un pentito, uno della stessa cricca di Masecchia, non solo ha dichiarato che Russo aveva proprio una beretta M34, ma soprattutto ha detto che la possedeva da tempo."
"Mmh, ma questo in realtà già lo sapevamo e comunque ci serve a poco."
"Commissà, meglio che niente però. E poi ho trovato un articolo del Roma che parla dei rapporti tra Morlazzi e Masecchia e fa intravvedere un possibile collegamento con l'omicidio, quando ci vediamo ve lo porto. Parla della mancata approvazione di un appalto cui sarebbe stato interessato Masecchia. Però, la segreteria del partito minacciò querela e da allora il giornale non ne parlò più. Comunque, ho già iniziato a fare delle verifiche e forse qualcosa c'è, però

preferisco parlarvene solo dopo che avrò degli elementi concreti."
Nulla, quindi, solo possibili congetture basate sul nulla. Ciononostante, lui era convinto dell'innocenza del padre. A soli tre giorni all'incontro, non aveva però ancora trovato la pista giusta. In un primo momento pensò di andare a sentire Russo ma accantonò subito l'idea: di certo avrebbe chiesto l'assistenza di un avvocato, mettendo lui in una situazione difficile da gestire. E poi non credeva molto a quell'ipotesi, non ci aveva puntato sin dal primo momento.
Doveva cercare altro, ma non sapeva cosa. Riprese la cartella dove aveva conservato le varie carte e i suoi appunti, e cominciò a scorrerli. Niente. Accese il computer, digitò "onorevole Remigio Morlazzi" e andò sulle immagini. Ci trovò tre foto in bianco e nero che lo ritraevano in momenti ufficiali. In una delle tre, era ritratto mentre stringeva la mano a un tizio, sotto lo sguardo attento di una donna. La didascalia recitava: *l'onorevole Morlazzi e il senatore Antolini dopo l'intervento al Congresso Nazionale. A osservarli Paola Sommella, assistente dell'onorevole.* Nel vedere lo sguardo adorante della donna, gli tornò in mente l'accenno che il signor Spataro, l'ex giornalista, aveva fatto in merito alla presunta relazione di Morlazzi con la sua assistente. Lui non gli aveva dato alcun peso. E se ne avesse avuto invece? Di certo sarebbe stato un altro buco nell'acqua, ma tanto valeva verificare; del resto, non aveva molto altro su cui lavorare. Morlazzi, da quel che aveva saputo, era un donnaiolo, e invece lui aveva fatto l'errore di vederlo solo nel ruolo di marito tradito. Non aveva nulla: solo un'intuizione, un vago accenno a un pettegolezzo dell'epoca e uno sguardo in una foto. Era quest'ultimo però a dirgli di battere quella strada: lo

sguardo di una donna che sembrava pieno di un amore supplice e incondizionato.
Cercò il telefonino per chiamare Armando; non lo trovò e andò nella sua camera e da lì, seduto sul letto, scorse la rubrica telefonica cartacea e digitò il numero sul telefono fisso che aveva sul comodino. Dovette far squillare parecchio prima di sentire la voce assonnata di Armando:
"Pronto…chi è??"
"Armà, ma mica stavi dormendo??"
"Sì, commissario, dormivo. Ma perché, è peccato?? Lo dite con un tono… Commissà, ma se una pennichella non me la faccio in un pomeriggio di ferie in cui non ho nulla da fare, ma quando me la devo fare??"
"Scusami, Armando, hai ragione. Mi dispiace averti svegliato. Se vuoi ti richiamo."
"Commissà, magari riuscissi a riaddormentarmi a comando. Non vi preoccupate, ditemi."
"Ecco, Armando, vorrei verificare un'idea che mi è venuta; sarà un altro buco nell'acqua, mi sa, ma tanto vale provare a verificare."
Gli spiegò la sua ipotesi, cercando di enfatizzarne la valenza, non foss'altro per fargli credere di non averlo svegliato invano. Poi concluse:
"Io ho bisogno di sapere se questa Paola Sommella è ancora viva e dove abita."
"D'accordo, commissario, vi faccio sapere quanto prima."
Chiusa la comunicazione, non seppe cosa fare, come riempire il tempo. Era da sempre abituato a lavorare molte ore al giorno, tornando a casa direttamente la sera per cena, e poi subito sul divano davanti al televisore, che spesso finiva per fare da sottofondo al suo russare. Da un paio di anni, cioè da quando Elena era andata via, le sue uscite si contavano sulle

dita di una sola mano: per il resto, lavoro, lavoro, e solo lavoro. Decise che doveva cambiare, imporsi di far riemergere interessi che aveva seppellito sotto una pesante coltre di comoda pigrizia: il teatro, ad esempio. A lui era sempre piaciuto, a Elena un po' meno; per tre anni avevano avuto l'abbonamento al teatro Diana e ogni settimana, il martedì, erano lì, in quinta fila, a godersi lo spettacolo: perché non farlo anche da solo, pensò? E poi, la scrittura. Aveva sempre desiderato scrivere un romanzo ma non ci aveva mai nemmeno provato: ora però la vita gli stava offrendo una storia non comune. Chissà, magari metterla su carta avrebbe potuto fargli bene, pensò. Non trovando nulla di meglio da fare quel pomeriggio, si mise a scorrere i tanti romanzi ancora non letti nella sua libreria e ne scelse uno di Alberto Moravia, La Ciociara; poi andò fuori al terrazzino e trascorse l'intero pomeriggio immerso nella lettura, beandosi di tanto in tanto della vista del mare.

Il ventidue marzo era una giornata uggiosa, di quelle che ti mettono malinconia in qualunque luogo del mondo, ma a Napoli un po' di più. Era andato in un'agenzia di viaggi per fare il biglietto per Roma, andata e ritorno in giornata, primo treno della mattina e ultimo della sera, e si stava incamminando verso Antignano quando squillò il telefonino. Sul display apparve *Ispettore Gargiulo*: lo aveva memorizzato così il primo giorno che si erano conosciuti e non lo aveva mai modificato in un più confidenziale Armando.
"Ciao Armando, novità?" gli chiese subito.
"Sì, commissario, buone notizie. Paola Sommella è viva e vegeta e abita a Napoli, al Corso, esattamente al civico 168. E se volete, ho pure il numero di telefono" concluse compiaciuto.

"Ottimo lavoro, Armando. Sì, certo, dimmi il numero."
Dopo avergli dettato il numero e prima di salutarlo, Armando ci tenne a dire la sua:
"Commissario, comunque secondo me la strada buona è quella di Russo. Spero di potervi dare buone notizie domani."
Un lampo in lontananza gli fece temere che da un momento all'altro potesse piovere. Dopo la telefonata di Armando aveva comunque deciso di cambiare programma: andò in una piccola via tranquilla e compose il numero della signora Sommella. A rispondergli fu una voce sottile, serena, che mutò di tono in modo repentino quando lui gli espose il motivo della chiamata. Quando si accordarono per vedersi dopo poco, ebbe l'impressione però che non ne fosse dispiaciuta.
Nella stazione della funicolare che lo avrebbe portato al corso Vittorio Emanuele, c'erano poche persone, perlopiù ragazzini schiamazzanti. Alla fermata del corso, oltre lui, uscì solo una coppia di anziani che lo precedette verso l'uscita tenendosi sottobraccio; non volle superarli, forse perché vederli camminare così gli trasmetteva serenità. Quando, sbucati all'aperto, li affiancò per superarli e incamminarsi lungo il corso, l'uomo gli si rivolse, guardando prima lui e poi il cielo:
"Giovanotto, che dite, viene a piovere?"
"Bah, non credo. Però, chi può dirlo?"
"Ma voi non avete sul telefonino quella cosa che vi dice come sarà il tempo?"
Il commissario sorrise, prima di rispondere:
"No, guardi, io sono uno che usa il telefonino solo per telefonare, mi dispiace."
"E vabbè, non vi dovete dispiacere, magari piano piano vi imparate pure voi."

E lui, ridendo:
"No, guardi, intendevo solo che mi dispiace di non poterle essere utile."
Intervenne la moglie, sottobraccio al marito anche ora che erano fermi:
"Anto', ma lo vuoi lasciare andare al giovanotto, quello avrà da fare. Andate, andate giovanotto, e buona giornata."
Giovanotto a un cinquantenne: tutto è relativo nella vita, pensò, mentre si incamminava lungo il corso Vittorio Emanuele, con l'occhio rivolto ai numeri civici. Nel compatto grigiore che aveva coperto il cielo iniziavano a intravedersi sprazzi bianchi di nuvolaglie che andavano aprendosi: ne fu contento, pensando ai due anziani signori che aveva lasciato poco prima.
Arrivato al civico 168, mentre scorreva i nomi al citofono, un uomo dal ventre prominente e dal faccione tondo e glabro, che era dall'altro lato del portone, gli chiese secco:
"A chi cercate?"
Capì che doveva essere il portiere dello stabile e gli chiese della signora Sommella.
"La signora Sommella?" ripeté, quasi incredulo, il portiere.
"Sì, la signora Sommella."
"Ah! Ma non è che siete un venditore o uno di quelli... di quelli che insomma vanno dagli anziani?" Il commissario ebbe la sensazione che la domanda non fosse tanto volta a tutelare la signora Sommella, quanto invece a soddisfare la sua curiosità: evidentemente, immaginò il commissario, la signora Sommella non doveva ricevere molte visite. Fu per questo che gli rispose asciutto, evitando accuratamente di dirgli chi fosse:
"Guardi, ho un appuntamento con la signora, può chiamarla e chiederglielo."

Offeso, il portiere ribatté:
"Certo che la chiamo. Chi devo dire?"
Il commissario decise che non gliel'avrebbe data vinta:
"Le dica che c'è la persona con la quale si è sentita al telefono tre quarti d'ora fa."
"Ma voi non ce l'avete un nome?" insistette il portiere.
"Lei non si preoccupi, le dica così, lei sa chi sono."
Il commissario si rese conto che era ormai scontro aperto: uno scontro il cui vincitore sarebbe stato decretato dalla signora Sommella, pensò, mentre il portiere la chiamava al citofono guardandolo in cagnesco.
"Buongiorno, signora Sommella. C'è qui un signore che vuole salire, dice che vi siete sentiti tre quarti d'ora fa ma non…ah, lo devo far salire? Signora, ma siete sicura che…ah, va bene lo faccio salire allora. Comunque, per qualunque cosa, chiamatemi, io sto qua!" concluse, guardando il commissario come se potesse essere Jack lo Squartatore. Riposta la cornetta del citofono, si rivolse a lui, col tono piccato dello sconfitto:
"Salite, secondo piano, all'interno nove."
La signora Sommella lo stava aspettando con la porta aperta. Lo fece accomodare e lo precedette verso un salottino, reggendosi a un bastone nero con pomolo dorato.
Non fece convenevoli di alcun tipo. Appena si furono seduti, subito esordì:
"Commissario, se voi siete venuto da me per l'omicidio di Remigio è perché – non so come – avete saputo che noi avevamo una relazione all'epoca. Lo so, lui era uno a cui piacevano assai le donne ma con me era diverso. O perlomeno era diverso per me, commissario. Io ne ero davvero innamorata, come non lo sono mai stata di un uomo."

"Le posso chiedere quanto è durata la vostra relazione … e se durava ancora quando l'onorevole è stato ucciso?"
"Sì, commissario, stavamo insieme da due anni quando lo hanno ammazzato." Poi, dopo una piccola pausa, forse per convincersi che era ormai arrivato il momento di liberarsi del tarlo che aveva dentro da quasi cinquant'anni, continuò:
"Mio marito lo aveva scoperto tre o quattro mesi prima e mi aveva fatto una scenata terribile. Era un uomo assai irascibile. Io lo dissi a Remigio, ma lui si mise a ridere e mi disse di non preoccuparmi, che mio marito era un quaquaraquà tutto fumo e niente arrosto."
"E secondo lei potrebbe averlo ucciso lui?"
"Commissario, no, anche se all'epoca il dubbio mi era venuto. Glielo chiesi infatti, sa? A brutto muso. Lui rise e mi rispose che purtroppo era stato preceduto, che un altro marito cornuto o una delle sgualdrine che lui frequentava aveva fatto prima. E a me parve sincero."
"La sera dell'omicidio, quindi, non era in casa, o comunque non era con lei…"
"No, non era qui. Tornò tardi, verso le undici, e mi disse che era stato a cena con due suoi amici. E in effetti, commissario, quando ne ho chiesta conferma a uno dei due, così, fingendo di mettere il discorso in mezzo in modo casuale, lui me lo confermò."
"Un'altra cosa…suo marito possedeva una pistola?"
"No, non che io sappia."
"E lei comunque non ritenne di parlarne alla polizia, giusto?"
Lei lo fissò con stanchi.
"Commissario, io ho creduto a mio marito. E al suo amico. E poi non c'era nulla che potesse farmi pensare che l'avesse ucciso lui … e inoltre eravamo nel cinquantotto, e l'adulterio non era considerato come oggi."

"Mmh, senta può darmi comunque tutti i riferimenti di suo marito? Sa, nel caso volessi sentirlo."
"Guardi, non so più dove sia. Abbiamo divorziato poco dopo che è passata la legge sul divorzio. E comunque già da prima lui era andato via."
Segnò nome cognome e data di nascita del marito e la salutò. Quando scese le scale e passò davanti alla portineria era così immerso nei suoi pensieri da non far caso al saluto provocatorio dell'uomo dal faccione glabro:
"Ah, avete già fatto la vostra visita. E stateci bene, allora, signor Nessuno!"

CAPITOLO 24

"Buongiorno, commissario, vi disturbo? ... tutto a posto? Vi sento affaticato."
"Dimmi, Armando. Sì, tutto a posto, tranne l'ascensore rotto che mi sta facendo fare a piedi le scale."
"Commissario, ho novità sulla pista Masecchia. Però è meglio parlarne a voce, così vi faccio pure vedere le carte. Posso venire ora?"
"Sì, certo, ti aspetto."
"Bene, tra quindici minuti sto là. Commissà... fermatevi due minuti che sto fiatone mi pare forte."
"Armando, grazie, ma non ti preoccupare del fiatone mio."
"Commissario, ma io non lo dicevo per sfottere, è che non siamo più abituati a fare le scale. Anche io, quando mi capita, mi stanco. E le faccio in più volte."
"Armà, ma tu non abiti al pianterreno??"
"Ehm, sì commissario, ma che c'entra...mica le scale si fanno solo per andare a casa propria."
"Sì, vabbuò Armando, lasciamo perdere. Allora, ci vediamo tra un quarto d'ora."
Quando suonò alla porta, l'ispettore Gargiulo non aveva il benché minimo accenno di fiatone, e il commissario era anche convinto che non avesse fatto alcuna sosta; evitò però ogni commento al riguardo.
"Vieni, Armando, entra. Ci facciamo un caffè?"
"Per me no, grazie. Ne ho già presi cinque da stamattina."
"Ah. Dai, vieni, andiamo in cucina, così mentre mi dici cosa hai scoperto faccio la moka piccola."

"Commissario, mi sa che questa volta ci ho visto giusto!" affermò con orgoglio, mentre si accomodava e cacciava dalla tasca della giacca un po' di fogli ripiegati in quattro. Spiegò i fogli e continuò:
"Allora, Masecchia aveva presentato al Comune di Napoli una richiesta per costruire un grosso agglomerato urbano su un terreno alla periferia nord di Napoli, verso Marano. Ma una cosa grossa, commissario, guardate qua" stendendo sul tavolo il foglio A3 dove era disegnato il progetto, per poi continuare "praticamente, come poi hanno fatto a Milano con Milano2. Ecco, Masecchia c'era arrivato prima, voleva fare Napoli2! O, per rimanere a noi, una specie di Centro Direzionale, con uffici e tanti locali commerciali."
"E non glielo hanno fatto fare..."
"E già. E non lo ha potuto fare perché sono venuti a mancare i voti necessari. Ecco qui il verbale della seduta comunale." Gli porse altri due fogli e stette in silenzio nell'attesa che il commissario vi desse un'occhiata.
"Mmh, però la DC ha votato compatta a favore del Centro edilizio."
"Sì, ma i voti della DC non avrebbero mai potuto essere sufficienti visto che il Partito Monarchico Popolare aveva quarantaquattro seggi su ottanta! Eeh, e quello a furia di scarpe spaiate Achille Lauro aveva avuto un'enormità di voti."
"Scarpe spaiate??"
"Ma come, non lo sapete? A Napoli lo sanno tutti che ai comizi Achille Lauro faceva distribuire centinaia e centinaia di scarpe sinistre e poi, solo dopo il voto, consegnava le destre. Comunque, fatto sta che aveva ottenuto la maggioranza assoluta in Comune e però si era dichiarato nettamente contrario alla costruzione del Centro... questo lo

potete vedere dalla copia del Roma che ho qui" e fece per dargliela, ma il commissario che lo guardava incredulo gli disse:
"Dopo, dopo, ora vai avanti."
"Sì. E allora, visto che il PMP era contrario a questo agglomerato urbano, l'unica possibilità per Masecchia era quella di scavalcarlo rivolgendosi a Morlazzi, che non solo gli poteva garantire i ventidue voti dei consiglieri comunali della DC ma aveva le carte in regola per provare anche un accordo, se non direttamente con Lauro, almeno con una buona parte dei consiglieri, visto che di lì a poco ci sarebbero state le elezioni politiche nazionali e la DC era ormai destinata a rafforzarsi ancora di più. E in effetti, undici consiglieri comunali del PMP votarono a favore, come avete visto dal verbale. Ma non furono sufficienti e Masecchia e Morlazzi persero, diciamo così, quarantadue a trentotto."
Vide il commissario che lo fissava come se fosse un'altra persona, e continuò:
"Eeh, lo so commissario, lo sapete pure voi che a me la politica mi fa schifo. E invece mi son dovuto fare 'na cultura... io che quando parlano di politica al telegiornale cambio canale!"
"No, no, non è questo, è che..."
"Commissà, aspettate un attimo, manca la cosa principale. Io mi sono ricordato che avevamo letto da qualche parte che la palazzina liberty dell'onorevole Morlazzi era di recente costruzione, vi ricordate?"
"Sì, mi pare di sì... e allora?"
"Ebbene, sono andato a vedere i registri catastali. La palazzina è stata costruita dalla Bellotti s.r.l., che guarda il caso è la stessa ditta costruttrice che aveva presentato il progetto per la costruzione del Centro edilizio al Comune di

Napoli. E Morlazzi l'aveva, diciamo così, acquistata direttamente dalla ditta il 22 aprile 1957. A luglio c'è stata la votazione e a novembre lo hanno ucciso."
"Armà, giuro che non ho parole! Mi sa che è inutile che rientro dalle ferie, è meglio che lo prendi tu il posto mio!" commentò il commissario con sincera ammirazione.
"Eeh, commissà, e allora è meglio che non ve la dico l'ultima cosa che ho scoperto. E se no, voi veramente me lo date a me il posto vostro!" rispose ridendo compiaciuto Gargiulo, per poi però subito riprendere:
"Lo sapete chi era titolare della Belotti srl?"
"...un prestanome che faceva capo a Masecchia?"
"Esatto. Anzi, ancora meglio. Il titolare era Riccardo Belotti, marito della sorella di Masecchia."
"Tombola!"
Restò un po' in silenzio, il commissario, iniziando a sorseggiare il caffè ormai raffreddatosi. La narrazione di Gargiulo sembrava dare finalmente corpo a un'ipotesi concreta: mancava però il tassello finale, quello in grado di ricondurre l'omicidio alla pistola di Carmine Russo.
"Che tenete, commissario? Tutto bene?" chiese Gargiulo, vedendolo immerso nei propri pensieri.
"Sì, sì, tutto bene. Stavo solo pensando che ora siamo in grado di dimostrare che Masecchia aveva un movente per fare uccidere Morlazzi. Resta però da dimostrare la cosa più importante, e cioè che sia stato il suo tirapiedi, questo Carmine Russo, a sparare. Su di lui al momento sappiamo solo che aveva una beretta M34, cioè la stessa arma con cui è stato ammazzato Morlazzi, e che di certo l'ha usata per uccidere un commerciante, giusto? Non è poco, ma certo non basta."
"E già."

"Abbiamo un vantaggio, però. Lui sa che non ha molto da temere. Sono passati cinquanta anni, c'è una sentenza passata in giudicato e noi non abbiamo alcuna prova schiacciante, quindi nessuna concreta possibilità di una revisione del processo. Dobbiamo parlargli e fargli capire che non vogliamo far riaprire niente ma solo sapere, e che lui non corre rischi concreti. A questo punto dobbiamo sentirlo. Facciamo così, prendi prima qualche informazione sulla sua situazione attuale, ci potrebbe essere utile sapere che magari, nonostante l'età avanzata, è ancora invischiato in cose poche pulite...potrebbe essere una merce di scambio utile... e poi lo andiamo a sentire."
"D'accordo, commissario, mi metto subito al lavoro" lo rassicurò Gargiulo, con il tono di chi non sta più nella pelle.

CAPITOLO 25

Già il terzo caffè ed erano appena le sette e trenta del mattino, pensò, mentre in piedi davanti al bar, e con un occhio sempre rivolto al tabellone partenze/arrivi, osservava le tante persone che affollavano la stazione e che sciamavano disordinate, come api impazzite. Appena la voce gracchiante comunicò il binario del treno per Roma, ancor prima che apparisse sul tabellone, decine di persone si mossero all'unisono nella stessa direzione. Dopo un po' le seguì anche lui. Un'occhiata ai passeggeri all'interno della carrozza gli fece supporre che la maggior parte di loro fosse lì per ragioni di lavoro, e la cosa non gli fece piacere, immaginando le tante telefonate che di certo si sarebbero susseguite nel corso del viaggio; il treno era appena partito quando vide avvicinarsi al posto accanto al suo, ancora libero, un uomo di mezza età dall'espressione gioviale: non avendo alcuna intenzione di fare conversazione, chiuse gli occhi e finse di dormire. Restò così per l'intero viaggio, con la mente che, del tutto insensibile al chiacchiericcio di fondo, montava e smontava le domande che avrebbe fatto al padre nell'incontro che di lì a poco avrebbero avuto. Avrebbe preferito incontrarlo dopo aver avuto la certezza della sua innocenza, ma purtroppo non era stato ancora possibile sentire Carmine Russo: Gargiulo aveva scoperto che andava spesso in Romania, dove curava alcuni affari in ambito edile con un fratello che viveva lì. Sarebbe rientrato a Napoli, secondo quanto aveva detto il portiere, non prima di due settimane. E lui non poteva aspettare tutto quel tempo, e così non aveva rinviato

l'appuntamento in carcere. E ora, mentre fingeva di dormire, continuava a fare ipotesi e ipotesi sull'imminente incontro. Sarebbe riuscito a mantenere il necessario distacco? A guardarlo negli occhi senza far trapelare nulla dei suoi sentimenti? Nella sua voce o nel suo viso, avrebbe ritrovato qualcosa della propria voce o del proprio viso?
Era immerso in mille congetture, e in altrettanti timori, quando il capotreno annunciò l'imminente arrivo nella stazione Termini. Sentì un lieve colpo sulla spalla e aprì gli occhi: era il suo vicino di posto.
"Mi scusi, ma hanno annunciato l'arrivo in stazione e non so se lei deve andare a Roma..."
"Sì, grazie" rispose, provando a simulare un risveglio.
"Beh, si figuri. Sa, una volta io dovevo scendere a Roma e mi son ritrovato a Salerno. Avevo quindici persone che mi aspettavano a Roma. Ho chiamato e ho detto che ero dovuto tornare indietro perché mia suocera era stata ricoverata in ospedale" e poi, dopo una grassa risata, aggiunse "sapesse quante volte ho dovuto far ricoverare mia suocera. Ma le devo aver portato bene visto che sta meglio di me! E sa cosa ho fatto un'altra volta?"
Il commissario fece attenzione a non dargli corda e, mentre si alzava, si limitò a dirgli:
"Mi scusi, ma è bene che mi muova. Buon proseguimento." E si avviò verso la piattaforma del treno, pensando che aveva fatto la scelta giusta a chiudere gli occhi appena lo aveva visto avvicinarsi: dopo venticinque anni da commissario era ormai divenuto abile nell'arte della fisiognomica.
Fuori della stazione Termini dovette fare una lunga fila prima di poter salire su un taxi.
"Dottò, 'ndo annamo?"
"Al carcere di Regina Coeli, per favore."

"Meglio che famo annata e ritorno, allora, dottò. O ha intenzione de restarci?" e giù una decisa risata rauca, da fumatore, come confermava anche l'odore di fumo che impregnava la vettura. Il silenzio e la totale assenza di ogni espressione da parte del commissario indussero il tassista a non andare oltre. Riprese a parlare solo quando erano sul lungotevere, in fila nel traffico romano, a poche centinaia di metri dal carcere:
"Dottò, io vorrei sapè 'ndo vanno tutti a quest'ora. Come è possibile che su sto lungotevere ci sta sempre traffico? E poi, a lei pare normale a mette un carcere qui, nel centro della città?" Rimasti inevasi anche questi interrogativi, il tassista si rassegnò al silenzio anche per gli ultimi minuti.
Sceso dal taxi davanti all'ingresso del carcere, si qualificò come il commissario Lisco all'interfono e disse di avere un appuntamento con il direttore. Dopo qualche minuto di attesa un agente gli aprì e lo accompagnò al piano superiore, annunciandolo al direttore prima di farlo entrare nel suo ufficio.
L'ufficio era spoglio, senza fronzoli. Alle pareti alcune foto di eventi che si erano tenuti in carcere. Il direttore, che subito si alzò da dietro la scrivania andandogli incontro, era un uomo sui sessant'anni, ben curato, che indossava un vestito a tinta unita, di un blu molto scuro, alleggerito da una camicia celeste.
"Venga, venga, si accomodi, mettiamoci qui" indicando un piccolo tavolo con tre sedie, un po' nascosto in un angolo della stanza. "Allora, commissario, mi dica, non è che ho capito molto del motivo del suo colloquio con Buonocore."
"Beh, non ha capito molto perché io non le ho detto molto" esordì con un sorriso il commissario, per poi continuare "vede, è di certo un colloquio che non approderà a nulla,

però nel corso di un'indagine è emerso un possibile nesso con l'omicidio Morlazzi. O meglio, questo glielo posso dire, è venuto fuori un possibile nesso tra il movente del delitto su cui stavo indagando e l'omicidio Morlazzi. E quindi vorrei fare qualche domanda a Buonocore. Tutto qui."
"Un nesso con un omicidio avvenuto quasi cinquant'anni fa?"
"Guardi, sembra strano anche a me. Tenga conto che il delitto su cui sto indagando risale però a sua volta a un po' di anni fa." Poi, anche per abbandonare quanto prima il terreno infido su cui si era dovuto addentrare, aggiunse subito:
"Ma mi dica qualcosa di questo Buonocore. Dalle informazioni che ho recuperato è addirittura in carcere da quasi cinquant'anni, caso più unico che raro, mi pare!"
"E già, ha ragione. Ma è lui di fatto a non voler uscire. Pensi che non ha mai chiesto un permesso per andare fuori... anche perché credo che non avrebbe dove andare" aggiunse con un tono che al commissario parve sinceramente costernato.
"Ma non ha familiari, amici, qualcuno che venga a fargli visita?"
"Guardi io sono direttore di questo carcere da dodici anni e in questo periodo non ha ricevuto nemmeno una visita. È un tipo molto tranquillo, non ha mai creato nessun tipo di problema: fossero tutti come lui, il mio mestiere sarebbe il più facile del mondo! Pensi, trascorre quasi tutto il suo tempo a leggere."
"A leggere?" domandò incredulo il commissario, per poi subito aggiungere "Ma mi pareva di aver letto da qualche parte che fosse quasi analfabeta."
Il direttore rise, con una risata che al commissario ricordò qualcuno che però non seppe individuare. Poi rispose:

"Non so, forse un tempo. Ora mi sa che legge più libri lui in un anno di quanti possiamo averne letti io e lei messi insieme nell'intera vita. Fu lui una decina di anni orsono a propormi di istituire una biblioteca in carcere. A me all'inizio sembrò un'idea un po' bizzarra. Sa, in un carcere non è che i detenuti vedano la lettura come una grande necessità. Poi invece Buonocore mi ha convinto che poteva essere una buona iniziativa e così l'ho fatta mia. E devo dire di non essermene affatto pentito."
"Deve essere un tipo particolare questo Buonocore..."
"Sì, direi proprio di sì. Una sorta di gentiluomo silenzioso e angosciato che sembra non entrarci nulla con un mondo che dovrebbe conoscere invece meglio di ogni altro avendoci passato quasi cinquant'anni."
"Perché dice angosciato?"
"Guardi, non so se è il termine giusto, però a me dà l'idea di qualcuno che si porta dentro un'enorme disperazione. Non so, ha uno sguardo che pare non ti veda, che sembra come se fosse rivolto dentro, in un enorme pozzo, e non all'esterno."
Poi, notando l'espressione del commissario, aggiunse con tono più leggero:
"Sì, forse sto esagerando, ma a me è venuto da pensare questa cosa ogni volta che l'ho visto."
Quando si salutarono e il direttore gli rivolse un sorriso di commiato, il commissario capì chi gli ricordasse: aveva lo stesso sorriso e le stesse pause di Suor Adalgisa. Ecco perché, pensò, aveva subito avvertito verso di lui una così forte e istintiva empatia.

CAPITOLO 26

I passi sembravano rimbombare mentre seguiva nei corridoi l'agente che lo stava conducendo al colloquio con suo padre. Avrebbe trovato un uomo diverso da quello che si era prefigurato: non un contadino ignorante ma una persona colta, che leggeva almeno un paio di libri a settimana. Gli aveva fatto piacere sapere dal direttore che il colloquio avrebbe potuto farlo nella stessa cella di Buonocore, da qualche giorno casualmente solo; in questo modo, gli aveva detto il direttore, l'incontro non sarebbe stato registrato e, visto il carattere informale – aveva aggiunto guardandolo di sottecchi – sarebbe stata la cosa preferibile.
"Con uno come Buonocore è una precauzione inutile ma comunque, per sicurezza e per ogni evenienza, l'agente resterà fuori della cella per tutta la durata del vostro incontro" aveva concluso, guardando l'agente smilzo e dai baffi impomatati che avrebbe assolto l'incarico.
Non era la prima volta che sentiva gli scatti della serratura di una cella ma fu la prima volta che avvertì un brivido intenso e, per un attimo, gli si offuscò la vista.
Appena aprì la cella, l'agente si rivolse a Buonocore:
"Buonocore, oggi hai visite. E mi raccomando comportati bene, che io sto qui fuori."
Negli occhi dell'uomo stempiato, che apparivano più grossi nel viso scavato, il commissario lesse l'indifferenza di chi è del tutto disinteressato a ogni avvenimento.
"Posso?" gli chiese, indicando con lo sguardo uno sgabello malconcio in plastica.

L'uomo si limitò a un quasi impercettibile cenno col capo.
Il commissario era consapevole che toccava a lui iniziare, ma non sapeva da dove. Restarono per un po' a guardarsi, lui cercando anche qualche somiglianza fisica, che però non trovò: fu solo nello sguardo stanco che rivide se stesso. Cominciò a parlare e, così come aveva deciso, iniziò a mentire:
"Buongiorno signor Buonocore, io sono Francesco Proietti, un commissario di pubblica sicurezza. Sono venuto a parlare con lei perché nel corso di alcune indagini sono venute fuori cose che hanno a che fare con l'omicidio che lei ha commesso." Aveva deciso di essere estremamente vago, con la consapevolezza che un detenuto non avrebbe mai rivolto domande a un commissario su altre indagini. Prima di riprendere si raschiò la voce:
"Sembrerebbe che la signora Olga Frati abbia detto delle falsità in sede di testimonianza ma dagli atti risulta pure che lei non l'ha mai smentita. Ecco... io, per un'altra vicenda che coinvolge la Frati, ho bisogno di capire se lei mentì."
Il padre era seduto sulla brandina a capo chino, a pochi centimetri da lui, seduto sullo sgabello. Le loro gambe si sfioravano. Sollevò la testa, lo fissò con i suoi occhi neri infossati e gli rispose pacato:
"Commissario, ma lei pensa che a me possa interessare qualcosa?"
"A lei forse no. Però se le faccio questa domanda vuol dire che a me interessa per le indagini che sto svolgendo."
"Commissario, a me non importava nulla allora, si figuri cosa me ne può importare adesso."
"Ma che vuol dire che non gliene importava nulla già allora?? Lei era accusato di omicidio, rischiava l'ergastolo,

come poi è avvenuto. Come faceva a non importarle nulla già allora?"
"Sono cose mie, commissario, che di certo non c'entrano nulla con le sue indagini. A proposito, come è possibile che delle indagini abbiano un nesso con un omicidio di cinquant'anni fa? E addirittura con la veridicità o meno della testimonianza di Olga, che ha riguardato solo quei fatti?"
Aveva sottovalutato il padre: aveva immaginato di trovarsi di fronte un contadino ignorante e fiaccato da cinquant'anni di galera, e invece dinanzi a lui c'era un uomo colto, lucido e senza alcun timore reverenziale verso l'autorità giudiziaria. Pur ritenendo molto improbabile che lui gli avesse fatto una domanda del genere, aveva comunque pensato a cosa rispondere nel caso fosse accaduto.
"Guardi, non posso dirle molto perché si tratta appunto di indagini in corso. Posso solo dirle che stiamo indagando su una donna che aveva avuto una relazione con l'onorevole Morlazzi e su eventuali atti illeciti che avrebbe commesso nei confronti della signora Frati prima che lei morisse."
"Ah, è morta?"
"Sì, non lo sapeva?"
"No, commissario, che vuole che ne sappia io, da qua dentro. E quando è morta?"
"Nove anni fa."
"E pensate che non sia stata una morte naturale?"
"È morta per un attacco cardiaco. Siamo però venuti a conoscenza di situazioni...diciamo così, torbide... che hanno riguardato questa amante dell'onorevole e che potrebbero essersi indirizzate anche contro la signora Frati." Poi, vedendo la smorfia di profondo scetticismo sul volto del padre, si affrettò ad aggiungere:

"Guardi, so che detta così, appare una cosa inverosimile, ma mi creda, io di più non posso dirle."
Lui lo guardò come a soppesarne la sincerità. Poi sembrò disinteressarsi del tutto della sua stessa risposta, e si limitò a dire:
"Bah. Comunque, che sia morta a me non dispiace affatto, commissario."
"Ce l'ha con lei perché mentì al processo?"
"No, commissario, non ce l'ho con lei per questo. Sì, mentì al processo, ma a me non importava nulla che mentisse o meno."
"E allora perché ce l'ha con lei? Dopotutto eravate amanti, giusto?"
"Amanti... no, non credo sia la definizione giusta. Ne ho lette tante di storie di amanti: gli amanti condividono passione, sogni, rabbia. Noi condividevamo solo un'ora di sesso: sesso, e nulla più, niente parole, niente sospiri. Sesso, solo sesso."
Avvertì un senso di ottundimento nel sentir parlare il padre in quel modo ed ebbe la sensazione che lui in qualche modo avesse percepito il suo senso di smarrimento. Si riprese, provando a dare al suo tono il timbro più naturale possibile:
"Sì, ma questo non spiega però il risentimento nei suoi confronti."
"No, non ho risentimento nei suoi confronti. I miei errori sono solo miei. Ho solo detto che non sono dispiaciuto della sua morte, ma solo perché era una persona spregevole, tutto qui. Ma questo non c'entra nulla con la sua indagine. Mi dica quello che vuol sapere e vedo se posso aiutarla. Sa, lei ha poco dei poliziotti che ho conosciuto, solo per questo la sto a sentire" per poi aggiungere, avendo notato l'espressione interrogativa del commissario "vede, io sono nell'invidiabile posizione di non avere più nulla da chiedere a nessuno,

tantomeno alla cosiddetta Giustizia; se le rispondo, quindi, non lo faccio certo perché lei è un commissario di polizia."
Avvertì come un tuffo nello stomaco, ma riuscì a restare impassibile, o almeno lo sperava, mentre con un sorriso stirato gli diceva:
"Beh, io però quello sono."
Per la prima volta vide apparire sulle labbra del padre un timido sorriso.
"Sì, certo, ma io intendevo dire che se le rispondo lo faccio non per il suo ruolo ma perché lei mi sembra ... non so, una persona rispettosa, perbene."
"Grazie. Senta, prima di procedere con un paio di domande, può dirmi perché non ha smentito le falsità della Frati?"
"Gliel'ho detto, commissario, perché non me ne importava più nulla. È questa l'unica ragione, glielo assicuro."
"Sì, ma perché non gliene importava più nulla?"
"No, questo non glielo dico. Di certo non c'entra nulla con la sua indagine. E comunque non glielo direi nemmeno se c'entrasse. Mi faccia le altre domande."
"Ha mai saputo di un'amante morbosamente legata all'onorevole Morlazzi? Le ha detto qualcosa la signora Frati? Non so, magari che aveva rapporti con lei per ripicca a questa relazione del marito?"
Aveva fatto la domanda solo per rendere un po' più credibile quanto detto sulle indagini che stava seguendo, e fu spiazzato dalla risata sardonica del padre, che precedette le sue parole:
"Un'amante?? Io credo che ne avesse varie. E comunque, come le ho detto, tra me e la moglie niente parole."
"Capisco. Senta, un'altra cosa: l'onorevole Morlazzi, oltre che per vicende di amanti, corna e quant'altro, aveva – che lei

sappia – persone che potevano nutrire verso di lui ragioni di vendetta?"
"Penso proprio di sì. Quell'uomo sarebbe stato capace di qualunque infamia" rispose, mentre lo zigomo sembrava palpitare d'improvviso di vita propria. Poi, riprendendosi dall'abisso dove pareva essere precipitato, riprese con tono diverso:
"Comunque, commissario, devo dirle che le sue domande mi sorprendono un po'. Non so, mi sembra tutto un po' strano..."
"No, mi creda, non c'è nulla di strano. È solo che ancora brancoliamo nel buio, abbiamo pochissimi elementi su questa signora e..."
"Ma quanti anni ha questa signora?"
"L'età precisa non la conosco, ma una settantina, o poco più, credo. Senta, posso farle una domanda che non c'entra nulla con le mie indagini?" E prima che il padre potesse rispondere, proseguì: "Ecco, c'è una cosa che mi ha sorpreso quando ho saputo della sua vicenda e che non riesco a spiegarmi: di solito, è il marito che uccide l'amante della moglie e comunque è lui, il marito tradito, che odia l'altro uomo, non il contrario, come invece è nel suo caso. Ecco, a cosa si deve questa stranezza?"
Si alzò e, come un ospite stanco della visita, allungò la mano verso di lui, mentre diceva:
"Commissario, se non ha altre domande strettamente attinenti alle sue indagini, penso che possiamo salutarci."
"D'accordo. No, nessun'altra domanda, per ora. Tornerò nel caso dovesse spuntare fuori qualcosa di nuovo e mi occorresse risentirla."
E così, la mano del padre, magra, ma forte e decisa, strinse la sua, fredda e confusa.

"Ha sentito freddo, commissario?"
Lui rispose solo con un sorriso abbozzato prima di bussare alla cella perché la guardia aprisse. In quel frangente, ebbe per un attimo il terribile e assurdo sospetto che il padre avesse intuito qualcosa.

CAPITOLO 27

Uscì scosso dall'incontro col padre: l'uomo che non si era mai interessato di suo figlio, che era accusato di aver ucciso un altro uomo, e che aveva ammesso di aver tradito la propria moglie, ossia sua madre, ecco, quell'uomo, verso il quale avrebbe dovuto provare un odio acuto, non aveva in realtà suscitato in lui alcun senso di disprezzo. Era confuso, disorientato, combattuto da sentimenti diversi. Ripercorse tutto il loro colloquio, lo scompose, e lo rivide pezzo per pezzo. E rivide il padre, nella sua dignità di uomo riuscito a convivere con i propri tormenti; e i suoi occhi: due tizzoni capaci di vivere di vita propria, in un corpo morto. Erano occhi che non avrebbero più mentito, ammesso che l'avessero mai fatto: e allora, perché non gli aveva chiesto che diavolo fosse davvero successo cinquant'anni prima? O come avesse fatto a cancellare del tutto dalla sua vita l'esistenza di un figlio? Era convinto che gli avrebbe detto la verità. Forse proprio per questo non lo aveva fatto, o forse solo perché era troppo confuso e disorientato. Suo padre invece era stato lucido, asciutto, senza incrinature nelle sue risposte essenziali. Una sola volta la sua voce aveva cambiato timbro, incattivendosi: era successo quando, alla sua domanda su Morlazzi, gli aveva risposto che *sarebbe stato capace di qualsiasi infamia,* così gli aveva detto. E i suoi occhi, divenuti d'improvviso più piccoli, gli avevano fatto capire che non stava facendo una semplice supposizione. Doveva essere vero, quindi, che cinquant'anni prima, nel corso

dell'interrogatorio, lo aveva definito *un bastardo*. Ma perché? Continuava a non capire.
"Dottò, semo arivati." Le parole del tassista lo riportarono in modo brusco alla realtà. Pagò, scese ed entrò in stazione. Il tabellone delle partenze segnalava un ritardo di venti minuti del suo treno per Napoli; andò in un bar per ingannare l'attesa e, mentre girava con lentezza lo zucchero nel caffè, continuava ad avvertire la sensazione di disagio che si portava dentro da quando era uscito dal carcere, per avergli mentito, per avergli nascosto la sua vera identità. Gli sembrava assurdo, per certi versi paradossale, che fosse lui a sentirsi in colpa verso il padre. Eppure, era così: nel loro primo incontro, il padre era stato sincero, lui no. Ora pensava di aver sbagliato tutto: perché non gli aveva detto la verità? Come si sarebbe sentito, tra due o tre settimane, o quando sarebbe stato, a dirgli che in realtà in carcere, a trovarlo, era andato il figlio, e non il commissario?
Era appena uscito dal bar, quando squillò il telefonino e sul display apparve il cognome del suo vice.
"Sì, Armando, dimmi, ci sono novità?"
"Buongiorno commissario, tutto bene?"
"Sì, Armando, tutto bene. Scusami, ma sto un po' di corsa."
"Ah, e allora sono rapidissimo. Vi volevo solo dire che ho scoperto che Russo, il tirapiedi di Masecchia, va in Romania non solo per affari, diciamo così, in ambito edile ma pure perché recluta delle povere ragazze che poi fa venire in Italia e fa prostituire in un paio di appartamenti a Marano. Quindi, appena torna dalla Romania, lo possiamo andare a sentire e ora che sappiamo queste cose possiamo convincerlo più facilmente a parlare" concluse in tono convinto.
"Sì, ottimo lavoro, Armando. Senti un po', ma tra quanto tempo dovrebbe rientrare?"

"Eeh, commissario, non si sa. Il portiere del suo stabile mi aveva detto che di solito sta fuori un paio di settimane, quindi dovrebbe rientrare tra una decina di giorni. Ma potrebbero essere anche di più, o di meno. Ma voi l'avete avuto il colloquio con Buonocore?"
La decisione di mentirgli fu repentina.
"No, Armando, è stato rinviato a domani, stamattina ci sono stati dei problemi di spostamento detenuti e quindi il direttore mi ha chiesto di rinviarlo a domani."
"Ah, e mo' che fate, restate a Roma, o tornate e poi ripartite domani?"
"Non lo so, Armando, forse resto qui, tanto lì non mi pare che ci sia molto da fare in attesa che rientri questo Russo."
Sì, forse era la cosa migliore da fare, pensò dopo aver chiuso la comunicazione. Era combattuto, però, incerto sul da farsi. Rinunciò a prendere il treno che aveva prenotato e iniziò a vagare tra le strade intorno alla stazione Termini. Erano le tre del pomeriggio quando prese la sua decisione e chiamò il direttore del carcere.
"Mi spiace, il direttore è in riunione. Posso farla chiamare appena rientra se mi lascia il suo numero di telefono."
Il direttore gli telefonò nel tardo pomeriggio.
"Buongiorno, commissario, so che mi ha cercato. Mi spiace ma ero in una lunga riunione. Mi dica, però, posso esserle utile?"
"Sì, direttore, dovrei chiederle una cortesia. Avrei bisogno di avere un altro colloquio con il signor Buonocore. Se fosse possibile, domani mattina, in modo da evitarmi un altro viaggio a Roma."
"Certo, commissario, non c'è problema. Meglio domani, così può farlo nella cella di Buonocore. Dalla prossima settimana,

avremo dei nuovi arrivi e quindi nella sua cella ci sarà anche un altro detenuto."
"Ah. E allora sì, un altro valido motivo per non rinviare."
Aveva preso una camera in zona Trastevere, non lontano dal carcere, in modo da poterci andare a piedi. All'una del mattino era ancora con la televisione accesa a veder scorrere, dal letto, immagini che non seguiva, inchiodato sui suoi pensieri. Sarebbe di certo andato in cucina se fosse stato a casa sua; lì, invece, dovette limitarsi a saccheggiare il frigo bar, accontentandosi di due pacchetti di arachidi e due di salatini. Si addormentò che stava per albeggiare, e alle otto era già in sala colazioni.
Non aveva nessuna voglia di passare nell'ufficio del direttore e così, mentre si incamminava verso il carcere, lo chiamò:
"Buongiorno, direttore, mi scusi ma ho appena ricevuto una telefonata e dovrei rientrare a Napoli quanto prima. Le volevo quindi chiedere di andare direttamente da Buonocore, se possibile. Sa, mi avrebbe fatto piacere passare a salutarla ma purtroppo..."
"Si figuri, commissario, comprendo bene queste cose. Guardi, facciamo così, appena arriva faccio venire da lei lo stesso agente che l'ha accompagnata ieri, va bene?"
"Grazie, direttore, è davvero gentile."
Al padre non dovevano aver detto nulla della visita che avrebbe ricevuto: glielo lesse nello sguardo che gli rivolse quando l'agente aprì la cella e lo vide. Non disse nulla, però, e aspettò che fosse lui a parlare. Il commissario si rivolse però prima all'agente:
"Agente, può anche chiudere." E, vedendo il suo sguardo interdetto, continuò:" Stia tranquillo, il direttore lo sa. Lei ovviamente resta qui fuori, ma comunque con il signor Buonocore non credo che ci sarà alcun problema."

Rimasero da soli in cella, in piedi uno di fronte all'altro, a fissarsi per un attimo, con la stazza del commissario a sovrastare quella del padre.
"Sediamoci, commissario." E dopo avergli indicato lo sgabello, aggiunse: "Non so perché, ma ho la sensazione che non si tratta di una cosa breve."
"E sì, ha ragione. Io ieri le ho mentito." Lo fissò, aspettando che dicesse qualcosa, ma, in assenza di ogni reazione, proseguì:
"Almeno in parte. Nel senso che io mi sto occupando proprio del suo caso, non sto svolgendo indagini su una presunta amante dell'onorevole Morlazzi."
"Sì, il sospetto mi era venuto."
"E non si è chiesto perché?"
Fu un attimo: nell'istante in cui stava per dirglielo ebbe la netta sensazione che lui aveva capito.
"Io sono tuo figlio." Gli parve di sentire la sua voce che usciva, indipendente, da un altro dove. Rimasero in silenzio, per un po', ognuno a fare i conti con i propri fantasmi.
Fu il padre a rompere per primo il silenzio. Aveva uno sguardo diverso ora, che Francesco non riuscì a comprendere.
"Francesco." Solo il nome, sussurrato tra sé. Poi un'altra pausa, e una mano passata sul volto, alla ricerca forse di parole che non trovò.
"E... sei davvero un commissario di polizia?" gli chiese.
"Sì, lo sono davvero."
Un piccolo sorriso, un cenno col capo, e poi il pensiero che andò chissà dove, prima di chiedergli:
"Ma...come hai fatto? A sapere, intendo."
E così lui gli raccontò della direttrice dell'orfanotrofio, e della lettera che gli aveva lasciato quando era morta, insieme ai

ritagli di giornale che riportavano la notizia. Per poi aggiungere, con un certo imbarazzo:
"E poi c'era anche la lettera che tu avevi scritto a ... a mia madre, dal carcere."
"Sì, ricordo. E ricordo la fatica che facevo per scrivere anche poche righe, con ogni tipo di strafalcione, immagino e..."
"Senti, io voglio sapere tutto. E voglio sapere come può un padre cancellare un figlio dalla propria vita." Lo interruppe in modo brusco, e improvviso, come se le parole gli fossero uscite di prepotenza, per volontà propria. Le aveva pronunciate a bassa voce, forse per esser certo che l'agente fuori dalla cella non le sentisse, o forse perché così avevano deciso di uscire.
Un piccolo fremito delle labbra, di chi ha accusato il colpo, poi la risposta secca, inaspettata:
"Tu hai figli?"
"No."
"E allora è inutile che risponda alla tua domanda, non potresti capire."
"Ma non ti sembra invece venuto il momento di rispondere a tutte le mie domande, cazzo!?" replicò alterato, senza più curarsi della presenza dell'agente fuori la cella.
Il padre lo fissò con occhi stanchi, prima di rispondere:
"Sì, d'accordo. Non servirà a niente ma fammi tutte le domande che vuoi e ti risponderò."
"Allora, dimmi innanzitutto perché ti sei del tutto disinteressato di me. Di tuo figlio!"
"Non volevo offenderti prima e mi auguro che tu possa avere dei figli quanto prima. Io ho avuto solo te ed è come se non ti avessi avuto. Ma, credimi, anche se ti vedo oggi per la prima volta, io volevo per te il meglio. E che futuro può avere un bambino che viene etichettato come il figlio di un assassino?

Ecco perché ho voluto che tu non avessi nessun contatto con me e non conoscessi nulla del tuo passato. Tu pensi che sia stato facile per me?"
Era una domanda che non cercava alcuna risposta e che restò quindi lì, a vagare nei sei metri quadri della cella. Nel tono della sua voce e nell'improvvisa vacuità del suo sguardo, Francesco percepì la sofferenza come mai gli era capitato prima, e riprese con tono più pacato:
"Io però a questo punto voglio sapere tutto: di te, di mia madre, del processo, del perché non hai fatto appello, del motivo per cui non hai smentito la falsa testimonianza resa da Olga Frati... e poi voglio sapere se davvero hai ucciso. È per questo che sto indagando, per dimostrare la tua innocenza."
"La mia innocenza..." sorrise amaro, prima di riprendere "prima di parlarti di questo, voglio però che tu sappia che io amavo davvero tua madre. L'avevo conosciuta che aveva diciannove anni, uno meno di me, a piazza del Mercato, davanti a un banco che vendeva macchinette per il caffè." Un sorriso pieno, e dolce, prima di continuare: "Avevamo scelto la stessa, l'ultima. Ovviamente la lasciai a lei, che mi ringraziò sollevando verso di me il suo viso sorridente, con la sua deliziosa fossetta sul mento. Sì, l'amavo! Lo so, ti sembra impossibile. Se l'amavo per quale motivo l'avrei tradita? E qui entra in gioco Olga Frati. Era una donna diabolica Olga, sai. No, non voglio dirlo a mia discolpa, ma era così. Ed era bellissima. È quello che mi ha fregato. Non ero abituato a tanta bellezza e tanta eleganza. Tua madre era una bella donna, ma non so come dire... una bellezza comune, semplice, come tante. Olga era di una bellezza indisponente, sfrontata, superba. Indossava biancheria che non so da dove faceva arrivare e profumi di gran classe. Io all'epoca ero un

povero e giovane contadino ignorante. Ancora oggi non riesco a capire perché mi abbia voluto con tanta veemenza. All'inizio ero anche riuscito a non cedere, a far finta di non capire. Poi ho ceduto e abbiamo fatto sesso. Tra noi solo quello c'è stato, sesso, una dozzina di volte credo, o forse anche meno. Quando le dissi che non volevo più saperne, lei non riuscì ad accettare che il suo giocattolino si ribellasse. Per questo ha mentito al processo: per vendetta, o a voler essere più indulgenti, per orgoglio." Per un attimo il commissario non poté fare a meno di pensare a com'era cambiato il padre: da ignorante contadino che scriveva alla moglie lettere sgrammaticate a uomo capace di esprimersi con tanta proprietà di linguaggio.
"Sì, ma perché tu non hai smentito in alcun modo?"
"E perché avrei dovuto farlo?"
"Cristo, come perché!? Per non finire in galera! Perché con quella testimonianza ha costruito un movente che non esisteva. Perché avresti dovuto affermare la tua innocenza!" rispose tutto d'un fiato, alzando la voce. Il padre emise un piccolo sbuffo, prima di rispondergli:
"Lei voleva vendicarsi, ma in realtà non poteva immaginare che stava facendomi un favore."
"Un favore?? Ma che diavolo stai dicendo? Io giuro che non ti capisco."
"Sì, un piacere. Sai, se il movente non lo avesse fornito lei, seppure per vendetta, ne avrei dovuto inventare uno io."
"Inventarlo tu? Ma che stai dicendo? Guarda che io credo di aver scoperto chi ha davvero ucciso Morlazzi."
Il padre gli rivolse uno sguardo incuriosito.
"Ah, e chi sarebbe stato?"
"Un tale Carmine Russo, un sicario di un boss che voleva far pagare a Morlazzi il mancato ottenimento di una licenza a

costruire una sorta di centro direzionale. Lo sentirò nei prossimi giorni ma..."
Lo fissò in modo intenso, prima di dire:
"No, lascia stare, non sentirlo, è inutile. Ti dirò tutto, se vuoi. Mi devi dire però di essere pronto perché ti farà male, molto male."
"E me lo domandi?! Dopo cinquant'anni posso sapere chi sono, da dove vengo, e tu mi domandi se voglio saperlo??"
"No, quello che ti dirò non c'entra niente con quello che sei tu. Ti avverto, però, ti farà molto male" gli disse fissandolo, quasi a sperare che potesse cambiare idea. Poi riprese, con tono grave:
"Allora, almeno in parte Olga in tribunale ha detto la verità: lei venne da me a dirmi che il marito aveva saputo tutto e che me l'avrebbe fatta pagare. Io però le risposi che non me ne fregava nulla e che poteva fare quello che voleva." Poi la voce si spense, per riemergere, diversa, dall'antro dove conservava il proprio dolore:
"Fece però l'unica cosa che non doveva fare." Sembrava stesse facendo una fatica immane per tirare fuori ciò che alla fine riuscì a dire:
"Fece violenza a tua madre."
Un silenzio gelido piombò nella cella. Il commissario sperò di non aver capito bene:
"Eh?"
"Sì, hai capito bene."
E allora Francesco sentì una pena profonda salire dalle viscere della terra e avvolgerlo. E fu stanco di vivere.
"Ecco perché l'ho ucciso. Ecco perché avevo bisogno di un movente diverso da quello vero: nessuno doveva sapere della violenza subita da tua madre. Ed ecco perché non ho fatto appello: non perché pensassi di meritare la galera per

aver tolto dalla faccia della terra un pezzo di merda come quello, ma perché ero convinto di meritarla per quello che avevo fatto a tua madre. E poi lei nel frattempo era morta, che senso aveva tornare fuori? Quando sono rientrato a casa e l'ho vista, con gli occhi spenti, morti, a fissare il nulla..."
Non riuscì ad andare avanti e il commissario, in un istintivo gesto d'affetto, portò la mano sulla sua coscia, così vicina, e gliela strinse; il padre però sembrò non accorgersene.
"Sai, mi sono pentito di avergli sparato." Ma, mentre il commissario stava per rispondere qualcosa, lui subito precisò:
"Avrei dovuto fare come Giovanni Vivaldi, il protagonista di un Borghese piccolo piccolo. Un farabutto come Morlazzi, che fa una ... una ... cosa come quella che ha fatto a Maria non doveva essere tolto dalla faccia della terra con un semplice proiettile."
Non se la sentiva più di stare lì, si sentiva soffocare dall'aria divenuta d'improvviso irrespirabile. Prima di bussare alla porta della cella per farsi aprire, il commissario biascicò un "tornerò a trovarti."
Rimasto solo in cella, Buonocore si domandò perché non avesse raccontato tutta la verità, e non seppe darsi una risposta. Anche se lo avesse fatto, pensò, le cose non sarebbero cambiate granché.

CAPITOLO 28

Uscito dal carcere, aveva vagato a piedi per ore nella città. Non avrebbe saputo dire dove, né perché. Sapeva solo che non voleva mettersi in un taxi, né su di un treno; voleva solo camminare, senza alcuna meta. Suo padre era un assassino e sua madre era stata violentata, e lui si sentiva d'improvviso svuotato, inutile, come un pupazzo di pezza buttato lì. Dopo ore di cammino senza senso, era andato a piedi alla stazione e aveva preso l'Intercity per Napoli. Arrivato a casa quando già era buio, si era buttato sul letto vestito e aveva aspettato di intravedere le prime luci dell'alba per uscire sul terrazzino.
E ora era lì, e continuava a pensare a suo padre e a sua madre, e avvertiva solo un senso di infinita tristezza. Il sole era ormai alto in cielo, coperto da nubi bianche, candide ed eteree, che lo infastidirono per la loro sublime indifferenza. Rientrò quando sentì il telefono squillare:
"Commissario, vi volevo dire che ho individuato, diciamo così, il socio di Carmine Russo e ho saputo che dovrebbe rientrare..."
"Fermati, Armà, fermati. Non abbiamo più ragione di indagare. Ieri mattina sono andato a Roma da Buonocore e mi ha detto che è stato lui."
"Commissà, scusatemi, ma noi lo potevamo immaginare che lui questo avrebbe detto, visto che in tanti anni non si è mai proclamato innocente ma..."

"No, Armando, credimi, è stato lui; le nostre indagini, quindi, si fermano qui. Io ti ringrazio assai per quello che hai fatto."
"Commissà, tutto bene? Tenete 'na voce..."
"Sì, non preoccuparti Armando... poi magari un giorno ti spiegherò ma mi devi dare un po' di tempo" concluse con una voce bassa e un po' arrochita.
Aveva da poco chiuso la comunicazione con l'ispettore Gargiulo, quando rialzò la cornetta per l'unica telefonata che in quel momento si sentiva di fare.
"Pronto Elena, sono Francesco."
"Guarda che ancora la riconosco la tua voce" le disse con tono allegro, prima di farsi più seria per aggiungere:
"Senti, se mi hai chiamato di nuovo per la cena, volevo dirti che ci ho pensato ma per il momento non me la sento, sai, sto cercando di mettere un po' d'ordine nella mia vita, è una fase in cui non voglio ulteriori complicazioni. Questo però non significa che ..."
"No, Elena, non ti chiamavo per la cena. Volevo solo incontrarti per parlarti di una cosa. Ma, tranquilla, non si tratta di noi, si tratta di una cosa che riguarda solo me. Forse ti sembrerà strano, ma sei l'unica persona al momento con cui ho voglia di parlarne. Però non preoccuparti, se non te la senti, non c'è problema."
"Oddio, cos'è questa voce, mi devo preoccupare?"
"No, no, tranquilla, nulla che riguardi la salute. Si tratta del mio passato, ho scoperto cose che mi fanno stare male."
"Dove vuoi che ci vediamo?"
Non gli chiese nulla al telefono, aveva capito che erano cose di cui occorreva parlare da vicino, e così presero appuntamento per quello stesso pomeriggio a San Martino, allo slargo davanti al museo. Lui fece una doccia e, ancora in

accappatoio, preparò un paio di toast, stappò una birra e andò sul terrazzino: non toccava cibo, pensò, dalla colazione del giorno prima. Mentre buttava giù un toast con le sottilette, unico prodotto commestibile rimasto nel frigo, continuava a pensare al padre. Proprio quando si stava convincendo della sua innocenza, era arrivata la mazzata della sua colpevolezza. E dopo quello che gli aveva detto, lui poteva anche provare a comprenderlo come assassino, ma non riusciva a perdonarlo come padre: aver tirato un frego sul nome del suo unico figlio, in maniera netta e senza ripensamenti, era una cosa che non riusciva ad accettare. "Tu hai figli?" gli aveva chiesto quando doveva avergli letto negli occhi l'incapacità di capire. "Tu hai figli?", una domanda come uno schiaffo, a volergli dire che il gesto di un padre non puoi capirlo se padre non sei; a voler fare intendere, forse, che il suo abbandono, in quella situazione, era il più grande gesto d'amore che potesse fare. Forse era vero, ma lui non riusciva a comprenderlo. Il padre gli era piaciuto però: un uomo schivo e schietto, capace di vivere il suo enorme dolore con grande dignità, e pronto ad accettare di scontare fino in fondo, e oltre, le conseguenze del suo gesto. Durante il loro colloquio, non aveva mai invocato il perdono del figlio: se anche fosse arrivato, non avrebbe saputo cosa farsene; lui ormai si era condannato in maniera inappellabile, e senza possibilità di attenuanti.
Quando arrivò a largo di San Martino, Elena ancora non c'era e lui, impaziente, si dispose ad aspettarla, poggiato al parapetto dal quale alcuni turisti stavano scattando foto al panorama, con il Vesuvio e il monte Somma a farla da protagonisti. Lui, invece, spalle alla contraddittoria bellezza della città, vagava con lo sguardo dalla lunga e lineare facciata del palazzo della Certosa a quella, schiva ed

essenziale, della Chiesa delle Donne, dai motorini parcheggiati in modo disordinato, ai due bus fermi al capolinea: vagava da una parte all'altra, senza soffermarsi su nulla, se non sulla strada che portava al largo: da lì avrebbe visto arrivare Elena. Non la riconobbe subito quando, dopo una decina di minuti, la vide apparire; o meglio, riconobbe subito la sua andatura vivace e allegra, ma fece fatica a convincersi che la donna con i capelli biondo ossigenati, tagliati corti, fosse proprio lei. Gli si avvicinò sorridendogli:
"Sì, sono io, proprio io. Mi ero stufata di quei capelli castani a caschetto. Volevo un look sbarazzino."
"Beh, ci sei riuscita!" gli rispose, mentre le dava due casti baci sulle guance.
"Non ti piaccio?"
"Tu, non piacermi?? Nemmeno se ti fossi fatta crescere barba e baffi, ci saresti riuscita" rendendosi conto, nel momento stesso in cui lo diceva, che forse mai negli anni in cui erano stati insieme le aveva fatto un apprezzamento così sentito.
Elena notò subito però i suoi occhi tristi, e tremendamente stanchi, e così – senza alcun commento alla sua battuta – gli disse:
"Vieni, andiamo lì in fondo e mi racconti tutto."
Si misero all'angolo della piazza, di fronte alla chiesa: e fu lì che Francesco, come un fiume in piena si liberò di tutto quanto aveva dentro; le disse della lettera della direttrice, del padre ergastolano, del loro colloquio in carcere e della violenza subita dalla madre. Parlò per tanto tempo, alternando un tono monocorde a leggere incrinature della voce, senza che Elena lo interrompesse mai. Quando finì si sentì come svuotato. Rimasero un po' in silenzio, girandosi d'istinto verso il mare, evitando di guardarsi, curvi, con le

braccia sul parapetto. Elena poggiò la sua mano su quella di Francesco:
"Deve essere stato tremendo, Francesco. Davvero non so cosa dire...Ora cosa pensi di fare?"
"Non lo so. Cosa dovrei fare secondo te?"
"Io credo che dovresti essere vicino a tuo padre. Sì, ha ucciso, è vero, ma ha ammazzato chi aveva fatto una cosa terribile alla persona che lui amava."
"Non so, non credo di sentirmela. Come faccio a considerare padre uno che ha del tutto ignorato per tanti anni il suo unico figlio? Che non ha mai pensato di cercarlo o di sapere qualcosa di lui? Se la direttrice non mi avesse scritto, io non avrei mai saputo che lui era vivo, capisci? Ecco, io su questo non riesco a passarci sopra. E tutto quello che ha saputo dire per spiegare la sua totale assenza, il suo disinteresse per suo figlio, sai cosa è stato? *Tu hai figli?* Così mi ha risposto quando gli ho chiesto il perché!"
Lei lo guardò con dolcezza, e gli strinse leggermente la mano:
"Francesco, io credo che tu dovresti cercare di capirlo, provare a immedesimarti in lui. Tuo padre aveva dentro un dolore enorme, che lo annientava, e un figlio appena nato senza più una madre, al quale, crescendo, avrebbe anche dovuto dire che suo padre aveva ucciso un uomo, oltretutto nascondendogliene la ragione per non dargli il dolore di sapere della violenza alla propria madre. Io non so cosa avrei fatto, ma forse mi sarei comportata allo stesso modo."
"No, non riesco a capirlo. E comunque almeno quando avevo venti o trent'anni avrebbe potuto dirmelo, diamine!"
"Io capisco che tu sia arrabbiato, ma prova a immaginarti dietro le sbarre e a dover chiamare un uomo del quale non sai nulla – perché, giusto o sbagliato che fosse, tu hai pensato che la cosa migliore per lui fosse quella di cancellarlo dalla

tua vita – per dirgli che tu sei suo padre, e hai ucciso per vendicare la violenza fatta a sua madre. Lo faresti? Daresti questo dolore a tuo figlio, un figlio che non hai mai conosciuto, ma che di certo hai amato?"
Rimasero un po' in silenzio, mentre due bus turistici scaricavano nei loro pressi decine di tedeschi.
"Dai, allontaniamoci da qui, c'è troppa gente ora. Facciamo due passi, che ho bisogno di camminare."
S'incamminarono senza una meta, facendo solo attenzione a evitare le strade affollate. Francesco le parlò anche di Antonio, e dell'anello appartenuto alla madre, che la direttrice aveva lasciato a lui. E poi le raccontò del loro incontro, e della loro infanzia, come mai aveva fatto in passato. Le disse del suo primo giorno in orfanotrofio e del primo incontro con Antonio, compagni di banco sin dal primo momento; e poi, di come Antonio si era ribellato all'atroce scherzo della pipì sotto, e di quando erano fuggiti dalla struttura per andare a vedere il mare. E, ormai senza alcun freno, le confessò di tutti i loro vani appostamenti dietro un muro da cui si vedeva la finestra di suor Gina, per provare a coglierla nel momento in cui si toglieva la veste. E infine le raccontò anche di Barbara, il suo primo amore dai lunghi capelli rossi, e di quello che Antonio aveva escogitato per far sì che lui potesse avvicinarla. Si divertì e si commosse, Elena, a sentire quei ricordi. Alla fine, quando erano nei pressi di piazza Medaglie d'Oro, lei si fermò, costringendo lui a fare altrettanto, lo fissò negli occhi e, con dolcezza, disse:
"Francesco, mi sa che la prossima volta che vi incontrerete, tu gli debba dare l'anello."
"Sì, lo so. Credo che nei prossimi giorni farò un salto a Ladispoli."

Quando dopo poco si stavano per salutare, Elena scherzò:
"Allora, che devo fare con questi capelli?"
"Come che devi fare?? Li devi lasciare così, ti stanno benissimo. Sembri una ragazzina."
E lei, sorridendo:
"Mmh, secondo me Antonio deve averti davvero indottrinato per bene!" E poi, più seria, aggiunse:
"Francesco, mi ha fatto piacere incontrarti. Chiamami, se ti va. Non me la sento però, per ora, di fare una cena romantica. Magari più in là."
"D'accordo. Sappi, però, che questa volta non mi arrendo. Anzi, sai che ti dico? Se è necessario, mi dichiaro fin da subito pronto anche per il corso di tango!"
Lei sorrise divertita.
"Addirittura? A saperlo, li avrei ossigenati prima i capelli. Perché devono essere stati questi a farti impazzire, altrimenti non mi saprei dare una spiegazione a tanta follia" commentò, prima di salutarlo con un casto bacio sulle guance.
Il tango. Elena più di una volta gli aveva proposto di fare un corso insieme, ma lui si sentiva bloccato al solo pensiero.
"Elena, ma tu mi ci vedi a me che ballo il tango? Non mi pare proprio il caso." E così Elena ci si era iscritta da sola. Era stato come uno schiaffo in faccia. E il martedì sera, quando lei andava a ballare, lui restava a casa a soffrire, immaginandola abbracciata a un giovane tanghero. Le sue foto ingenue e gioiose delle serate in milonga lo facevano sentire terribilmente inadatto alla vita. Non credeva fosse gelosia. Se di quello si fosse trattato, sarebbe stato molto più semplice. Era, invece, una lancinante sensazione di inadeguatezza, di incapacità di vivere le passioni, di lasciarsi andare e affrontare il futuro. Qualcosa che si portava dietro da

sempre, da quando era nato, o forse da quando aveva perso il nonno.
Forse era ciò che aveva scoperto sul suo passato o, più semplicemente, l'aver rivisto Elena, ma ora gli sembrava tutto diverso, anche il corso di tango.

CAPITOLO 29

Erano le sei del mattino e lui era sul terrazzino, in attesa che si facesse l'orario utile per chiamare un taxi per la stazione: il treno per Roma sarebbe partito alle 9.10. Aveva ancora una settimana di ferie e ormai nessuna indagine da svolgere, così aveva deciso di andare a Ladispoli per portare ad Antonio ciò che la mamma gli aveva lasciato: un semplice anellino e il nome che portava. Quando il giorno prima lo aveva chiamato, prima che avesse il tempo di dirgliene la ragione, lui gli aveva chiesto della cena con Elena.
"Va bene, non preoccuparti, è normale che le donne si facciano desiderare. L'importante è che tu non ti arrenda. Perché tu non ti arrendi, giusto?"
"No, Antonio, tranquillo che questa volta non mi arrendo ... almeno fin quando non mi manda al diavolo. Mi sono addirittura dato disponibile per un corso di tango, pensa un po'!"
"Tu, il tango?? Bravo! Bisogna lanciarsi, mai mettere limiti alla Divina Provvidenza!"
"Grazie per l'incoraggiamento." Avevano riso entrambi, prima di prendere appuntamento a Ladispoli per l'indomani.
Salito sulla carrozza di prima classe dell'Intercity, si diresse verso il posto che aveva prenotato. Il treno sembrava quasi vuoto e anche nel suo scompartimento c'era una sola persona, un signore dai folti capelli candidi e dalla barba ben curata, intento a leggere il giornale. Appena il commissario aprì la porta scorrevole, l'uomo alzò lo sguardo dal giornale e

gli rivolse un saluto cordiale, che aveva il sapore d'altri tempi.
"Buongiorno, caro signore, prego si accomodi", chinando un po' il capo e invitandolo, con il gesto della mano, ad accomodarsi di fronte a lui.
"Grazie, ma il mio posto è questo" rispose il commissario, indicando il primo dei tre sedili sulla stessa fila dove era seduto l'uomo.
"Ma se si siede lì, è più complicato scambiare due chiacchiere" e poi, con un sorriso arguto, aggiunse "stia tranquillo, immagino cosa starà pensando, ma non si preoccupi, le assicuro che non sono uno di quei vecchietti logorroici che non vedono l'ora di accalappiare qualche poveretto per rifarsi dei lunghi silenzi cui li costringe la solitudine."
"No, non era per quello. Era solo ...così... perché così è scritto sul biglietto" rispose il commissario mentre si andava a sedere, a malincuore, di fronte all'uomo.
L'uomo si dimostrò una piacevole compagnia; aveva un eloquio forbito e desueto che, al pari dell'aspetto fisico, dava l'idea che fosse uscito dalle pagine di un romanzo dell'Ottocento. Doveva essere il discendente di una nobile casata oppure, venne da pensare al commissario, un professore di filosofia in pensione: gli piaceva discorrere di temi non banali, e lo faceva con il tono dubitativo che ti dà l'esperienza. Quando il commissario gli disse che stava andando a trovare un amico che aveva ritrovato dopo tanto tempo ma con cui aveva condiviso tutto, ma proprio tutto, dai sei ai sedici anni, l'uomo lo guardò incuriosito, prima di chiedergli:
"Cosa intende quando parla di una totale condivisione?"

Al commissario non andava di raccontare dell'orfanotrofio, e così rispose in modo generico:
"Beh, diciamo che per una serie di circostanze, ci siamo trovati in quel periodo a vivere insieme ventiquattro ore su ventiquattro, visto che dormivamo anche nella stessa stanza. Eravamo un po' come fratelli."
L'uomo sorrise. Poi, dopo aver lanciato un'occhiata fuori dal finestrino, commentò:
"Fratelli. Sa cosa diceva Benjamin Franklin a proposito della fratellanza e dell'amicizia? Diceva che un fratello può non essere un amico ma un amico sarà sempre un fratello. Se ci pensa, è una frase a effetto e, come spesso è per queste frasi a effetto, è anche un po' banale...ormai finiscono stampate sulle carte dei cioccolatini...però è profondamente vera, se si dà alle parole fratello e amico l'accezione che dovrebbero avere." Stette un po' a pensare, rivolto forse al passato, o anche al futuro, prima di continuare:
"Vede, io ho fatto una vita che mi ha portato a stringere relazioni, anche solide, con tante persone; potrei definirmi uno con tanti amici. Eppure, per il valore sacrale che do io a questo termine, ritengo di averne non più di tre o quattro; ho invece tre fratelli e due sorelle, e con due di loro ormai mi sento solo a Pasqua e a Natale. Capisce cosa voglio dire?"
"Sì, credo di sì."
L'uomo, come se non lo avesse sentito, continuò:
"Valore sacrale. Forse le potrà sembrare esagerato. Ma secondo me non lo è. Vede, io credo che l'amicizia sia uno dei sentimenti più sacri. Per certi versi, anche più dell'amore. È per questo che l'amico tradito non perdona; l'amante forse sì, può anche perdonare, perché l'amore si nutre anche di attrazione fisica, di passione; l'amicizia invece no, è un sentimento puro, non contaminato. Credo che sia questa la

ragione per cui è molto più difficile essere perdonati da un amico."
Lui pensò ai quarant'anni di silenzio tra lui e Antonio. Senza alcun riferimento all'orfanotrofio, gli raccontò del loro distacco e della promessa non mantenuta da Antonio di andare a trovarlo, e concluse:
"... e in effetti non l'ho perdonato per tanto tempo. E pensi che era il mio unico vero amico!"
Sorrise compiaciuto l'uomo dai capelli candidi, e poi disse:
"Vede allora che ho ragione?"
"Beh, però alla fine l'ho perdonato. Ho dovuto aspettare oltre trent'anni – aggiunse con un sorriso – ma alla fine l'ho fatto."
"Lei per la verità non è che lo ha perdonato; lei si è solo reso conto che gli stava imputando qualcosa di cui lui non aveva colpa. Perdonare in un rapporto di amicizia è molto difficile, mi creda. E molto raro."
Quelle parole continuarono a ronzargli nella testa: e se ora, a parti invertite, Antonio non gli avesse perdonato il fatto di aver taciuto quando si erano visti la volta precedente?
Quando uscì dalla stazione di Ladispoli, Antonio era lì ad aspettarlo.
"Ma allora ti piace proprio Ladispoli!" gli disse scherzando, mentre gli andava incontro per abbracciarlo.
"Beh, certo. E che verrei a fare altrimenti per due volte a così poca distanza di tempo?"
"Dai, dammi il trolley che andiamo a casa."
"A casa? Ma io ho prenotato nella pensione della volta scorsa."
"E lo so. Ma io ci sono andato e ho disdetto. Sei ospite nostro." E vedendo la faccia di Francesco, aggiunse:
"Guarda che avrei dovuto litigare con Laura. Quando ha saputo che venivi e che avevi prenotato la pensione, mi ha

guardato schifata – ma sai proprio con lo sguardo a farmi capire che era schifata – e mi ha detto *il tuo migliore amico viene da Napoli apposta per trovare a te e tu lo mandi in una pensione?* Vieni, vieni, andiamo di qua che facciamo prima."
"Ma..."
"Niente ma, Checco, niente ma. Piuttosto, lo sai che tu a Laura ci piaci assai? Mi ha detto che sono stato proprio un fesso a non mettermi prima in contatto con te. Secondo lei tu sei l'amico giusto per me. *Lui è l'amico giusto per te, non quel fesso di Ettore, mi ha detto*. Vabbè, poi te ne parlerò di Ettore, anzi magari uno di questi giorni te lo faccio conoscere."
Era ancora presto per il pranzo e così decisero di depositare il trolley in pizzeria e fare una passeggiata sulla spiaggia, invogliati dal sole primaverile apparso deciso dopo che anche le ultime nuvole si erano diradate, lasciando solo sottili e candidi filamenti bianchi a ornare il cielo. Avevano appena iniziato la loro passeggiata quando Francesco, come a liberarsi di qualcosa che non riusciva più a trattenere, si fermò e, fissandolo negli occhi, disse:
"Antonio, ti devo dire una cosa importante." Antonio capì subito che doveva essere qualcosa che riguardava il passato: lo colse dagli occhi, dal tono, dal gelo della pausa che seguì.
Francesco gli disse subito della lettera che aveva lasciato la direttrice, tacendogli però dell'anello e del biglietto. Pensò che se Antonio avesse saputo dello tsunami che si era abbattuto su di lui, forse avrebbe dato minor peso alla vicenda dell'anello lasciatogli dalla madre. E magari anche al suo precedente silenzio. E così gli raccontò del padre condannato all'ergastolo per aver assassinato un uomo a sangue freddo e delle indagini che lui aveva svolto su quell'omicidio avvenuto cinquant'anni prima, della bellissima amante e del di lei marito, potente onorevole

campano ma, soprattutto, gli parlò dei due incontri in carcere. E dell'atroce verità che il padre gli aveva confessato.
"Tante vite rovinate per qualche ora di sesso" concluse, come se lo realizzasse solo in quel momento.
Ripresero a camminare, in silenzio, con il rumore del mare a far compagnia alle loro domande e alle loro angosce. Lo sguardo di Antonio si soffermò per un attimo su di un ragazzino in lontananza che rincorreva il suo cane, poi si rivolse verso Francesco.
"E tu ora come stai?"
"Come vuoi che stia... male. E poi mi sembra ancora tutto assurdo. Elena dice che dovrei avvicinarmi a mio padre."
"E tu invece non vuoi farlo?"
"Ma, dico io, come può fare un padre a cancellare del tutto dalla propria esistenza il figlio, il suo unico figlio?!" gli rispose con voce d'improvviso alterata, per poi continuare con lo stesso tono: "E sai cosa mi ha detto? Che io non sono padre e quindi non posso capire! Ecco, dimmelo tu, che sei padre, tu lo puoi capire?"
La risposta di Antonio lo spiazzò.
"Sì, credo di sì."
"Cioè, tu mi stai dicendo che nella sua situazione tu avresti fatto la stessa cosa?"
"No, non ho detto questo. Non so cosa avrei fatto, ma non escludo affatto che mi sarei comportato come lui. Io sono convinto che lui abbia voluto mettere te al di sopra di tutto. È questo che fa un padre: mettere il figlio al di sopra di tutto, anche rinunciando alla paternità, se necessario. E lui questo voleva dirti."
"E per il mio bene non ha mai voluto sapere che fine avessi fatto?? Per il mio bene, ha preferito tirarci una riga sopra e finirla lì?" ribattè con tono alterato.

"Non so cosa risponderti, Checco. La storia di tuo padre è una storia davvero maledetta; convivere con i sensi di colpa che deve avere avuto immagino sia stata una tortura terribile... Una moglie morta di crepacuore e un figlio finito in orfanotrofio a causa sua. Ti rendi conto con cosa ha dovuto convivere?"
Stettero per un po' senza dir nulla, immersi nei propri pensieri. Fu Francesco a rompere quel pesante silenzio.
"Antonio, c'era anche un'altra cosa nella lettera della direttrice. E riguarda te."
"Me?" riuscì solo a dire, pensando che fosse arrivato il momento da lui tanto atteso. E temuto. Per un attimo, un solo attimo, si augurò che così non fosse.
"Sì, Antonio. È molto poco però" gli disse mentre portava la mano alla tasca del pantalone per estrarne l'anellino e il biglietto. Glieli allungò:
"Erano nella lettera e la direttrice mi ha scritto che sei stato lasciato una mattina fuori la porta dell'orfanotrofio, in un cesto, tutto imbacuccato, con quest'anellino attorno a indice e medio e il biglietto infilato nell'anello".
Antonio aprì il biglietto e vide una grafia incerta, sbilenca, con caratteri grandi in stampatello: CIAMATELO ANTONIO PER PIACERE. Lo ripiegò con cura e lo mise in tasca con gesti lenti e pesanti. Poi, con gli occhi divenuti più lucidi, osservò l'anello, all'esterno e all'interno, prima di infilarlo al mignolo e vedere che non andava oltre la metà.
"Doveva avere le dita molto piccole ...mia madre. Forse era una ragazzina" aggiunse, volgendo lo sguardo verso il mare, per poi continuare:
"Un anello e la scelta del mio nome, questo è tutto quello che mi lasciato. Tutto il mio passato."

Francesco non commentò; si sentiva bloccato, gli sembrava che non ci fosse nulla da dire che potesse avere un senso. Fu Antonio, dopo un attimo di silenzio, a proseguire:
"In realtà ora so anche un'altra cosa: mia madre non era morta quando sono entrato in orfanotrofio e quindi potrebbe ancora essere viva. E forse anche mio padre." Poi, fissando Francesco negli occhi:
"Francesco, tu mi devi aiutare a fare tutto il possibile per sapere che fine ha fatto. Lo so che è difficilissimo, forse impossibile, ma ora una minima traccia l'abbiamo. Tu sei nella polizia e forse con tutte le tecnologie che ci sono ora si può scoprire qualcosa in più da questo anello ... o magari dal biglietto. Ci dobbiamo provare, io voglio sapere."
Francesco sapeva bene che dall'anello non si sarebbe potuto ricavare niente, e ancor meno dal biglietto. Non voleva dargli false illusioni ma nemmeno cancellare ogni sua speranza. E così gli rispose:
"D'accordo, ci proveremo. Solo con l'anello e il biglietto sarà molto difficile, temo, ma vedremo di fare tutto quello che si può. Sai cosa pensavo? Come prima cosa andrò a parlare, da solo, con Suor Gina. Magari mi sbaglio, ma la volta scorsa ho avuto l'impressione che potesse sapere qualcosa."
"Sì, mi pare una buona idea." Antonio gli rivolse uno sguardo riconoscente e lo ringraziò, stringendogli forte la spalla. Poi lasciò la presa, gli diede un paio di pacche sul braccio e disse:
" Dai, torniamo indietro, andiamo a recuperare il trolley."
Camminarono per qualche minuto in silenzio, del tutto indifferenti al passeggio di chi aveva deciso di godersi la bella giornata in riva al mare. Appena lasciarono il lungomare per svoltare nella strada che li avrebbe condotti

alla pizzeria, Antonio, quasi a voler rafforzare la sua richiesta d'aiuto, ruppe il silenzio:
"Sai, Checco, è terribile non sapere da dove si viene. Penso che il modo diverso in cui io e te abbiamo vissuto la stessa esperienza di orfani, sia dovuto proprio a questo: tu hai sempre saputo, o creduto di sapere almeno in parte, da dove venivi. Per me invece è stato sempre un grande buco nero. E non riesco a farmene una ragione. È per questo che voglio sapere."
Erano ormai nei pressi della pizzeria. Prima di entrare, Antonio si fermò, fissò Francesco e gli disse:
"Checco, per quanto riguarda invece tuo padre, io la penso come Elena."
"Cioè?"
"Nel senso che secondo me ti ci devi avvicinare e conoscerlo meglio. Magari così ti sarà più facile riuscire a capirlo."
"Sì, forse hai ragione, ma ora non ci riesco, forse è ancora troppo presto."

CAPITOLO 30

Era una giornata opprimente, dall'aria immobile e dal cielo coperto da una pesante coltre bianca, una di quelle giornate nate per startene a casa, con le tue malinconie e una buona bottiglia. Francesco però non era in casa, era a Roma, davanti al carcere di Regina Coeli, in attesa. In attesa che suo padre uscisse dal massiccio portone in ferro e che, dopo oltre quarantotto anni, lanciasse per la prima volta lo sguardo oltre, in un dove senza grate. Non era stato facile convincerlo a richiedere il permesso per trascorrere una giornata fuori; c'era riuscito, alla fine, solo facendo leva sul suo senso di colpa. Nel modo peggiore, quindi, e gliene dispiaceva.

"Non ho mai potuto chiederti nulla, da quando sono nato. Credo che almeno questa cosa tu me la debba!"

"Ma che senso ha…"

"Voglio poter parlare con te in una situazione diversa da questa. Non mi pare che ti stia chiedendo chissà cosa. O no??" gli aveva detto, non riuscendo a contenere il tono della voce e notando, con la coda dell'occhio, l'irrigidirsi dell'agente a due metri di distanza. Con quarantotto anni di buona condotta e nessuna precedente richiesta, non ebbe alcun problema a ottenere il permesso. Il padre aveva motivato la sua domanda con la volontà di partecipare alla

fiera del libro, che proprio in quei giorni si teneva a Roma, e il direttore aveva dato il suo parere positivo al magistrato di sorveglianza.
Francesco non avrebbe mai più potuto dimenticare il momento in cui il portone si aprì e vide suo padre uscire, timoroso come un bimbetto che prova a muovere i suoi primi passi. A pochi metri dal portone lo vide fermarsi, come chi vuole una mano esperta per continuare a camminare. Lo affiancò e si incamminarono verso il taxi che li aspettava poco distante: aveva preferito così, per non sottoporlo allo sguardo curioso, o peggio ancora denigratorio , del tassista.
Le prime parole se le scambiarono solo dopo essere entrati in casa. Lo accompagnò fuori al terrazzino, lo fece sedere e portò varie bibite che poggiò sul tavolo.
"Mi fa male tutto questo spazio" gli disse il padre, mentre lui gli si stava sedendo accanto.
"Tra poco ti sarai riabituato. E ti piacerà."
Come se non lo avesse sentito, continuò, guardando fisso davanti a sé, con gli occhi leggermente socchiusi, abbacinati dalla prepotente distesa di luce e di spazio.
"Facevo il contadino e andavo a cavallo; lo spazio aperto era il mio luogo. Era come respirare: una cosa normale, che ti era dovuta. Ma se ci pensi nemmeno respirare ti è dovuto nella vita. Nulla ti è dovuto."
Rimasero per un po' in silenzio. Poi Francesco, senza nemmeno chiedergli se gli piacesse, riempì due bicchieri di coca cola e gliene porse uno. E il suo modo di porgerglielo, lo sguardo del padre nell'accettarlo, il passaggio da una presa

forte a una mano incerta, tutto in quel semplice gesto gli parlò della loro storia. E si rese conto all'improvviso che era tutto lì e che non c'era bisogno di sapere altro. Sentiva solo, per la prima volta, montargli dentro una prof onda commiserazione per la vita buttata via del vecchio stanco che aveva di fronte e che, in un'altra vita, lo aveva messo al mondo.
"Parlami di te" gli disse il vecchio, dopo uno sbuffo di disappunto che fece seguito al suo primo e unico sorso di coca cola.
Ci pensò un attimo, Francesco, prima di iniziare.
"Non ci crederai – cominciò, anche lui con lo sguardo perso davanti a sé – ma ho avuto un'infanzia che penso di poter definire felice. Prima con il nonno, e poi in orfanotrofio, sono stato bene. Non credo di aver mai davvero avvertito l'assenza di una famiglia, forse perché non sapevo cosa fosse."
Gli parlò di suor Gina, suor Adalgisa e della signorina Direttrice. E gli raccontò dei suoi amici, di Peppino, Michele, Fefè e soprattutto di Antonio, del loro rapporto ritrovato, e di quanto lui soffrisse la totale mancanza di conoscenza delle proprie radici: voleva vedere la sua reazione, ma lui restò impassibile, con lo sguardo sempre rivolto verso lo spicchio di mare. Dopo un po', sempre fissando il mare, disse:
"Ma cosa gli cambierebbe sapere che la madre era una povera ragazza lasciata dall'uomo che l'aveva messa incinta o invece una contessa che lo aveva partorito da una relazione

clandestina? In che modo potrebbe influire sulla sua vita o sul suo modo d'essere?"
Francesco ebbe un attimo di esitazione. Poi, non convinto, rispose come pensava avrebbe fatto Antonio:
"Credo che chiunque abbia il diritto di sapere da dove viene. Dall'amore, dal caso o ...dalla violenza", col pensiero che corse alla madre.
"Mm, tu sei nato dall'amore, questo te lo assicuro. Ma credi che saresti stato diverso se fossi nato da un rapporto occasionale? E pensi che cambi qualcosa nella tua vita ora che lo sai?"
"Non so. Forse sì."
"Bah" chiosò il padre prima di bere tutto d'un fiato il bicchiere d'acqua poggiato sul mobiletto accanto a lui. Rimase un po' in silenzio come a riflettere sulle ultime parole di Francesco; poi disse:
"Dai, continua a raccontarmi di te."
E lui riprese da dove aveva lasciato. Gli parlò dell'enorme dolore che gli aveva causato l'adozione di Antonio, tanto da perderlo, per poi ritrovarlo dopo quasi quarant'anni; dei suoi quindici anni in orfanotrofio, unico a esser rimasto lì, a voler rimanere lì per tanto tempo; del suo primo incarico di commissario di PS e del tanto ambito trasferimento a Napoli. Pian piano che parlava, ebbe l'impressione che il padre si rilassasse, con un atteggiamento più morbido, forse anche verso la vita. Quando finì, il padre si volse verso di lui:
"Grazie, oggi mi hai tolto una parte del peso che mi porto dentro." Poi, cambiando tono e abbozzando per la prima

volta un leggero sorriso, gli chiese se avesse avuto una moglie o dei figli.
"No. Né moglie, né figli."
"E non ci pensi mai ad averne?"
"Una moglie non so, diciamo che non lo escludo. Figli proprio no, non fanno per me. Credo che non potrei essere un buon padre", con tono secco, deciso. Il padre avrebbe voluto dirgli che sbagliava, che si può essere un buon padre anche se non ne hai avuto uno; era l'ultimo però a poter toccare quel tasto, e quindi tacque.
La giornata trascorse veloce, tra lunghi racconti e improvvisi e duraturi silenzi. Il padre si rivelò essere un ottimo ascoltatore ma, come tanti ottimi ascoltatori, poco incline invece all'uso della parola. Un po' come lui, pensò. Chissà se era stato così fin da giovane, o invece lo era divenuto grazie ai suoi quarantotto anni di carcere. Fu così anche quando gli arrivò la domanda che non avrebbe voluto, ma che sapeva sarebbe arrivata:
"Ti va di dirmi come andarono le cose? Solo se ti va. E comunque ti assicuro che non te lo chiederò più."
"No, non mi va. Ma so che devo." E con le mani incrociate sotto al mento e lo sguardo assente fisso sul piatto sporco davanti a sé, cominciò:
"Tu già sai molto. Quello che non sai è che è solo colpa mia se quel verme ha fatto quello che ha fatto. Il giorno prima mi aveva mandato a chiamare. Aveva saputo che io ero stato a letto con la moglie. *Non me ne frega nulla di quello che fa mia moglie. Ma tu sei un pezzente, un mio leccaculo, e non ti puoi*

permettere di andare a letto con mia moglie. E sai allora che ho pensato? Dovrai continuare a fare il mio leccaculo, ma molto di più, per il resto della tua vita. E senza avere un soldo da me. Pagherai così, a vita, il divertimento che ti sei preso con mia moglie. Lo mandai al diavolo naturalmente. E usai parole grosse; gli dissi tutto quello che pensavo di lui e della moglie. Il maiale incassò tutto, poi mentre uscivo mi urlò dietro *hai fatto un grande errore, Gennarì, un grande errore. E lo capirai presto.* Ma non avrei mai potuto immaginare che quel verme si sarebbe vendicato ..." s'interruppe per un attimo, come se non sapesse come proseguire, poi riprese "in quel modo. Mandò il suo scagnozzo quando io non ero a casa ... e gli dovette dire cosa fare." Sollevò gli occhi verso di lui per la prima volta da quando aveva iniziato a parlare, e lo fissò duro, prima di dire:
"E io li ho ammazzati entrambi. Prima lo scagnozzo. E poi il verme. Avrei dovuto farli soffrire però, prima di ammazzarli" concluse esausto.
"Hai ammazzato due volte?? Ma ...oddio, due volte! Non è stato un raptus, allora."
"No, nessun raptus, tutto premeditato. In modo lucido, nonostante la rabbia che avevo in corpo. Te l'ho già detto, sono solo pentito di non averli fatti soffrire per bene, quei due vermi."
"Ma... come è possibile che non hanno collegato i due omicidi?" chiese Francesco, ancora sotto shock.
Una risata amara, prima di rispondergli:

"Morlazzi era un verme schifoso ma non era affatto stupido. Aveva fatto mandare uno che non aveva nessun tipo di legame con lui. Nessuno li avrebbe potuti mettere in relazione."
"Ma perché la volta scorsa non me l'hai detto? Mi hai fatto immaginare che l'autore della violenza fosse stato Morlazzi… e che tu avessi ammazzato un'unica volta."
"Non lo so. Forse perché il mio odio si è indirizzato tutto contro di lui. Lo schifoso che è andato lì è stato solo uno strumento, uno schifosissimo strumento nelle mani di quel verme."

Basta, mi fermo qui.
Qualche giorno fa, quando sei venuto al colloquio e ti ho confessato che stavo ultimando un libro sulla tua storia, mi hai fatto un'unica domanda: perché lo stai scrivendo? Non lo so, forse solo per ammazzare il tempo, ti ho detto. Ho visto subito che la risposta non ti era piaciuta, ormai sono passati quasi due anni e un po' ti conosco. In effetti, hai ragione tu, non è una bella risposta, ma non ci avevo pensato al perché; avevo avvertito l'esigenza di farlo e avevo iniziato a scrivere. Ci ho pensato dopo però, appena tornato qui, in questi sei metri quadri che sono il mio mondo, e credo di aver trovato la risposta: l'ho fatto perché mi è parso l'unico modo per dare un senso alla mia esistenza. Non credo che tu possa riuscire a comprendermi, ma scrivere di te, di me, del dolore che ho dato a Maria, della tua infanzia, mi ha come restituito il senso di una vita non vissuta. È ovvio che ci troverai tante cose frutto della mia fantasia: non ero certo presente quando entravi in orfanotrofio, o quando ti innamoravi di Barbara, o quando ti sei rivisto con Antonio dopo tanti anni o quando hai incontrato il mio amico Antonio. Ma ciò che mi hai raccontato nei nostri incontri è come se fosse bastato a farmi vedere il tutto; il resto me lo hanno fatto vedere i tuoi sguardi o l'indugiare accusatorio, o a volte comprensivo, della tua voce. Il resto me lo ha fatto vedere ogni notte l'amore che porto per te (sì, lo so, ti sembrerà assurdo ma ti assicuro che è così. E voglio che tu lo sappia, anche perché io non riuscirò mai a dirtelo: non credo di averne il diritto e di certo non riuscirei a reggere il tuo sguardo).
Mi sarebbe piaciuto poter concludere questo manoscritto parlando di un rinato amore tra te ed Elena. Non sono però riuscito a capire quale sia il vostro rapporto oggi: certo, non ti nascondo che per me è inconcepibile che due persone che hanno provato l'amore vero possano poi essere "amici che stanno molto bene insieme". Spero

che fosse solo il tuo modo per farmi comprendere – e come potrei darti torto? – di non aver titolo a entrare nella tua vita.
Non so se lo leggerai mai, e, se lo farai, sarà quando io non ci sarò più: di certo non ti darò il manoscritto prima di andarmene da questo mondo. Non ti nascondo che mi fa un certo effetto vederlo e pensare che l'ho scritto io, che ho appena la terza elementare ma che, per anni e anni, non ho fatto altro che leggere libri, quasi senza soluzione di continuità, forse all'unico scopo di non pensare a ciò che era stato. O meglio, a ciò che non era stato. Il tuo arrivo, però, ha cambiato tutto, il passato è diventato presente e ora, seppur timoroso, sembra avere ambizione di farsi futuro. L'ultima volta che ci siamo visti mi hai detto di provare a spingere il nostro sguardo più in là. Più in là: suona beffardo per chi, ormai da cinquant'anni, è abituato a spingere il proprio sguardo non oltre i quattro metri. Non credo di poterci riuscire, Francesco, ma ci proverò. Te lo devo.

RINGRAZIAMENTI

Ringrazio mia moglie, per aver guardato oltre, fin dove i miei occhi non avevano avuto il coraggio di arrivare.

Ringrazio le mie figlie, Giulia e Silvia, per essere come sono. E come avrei voluto che fossero.

Ringrazio Mario per la sua paziente lettura e lo sprone a rivedere, in alcuni passaggi, la storia, che a questo punto è anche un po' sua.

E, infine, un grazie agli amici di una vita, per avermi fatto immedesimare in Checco e Antonio.

Printed in Great Britain
by Amazon